查日云 著

HUN TIAN
DE
HENG YIN

春天的声音

天津出版传媒集团
百花文艺出版社

图书在版编目（CIP）数据

春天的声音 / 查日云著 . -- 天津 ： 百花文艺出版社，2024. 7. -- ISBN 978-7-5306-8920-2

Ⅰ . I267

中国国家版本馆 CIP 数据核字第 20242V9W12 号

春天的声音
CHUNTIAN DE SHENGYIN
查日云　著

出版人： 薛印胜
责任编辑： 郑　爽
装帧设计： 百悦兰棠 [BAIYUE LANTANG]
出版发行： 百花文艺出版社
地址： 天津市和平区西康路 35 号　　**邮编：** 300051
电话传真： +86-22-23332651（发行部）
+86-22-23332656（总编室）
+86-22-23332478（邮购部）
网址： http: //www.baihuawenyi.com
印刷： 河北文盛印刷有限公司
开本： 787 毫米 × 1092 毫米　1/16
字数： 257 千字
印张： 17.5
版次： 2024 年 7 月第 1 版
印次： 2024 年 7 月第 1 次印刷
定价： 78.00 元

如有印装质量问题，请与河北文盛印刷有限公司联系调换
地址：河北省保定市涿州市东仙坡镇下胡良北口
电话：0312-3703833　邮编：072750

序

更生

查日云与我是多年的朋友，我俩因文学相识并相交，前前后后算起来已近40个年头了。人生中有如此长时间交往的朋友实属不易，也令人倍感珍惜。

查日云可谓大器晚成，他虽一度中断了文学创作，但文学梦始终在他心中萦绕。退休后，他又重新拾起文学创作，终于收获了他的第一本散文集《春天的声音》，并热情地邀请我为之撰序。作为老朋友，我自知却之不恭，只能欣然接受。

细细翻阅他的散文集，让我对这位老朋友又有了新的认识与了解。查日云是从繁昌一个偏僻的小山村里走出来的作家，他的童年、少年，甚至青年时代，都是在家乡的小山村里度过。山村人的淳朴、忠厚，以及勤劳的性格，给他的一生都铺就浓厚的底色，也让他始终不忘与坚守。无论是在山村小学当教师，还是后来进乡镇政府机关工作，他都勤勤恳恳，任劳任怨，恪尽职守。工作之余他爱好文学创作，写写家乡风情、人生感悟，以及情感世界与时代变化。日积月累，一本带着泥土芳香的散文集即将付梓。

查日云的散文一如他的为人，朴实、坦诚、自然，字里行间洋溢着浓浓的情感。他的文字不爱雕琢，喜欢平淡，宛如在谈心在拉家常，却又不失对生活观察的细腻与深刻，以及独特的真情实感，让人读之也会受其感染，并喜欢上他冷静的叙事风格。

《小院情深》是篇忆旧散文，作者从农村迁到城里居住已有30多年了，可是心里始终牵挂着乡下小院。为此，他特地选择在诗情画意的秋天来看深深眷恋的小院和老屋。其实，家乡的小院寄托了作者对父母亲的无限怀念。每当看着杂草丛生的院落，他就会想起母亲默默地弓着腰在井边洗衣、洗菜、淘米，小狗睡在井边陪着她。父亲把吃饭的方桌摆在竹林边，昔日温馨的农村生活让作者难忘。如今乡下小院仍在，父母亲却先后逝世。每当作者看到小院，仿佛父母亲的音容笑貌就在眼前。

正是因为这深深的眷恋，作者特意把小院修缮了一番，以便时不时地回到小院，重温当年与父母亲其乐融融生活在小院的幸福时光。

农村人平凡的生活画面被作者寥寥数语勾勒出来，情景交融，恬静而又温馨，给人印象深刻。

散文的灵魂简而言之也就两个字，一个是“真”，一个是“情”，也就是通常所说的“真情实感”。散文若离开了真实离开了情感，也就失去了存在的价值。我曾说过：“生活即文章，文章即情感。”生活就是真实，把真实的生活记录下来，再注入情感，文章就活了，灵动了，也就感人了。查日云写的散文基本上都是自己的亲身经历，或者所闻所见，因而很容易调动自己的情感，从而引起读者的共鸣。

《牛，是我忠诚的朋友》文短意深，讲述作者12岁那年冬天，北风呼啸，寒风刺骨，棉絮般的大雪纷纷扬扬下了一夜。待作者好不容易才赶到牛棚，只见那慈祥、憨厚、劳累了一生的老黄牛躺在地上已经没有了生命体征，无论怎么摇它的角，呼唤它的名字都没有任何反应……作者与“大黄”相处的难忘情景又浮现在眼前。

作者回忆起儿时牵着“大黄”在野外吃草，突然遇到一头强壮公牛的攻击。“大黄”逃跑时，鼻子上的缰绳猛一拽把作者拽倒在地上，“大黄”为了保护作者纵身一跃，从当时作者幼小的身上跨过，作者毫发未损。要是几百斤重的牛一脚踩在人身上，不是当场毙命就是留下终身残疾。由此作者感叹：

"牲畜在关键时刻也有灵性，它宁愿自己受到伤害，也要保护它亲密朋友的生命。"作者儿时放牛爱牛，与牛相处相伴所产生的情感在这一刻得到了升华，也让作者将此事永远铭刻在心。

一篇短文，一段故事，因有了这个充满情感的情节立刻变得精彩起来，读后令人难忘。

查日云是出了名最不擅长喝酒的人，一篇《陪酒》短文也是他的真实感受。一次陪客为尽地主之谊，不让客人扫兴，他宁愿伤身体，也不伤感情，主动喝了一玻璃杯白酒下肚，不到一刻钟，心里似火在烧，头脑胀痛眼前金花直冒。最后"哇"的一声，全吐了出来。回家睡到第二天中午，全身还是软软的，好似生了一场病。从此，同事朋友都知道他的的确确不能喝酒。

一次醉酒的经历，让查日云体验了陪酒的苦衷，也写出了一篇充满真情实感的散文。

类似这种充满情感的文章，散文集中还有《土地》《书香伴人生》《晒秋》《岁月如歌》《家有贤妻》《给孙子取名》《教外孙写作文》等，生活气息浓厚，可读性强，各有特色，值得回味。

查日云除写散文外，还创作了一些报告文学作品，这是一种新闻性与文学性兼顾的文体，具有强烈的时代感与现实感，深受读者喜爱。但要写好报告文学又不是件容易的事，作者需要深入生活，细致入微地采访，在掌握大量的第一手资料后，才能进行文学创作。查日云显然已掌握了报告文学创作的技巧，因而写起来是得心应手，且详略得当，给人以深思与启迪。

《老许香菜香万家》写的是从事香菜加工的许氏家族制作技艺传承的故事。香菜是明清时期皖南地区特色农家小菜的珍贵遗存，老许香菜经过近百年的探索、研究和发展，口味独特，深受广大消费者赞誉。

2022 年 5 月，香菜制作技艺成功入选第六批安徽省非物质文化遗产代表性项目名录。作为"非物质文化遗产"的老许香菜是如何生产出来的，其加工过程又有什么诀窍等，作为读者自然想了解一点。

查日云似乎懂得读者的心理，他把采访到的一些制作方法在文章中呈现出来，故而十分吸引人，让人读后也想一试身手，跟着学做一回香菜尝尝。

当然，查日云的散文创作还有提升的空间。如在文字的锤炼、细节的刻画等方面都需要再下点功夫。可贵的是查日云已决定要继续写下去，还想再出几本书，给后辈们更多的精神鼓励。

对此，我作为老朋友自然充满期待，期待查日云在散文创作上一步步走向成熟。

2024年1月10日芜湖青弋江畔

更生，原名何更生，中国作家协会会员，著有多本散文集及长篇纪实文学《年广九口述史》《年广九与“傻子瓜子”》等。

目　录

情感世界

乡村记忆

岁月留痕

生活感悟

时代足音

情感世界

浙江嘉兴南湖留念

小院情深

从农村搬迁到城里居住已有30多年了，可是心里始终牵挂着乡下小院，还有那呵护我成长、为我遮风挡雨、富有深厚感情的老屋。秋天来了，气候凉爽了，我骑车经过家乡田野。刚收割过的稻田弥漫着稻米芳香，还有瓜果成熟的浓浓韵味，一起扑面而来，真叫人心旷神怡。随着秋风吹来，还未收割的稻穗，在阳光下翻起层层金色稻浪。

我选择诗情画意的秋天，来看深深眷恋的小院和老屋。到了村子，停下车放慢脚步在院外侧耳倾听，小院是这般的沉寂，老屋像一个饱经沧桑的老人，坐北朝南晒着秋阳。只有越长越高的槐树、香樟、桑葚树，被风一吹发出呼呼作响的声音。竹林里偶尔有蟋蟀叫声，院内已经荒芜，这般情景，已经有几十年了。但几棵大树还像忠诚的卫士守护着小院和老屋，守护着我们多年在这里抒写下的一段段生活故事！

我透过不锈钢院门，看着杂草丛生的院落，疯长的记忆藤蔓一直向时间隧道深处延伸。那时父亲常常攥着大竹扫把，打扫院里卫生。树上的落叶，鸡鸭鹅的粪便，每天都要打扫。母亲默默地弓着腰在水井边洗衣、洗菜、淘米，小狗睡在井边陪着她。只要院外有脚步声，小狗就汪汪叫，来生人了，就不停地叫，直至主人制止，才肯罢休。看到家人回来，它使劲摇尾巴，蹦起来和人亲热。院里还挖了一口小塘，塘里栽了茭白和莲藕。鹅鸭有时在塘里嬉戏、追逐打闹。一幅农家小院充满诗意的图画展现在眼前！

初升的朝阳从树叶子缝隙中照在母亲脸上，每天都这样，她把人间的喜怒哀乐、酸甜苦辣都搓揉进了时间的河流里。岁月就是一把无情的刻刀，母亲额头上添了几道皱纹，两鬓增添了很多银发。她还是执着坚守这些家务事，洗衣、做饭、种菜、做鞋。为了补贴我们兄妹学习的费用，她纺棉纱、织花围腰带。那时农村时兴这种花带子，父亲去几十里外的圩乡卖。后来我结婚了，看着母亲操劳的身影，我就让妻子抽时间帮她搭把手，减少她的劳动量，不能把她累倒了。妻子懂事理，也贤惠，每天抢在母亲前把家务事做完一部分，再去忙农活。

我去学校教书，父亲、妻子去田里干农活，到了吃饭的时间大家都回到小院。小狗急得乱窜，鸡鹅鸭也在小院里凑热闹，叽叽喳喳。小院里的气氛和谐而又温馨。

院里有一片竹林，父亲把吃饭的方桌摆在竹林边，香樟树很顽强地伸出树干，遮着阳光。母亲把鸡蛋炒韭菜、拌黄瓜、青椒炒毛豆、丝瓜汤端上桌子，全家人吃得有滋有味。几个农家小菜，都是父母在小院里劳动的成果，令人敬佩。

小院边的菜地里有黄瓜、豇豆、韭菜、辣椒、茄子、南瓜、丝瓜、豆角、马铃薯等。要是过节了，父亲就去街上买点肉和鱼回家，再杀一只鸡或鸭，全家人开开荤，庆贺节日的到来。乡下人过日子很简单，粗茶淡饭。伴着时光一天天流淌，虽然过得清贫，但觉得踏实、和睦、舒心。

春夏秋冬，只要有空闲时光，我便搬把椅子，坐在竹林边看书、备课，有时边散步边朗诵唐诗宋词。孩子在一旁做作业、画画。在这静谧的小院里，传出朗朗的诵读声，就显示出一种高雅的氛围，能给小院增色，给父母心灵上一丝慰藉。这片小天地，既幽静又安宁，没有外界嘈杂声干扰，真有陶渊明“采菊东篱下，悠然见南山”的生活意境！

世事都在发展和不断变化，由于我工作调动，不得不搬进城里住。这就搅乱了小院里的平静生活。搬家的那天，我内心依依不舍。毕竟在这里生活了几十年。在那个物资匮乏的年代，母亲把大集体食堂分到的一碗米饭分给几个孩子吃，自己饿肚子还去挣工分。熬过那段时光，真的不容易。父母吃的苦，我们流的泪，都刻在我幼小的心灵里。好男儿要志在四方，不负韶华，何况是组织安排，要无条件服从。父母亲世面见得少，要儿女围在他们身边转才觉得安全，心里才踏实。儿子突然要离开家乡，去外面工作，从他们脸上能看出担忧、失落、心事重重。她呆呆地站在院门前看着我们，泪水在眼眶里打转。母子连心，这时这句话就验证了。村里堂兄过来劝说他们："你儿子高升了，应该高兴才是，他们都很孝顺，会经常回来看你们的……"我安慰他们说："我会常回家看你们，还帮你们干农活，吃母亲烧的家常菜，我的根在这里，不会忘本的！"母亲终于流出了眼泪，我为她擦拭，还要他们保重身体！

我出去只有十几年，母亲和父亲生病相继去世了。他们生病住院期间，我幸亏陪护了几个夜晚，心里才觉得踏实一些，不然就觉得亏欠他们太多了。

从事机关行政工作，杂事多，忙得抬不起头。我回老家看过他们几次，都是来去匆匆。买来高档的食品、水果等，他们已经吃不下去，身体虚弱得像被风一吹就要倒下的那种感觉。唉！人生就是这么不如意，过了那么多苦日子，好不容易熬过来了，生活幸福了，他们却要永远地离开了，这是多么让人不解和痛苦的事……

花开花谢，潮起潮落，岁月的行囊里装满了我童年的无知与饥饿、少年的辛劳与渴望、青年的理想与憧憬、中老年的酸甜与苦辣。30多年一眨眼就过去了。我只能站在这充满感情的小院里，感慨万千，看着老屋、看着深情的院落，拷问自己的灵魂，在二老生病期间，有没有尽到孝子的责任？他们临终前，我没有站在他们面前为他们送终，看最后一眼，送最后一程。这是做晚辈最不能原谅自己的事，也是人生的痛苦和遗憾！

父母虽不在了，为寻找那段生活情感，我退休后回去过很多次，花了两万多元，修缮了老屋和围墙、院门。清除了院里杂草杂树，虽然再不能看到两位老人，但是能看到小院和老屋、树木、老井。仿佛他们的音容笑貌就呈现在眼前，忙碌的身影还是那么栩栩如生。这些依依相惜的亲情，刻在脑海里挥之不去。那段美好温馨的幸福时光，值得追思、回味！

土地

人们热爱土地，就像初生婴儿眷恋母亲的温暖怀抱。如果没有土地，就犹如人没有了生命的源泉，无法存活。俗话说“民以食为天，食以米为先”。

土里生白玉，地内出黄金。土地，赋予了我们旺盛的生命力，人们才一代一代有了赓续传承的勃勃生机；在土地上只要你辛勤地耕耘，就会有满满的获得感、幸福感。

我的母亲守护这片土地一辈子，去世前还十分牵挂菜园里的庄稼，拖着病重的身子，从床上爬起来踉踉跄跄，我搀扶着她，去她劳作的菜园地里看看种的白菜、韭菜、辣椒、豆角、丝瓜、茄子、南瓜、萝卜、葵花、玉米、红薯……她眼里饱含着深情，默默地看着这片相守了几十年的土地！待了很久，仍然舍不得离去。

在生产队那个年代，分给每家二分自留地，作为种菜用地。为了给这二分地弄肥，父亲捞了很多乌黑的塘泥，拾来猪粪、牛粪施在土地里，给土地增加有机肥，便于植物生长。

开春了，父亲和母亲把土地翻了过来，晒了一段时间，再把土块敲碎，预示着要开始播撒种子了。二分地分很多垄，母亲开始筹划种哪些蔬菜。不同季节合理安排种植不同的蔬菜。春天，母亲在地里种植了韭菜、辣椒、西红柿、豇豆、苋菜、菠菜、莴苣、黄瓜、瓠子等。待到青黄不接的时候粮食不够吃，全家六口人，有了蔬菜和红薯干、老玉米充饥也能抵挡一阵子。

春天里，阳光暖暖地照着大地，万物复苏，土地发出诱人的馨香。大自然孕育了一冬，而后勃勃生机都显露了出来，嫩绿的小草也张开了双臂，像一个个伶俐的小精灵。过了几天时间，种植的豆芽儿露出黄色的小脑袋；白菜、韭菜那么青幽幽的一大片。栽下去的辣椒、莴苣、黄瓜耷拉着脑袋，母亲早晚浇了几次水，它们才慢悠悠地挺直了腰杆，显得十分的精神，向上开始缓缓地伸展着枝叶。

农民都热爱脚下这片宝贵的土地，年年豪情万丈地把心交给土地，勤奋耕耘。只有亲自在土地上面播种五谷，撒过汗水的劳动者，才真正对它有着深深的感情，把它当作命根子。

雨落在大地上，慢慢滋润着土地，蔬菜吮吸了雨水的营养，一天天地生长。在这期间，母亲给它们除草、施肥、浇水、治虫等。待到蔬菜开花结果的时候，这是给母亲一种朴实和真诚的回报。母亲看着架子上的豇豆、丝瓜、黄瓜、瓠子……脸上写满了甜甜的收获、喜悦。她每天挎着竹篮喜滋滋地摘一些回来，作为全家人的下饭菜。

到了秋季，菜园里又多了黄豆、萝卜、芹菜、白菜、冬瓜等。菜园里种的满满当当的，没有浪费一寸地。地头还栽上了一棵柿子树，树上挂满了黄黄的小灯笼，经过秋霜浸染之后，满树的柿子又变成了红红的小灯笼，给乡村农田增添了如诗如画的色彩。

在广袤的土地上，庄稼在阳光照耀下金灿灿的稻浪翻滚，呈现出五谷丰登的优美画卷。

母亲四季耕耘的小菜园，只是乡村辛勤劳作者的一个典型代表。她虽然去世多年了，但她吃苦耐劳、勤俭持家的精神，永远值得我学习和追忆！

土地，是多么平凡而又伟大。劳动人民在你怀抱中精心地播种、管理、收获。一个丰饶美丽的日子，农民悠闲地听风、听雨、观景，静心地品尝着丰收的醇香。

年年岁岁，岁岁年年，劳动人民在土地上春种秋收，生生不息的浓浓烟火味将世代延续！

一抹中国红

金秋十月，丹桂飘香。国庆佳节，神州大地到处花团锦簇，中国红点缀其间。国庆和秋天有一个情感的约定，人们一边载歌载舞，一边稻谷、高粱与瓜果都在飘香。洋溢着满满的喜悦感、丰收感，这氛围汇聚成了一段爱不释手的优美篇章！

清晨，一轮红日从东方地平线喷薄而出，那一抹一抹中国红，呈现在人们的眼帘之中。每每看到那抹中国红，就十分的和蔼可亲，顿觉心潮澎湃，激情满怀。中国人依依相惜，把生命、生活、信仰、情感维系在一起。团结、拼搏、进取，不畏艰难，勇往直前。只要你留意，就会被一个个激情奔放的劳动场面深深震撼；只要你留心听，就能听到祖国奋进的歌声；只要你参与，就能品尝到成功的喜悦。天道酬勤。这几十年里，城乡日新月异的巨大变化，靠的就是这个信念，如果信念有颜色，一定是那抹中国红！

一抹中国红，醉了华夏几千年！老祖宗有聪明的智慧、勤劳的双手、坚定的信心、果敢的胆识。繁衍血脉，延续子孙。现代人秉承了他们负责、担当、敢为人先的胆魄。事业蒸蒸日上，日子红红火火。

祖国最东端的黑瞎子岛，南端的曾母暗沙，西端的帕米尔高原，北端的漠河，绵长的国界线，边防战士们风餐露宿。他们冒着生命危险，顶风雪，冒酷暑，爬悬崖，坚持巡逻，克服恶劣环境，日夜坚守信念。他们守的就是江山，江山就是人民。大家在安逸舒适的环境里生活，应该给坚守边防的战士们点赞、致敬！

从开国大典升起第一面五星红旗起，这一抹红就凝聚着中国人民顽强不屈、不懈奋斗的强大力量。这一百多年来，任岁月打磨，任时光冲击，任一切不堪侵蚀，它从未褪色，以耀眼明媚的颜色，给予炎黄子孙无限拼搏的力量。红色，就是960万平方千米土地的颜色，浓浓的情义，扎根在人民心中。这就是这块版图的信仰，似石榴绽开的初红；似牡丹花的初放；似玫瑰花的艳丽。染红一块版图，描绘华夏文明，是执着精神也是力量；是火的炙热；是情义的凝聚；是昂首骄傲的潜能；也是无限的信仰。一抹红色，以炽热唤起华夏崛起，以热情践行中国梦。

一面薄薄的国旗，科技含量十足。嫦娥五号国旗是一面织物版旗帜。五星红旗，是国家的标志，彰显着大国的形象，承载着中华民族太多的情感。国旗在月球上展开的那一刻，是对中华民族探索浩瀚星空的见证与铭记，也是对中国人民创新信念和探索宇宙信心的极大鼓舞。

中国人在科技创新征途上，中国红始终伴随他们前行。载人航天工程发射升空，把宇航员送入太空，进行多项科研活动；“蛟龙号”载人深潜器，其最大下潜深度达到7062米，又创下潜水深度新纪录；中国测绘工作者登顶珠穆朗玛峰，测定珠峰海拔高度8848.86米；奥运赛场上，有一种中国力量是“就不服输”“就要证明我最强”；有一种中国精神是“永远拼搏”“坚持到底”“相信未来”“传承思想”。逆风翻盘、绝地反杀的他们，坚持不懈，奋力拼搏的他们，无论是否夺金，都是中国的骄傲。如果奇迹有颜色，那一定是中国红！在特定场合，使用国旗国徽，更能激发国家观念、公民意识和民族自豪感。

中国人，大局意识很强，团结意识很强，战胜困难的决心很强。在河北的唐山、四川的汶川大地震救灾中，解放军、消防战士、救援队等迅速驰援灾区，这是暖暖的手足之情，也是生与死的抉择。他们的行动感动了每一个中国人。在这种精神的感召下，全国人民心往一处想，劲往一处使，不分昼夜，运送救灾物资，分秒必争抢救生命。救援人员不畏艰险，敢于牺牲的精神感天动地，这就是一抹中国红的力量在护佑祖国人民。

在抗洪救灾中，抢险、救人，一名名共产党员就是一面面旗帜。面对滔滔洪水，他们想到的是人民的生命和财产。没有一个人胆怯、退缩。冲上去与洪水周旋搏斗，把生死置之度外。胜利属于有坚强信念的人，美好的生活和幸福是靠艰苦奋斗干出来的。老天不会同情等靠要，更不会赐予，没有现成的馅饼等你去拿。这是最简单的人生道理。

许许多多平凡的人，在平凡的工作中，干出了不平凡的业绩，甚至献出了宝贵的生命。因为在他们心中装有一个坚强信念——中国红。这抹红就是人民生命的色彩，这抹红一直鼓舞着中华民族勇往直前！

父亲的最后一笔党费

我作为一名党务工作者，在今年“七一”前夕整天为抓好党建和发展党员而工作着，我这样热爱党务工作，也许是受到父亲这名老党员的直接影响。

父亲是1992年春天去世的，那年他已经73岁了，论党龄他有39年。在20世纪60至70年代他就是一名最基层的党务工作者，他没什么官职，接触的是社会最底层的农民。曾先后任过党小组长、连队队长、生产队长、林场场长。唯独担任职务最长的就是党小组长。年年负责通知党员开支部会、开展义务劳动、收取党费等工作。风风雨雨几十年，他不但听党的话，而且党组织布置的事情，他是不折不扣地去完成。做的事都是好事、善事，所以家乡人总是把他称为“大麦”。

在穷困的年代，农村常常闹饥荒，不少农户粮食接济不上，生产队常常种些大麦（“大麦”就是“青稞”），因为大麦比小麦、水稻成熟早。在青黄不接的情况下，作为生产队长的父亲，他性格直爽，看到生产队许多群众饿肚子，在关键时刻他就发善心，发些大麦给他们渡过难关，救人生命。

时光荏苒，父亲老了，去世前，任一个林场场长，他带领村民多次开垦荒山，植树造林，不管是炎炎夏日，还是寒冷冬天，他日夜坚守山林。乡亲们又称赞他“白发换来满山绿，留下财富为后人”。在他患病卧床前，始终守在林场，村支部通知开党员会议，他总是按时到会。年终，党小组开会，他还负责收党费，收好后及时上缴到村党支部。

在他老人家弥留之际，他还很负责地对我说："小云，你把我的党费 27 元 8 角，连同这 80 元交给支部书记，这算我一生对党组织交的最后一笔党费，也算我对党的无限忠诚……"

是的，父亲离开我们几十年了，他在我心中留下许多美好印象，但给我感受最深的要算他在生命的最后一刻，没有给我们做子女的留下任何遗嘱，在他脑海里始终记住的是向党组织缴纳的最后一笔党费。

他是一面鲜红的党旗，永远飘扬在我的心中！

慈祥的母亲

1987 年秋，我和妻子在芜湖鲁港大桥边参加水利冬修大会战——挑圩，那时还没有手机，堂哥辛辛苦苦走了几十里路来报信说我母亲去世了，我听到这个消息强忍住泪水，丢下工具和妻子拔腿就往家里跑去。我的心里很悲痛，真是印证了民间那句老话：久病床前无孝子。她病倒已经两年多了，我下班就陪她，妻子日夜守护着她。感觉她没事，头脑也十分的清楚，还能喝点稀饭，吃点水果。就这么巧等我们出去干活了，她却静静地走了。她没有留下只言片语，家里所有人也没送她最后一程。我没有太多的理由原谅自己，只是处在深深的痛苦与回忆之中！

母亲的一生是勤劳奋斗的一生。

旧社会老百姓的生活水平十分低下，母亲被送到别人家做童养媳。那时，女子小脚是极为重要的身体标志，那家主人强行给我母亲裹了小脚。我听母亲说过，刚刚裹小脚时，她痛得生不如死。好好的一双健康大脚，用纱布左一道右一道缠起来，不能正常伸展，也不让走路，这是多么残忍的做法。可是，天有不测风云，我母亲的脚被裹了一阵子，那家就突然发生了变故，母亲待不下去了，理所当然地回到自己娘家。母亲的脚裹得虽不至于是三寸金莲，但已经畸形。走路、干事都没正常女人的大脚方便。

那个时代，小脚给女人的正常生活带来诸多不便，因此，不少女人只能待在家中，陪伴丈夫和孩子，很少有机会去外面闯荡干事业。这种命运，严重制约了女性自我发展，也制约了社会的整体进步。

中国女性，勤劳朴实善良，生活困苦，命运多舛。母亲就是其中的代表。

母亲结婚后，当时的农村正是非常困难的时期，哥、姐和我相继出生。那年秋天，村里正式成立初级农业合作社，合作社集体劳动，人人要出去干活，按劳动出勤记工分，实行按劳分配，改变了落后的生产关系，极大地调动了群众的积极性。当年生产队里的粮食获得史无前例的大丰收，每家也分了一部分粮食。但是好景不长，由于当时没有水稻、小麦等优良品种，科技不发达，又没有无机肥，就靠有机肥，肥力跟不上就连年减收。

小脚女人也不例外，自然也要参加农村大集体劳动。如兴修水利——挑圩、收割稻子、麦子、油菜籽、黄豆等。生活十分艰苦，常常还要面对饥饿和疾病的困扰。母亲却依然坚强地面对生活。生产队粮食收成不好，还要“交公粮”，剩下的粮食分到每户家里就不多了。我家的粮食也不够吃，所以父母就想办法度过缺粮的那几个月。

母亲叫来我大舅，带着我和哥哥去圩田边的河里挖野藕，补充粮食。她也到田地里挖野菜，回家掺点面粉做蔬菜粑粑给我们充饥。有一天，母亲带着我去姑姑家借米，姑姑家条件稍好点，她也是个热心人，借给我家两斤米回家煮稀饭。我们又买点返销粮山芋片，全家终于艰难地熬过了缺粮的日子。

为了节约柴火，母亲常常用瓦罐装水放在灶膛的火堆里，煨热水给大家洗脸洗脚。一日三餐母亲总是想办法做几个蔬菜给我们吃，实在找不到菜，她用纱布做的“探子”去山边塘里探虾子。只要出去探就有收获，我们就能尝到一点鲜。饭不够吃，她自己饿肚子，煮点野菜充饥。由于母亲长期没有好的营养补给身体，后来三番五次发痧子，就是由于体质虚弱、脾胃不和、消化不良等因素，导致她抵御不了病毒的侵袭。

想想我小的时候也是个淘气小子，至今还记忆犹新。有一年冬天我和小伙伴在山上放牛，牛在山上寻找枯草吃，我们找来柴火围在一起烧火取暖。柴火越烧越旺，这时我太大意了，火苗把我唯一的一件新棉袄烧着了，几个小伙伴急忙帮我把身上的火扑灭后，我就是不敢回家。母亲看天快黑了，就来找我。

听到别的小伙伴说我的棉袄被烧坏了，她找到我说："你以后干事要小心，火在身上烧着了太危险了，没伤着就算万幸。"母亲这次对我的谆谆教诲，我一直铭刻在心。

我读书了，没有书包，她就把家里养的一只鸡和仅有的几个鸡蛋、鸭蛋卖了，给我买了新书包和写字的笔。在我上中学的时候，母亲都要起早给我烧好早餐，有时烀红薯，有时蒸馒头，有时做蔬菜粑粑，尽量让我感到好吃满意。每次学校开运动会或者表演节目，我穿的是白色运动鞋，她心很细，洗好后用牙粉擦在鞋上增白，别的同学还投来羡慕的目光。

为了解决家里的经济负担，让我们有钱买东西，晚上母亲在煤油灯下织花围腰带（圩乡的女人做饭烧菜、做脏活时围着围裙，把花布带镶嵌在上面系着），姐姐纺棉纱，这都是以前在合作社里学来的技术。农闲时，父亲徒步去几十里外的圩乡，叫火龙岗的地方卖围腰带，一去就在外面住三四天，我天天盼他早点回家。

父亲终于回家了，他把卖围腰带的钱，全部倒在桌子上，我替他清点一共卖了多少钱。一元、五角、五分、二分、一分，十元的只有两张。一共卖了36元，全家人很高兴，有了一笔很不错的经济收入。就是这些钱，解决了家里的一切开销，有时我还能找母亲再要点零钱买吃的。

高中毕业后，我高考落榜，回乡当了民办教师。成家后添了孩子，母亲又要带孙子，又做饭洗衣等。可是母亲的病越来越重了，我请了几天假陪她去看病，她总是说："你去教书，不能耽误你时间，我老毛病没事。"哪里没事，医院医生仔细检查后告诉我说："你母亲体质很差，现在已经是肝癌晚期了。"我知道后心痛如刀绞，一直瞒着不敢告诉她，只是默默地陪她看病，她为了我们这个家，付出的太多了。平时她只知道日复一日地干事，就如一台机器把油全消耗干了。

电闪雷鸣的一个夜晚，哗哗啦啦地下起了暴雨，我在医院陪她，她吃不下饭，就连大便都排不出来了。我撑着雨伞来到医生办公室，询问医生对我母亲目前的病情怎样治疗。医生说："你明天把她带回家吧，让她一定吃点稀饭水果，维持看看，能吃点东西就能多活些时日。不吃就撑不了多久。”我站在走廊边，泪水不断地流。但是我想，哭是解决不了问题的，让她回家好好休息休息，只要她想吃，一定满足她的要求。

第二天，我叫来车子接母亲回家了。我买了很多水果和食品。我告诉老婆说，她想吃什么一定要烧给她吃，满足她的心愿，这也是我们做晚辈的一点孝心。

我下班回到家里，来到母亲的床边，母亲刚刚六十岁，两鬓已有了丝丝缕缕的白发。以前满头乌黑的头发已掉得很稀疏了，那曾经慈眉善目的一张秀气脸盘，已有了许多皱纹。但是，时间老人已经在她脸上刻下了更多的柔和与慈爱。那双曾让人羡慕的细长巧手，已是青筋暴涨，骨节凸现。

母亲去世后，我看着她留下的遗物，更是睹物思人。这些物品，不知花费了母亲多少心血，包含了母亲多少慈爱，我们舍不得遗弃，一直都保留着。

世界上的事物就是这样循环往复，我们长大了，母亲却老了去世了。母亲养育了我们几十年，也让我们有了艰苦奋斗、勤俭持家的良好习惯；更教会了我们为人处世的许多道理。我们谨记母亲在世时说的每一句话，永远永远怀念她！

我与更生

在我市作家群中，有一位待人热情、诚恳、容易接近的勤奋作家，他就是何更生同志。那还是我市作协《大江》杂志办得正旺的时期，我只不过是一名文学青年，有一次向《大江》杂志投了篇散文，两个星期后，我就收到了退稿信，更生老师还附了一页信笺，信笺内容里指出了此篇文章构思、意境等方面的不足，让我立即修改后再寄过去。这一夜我坐在灯下想，我和更生老师素昧平生，有专人指点，这是打着灯笼也找不到的好事。这也是何更生老师给我的第一印象。

另一次是我市作协于1991年在南陵县绿岭召开笔会，何更生和冯慧莲、王兴国等作家给我们讲课、看稿。南陵县青年作家胡旭东还陪同大家看了大王冲里的水碾及风土民情、山光水色，同时参观了当地的一些企业，让与会者感触颇深。笔会结束后，更生老师立即写了一篇《绿岭情思》的散文。通过几天的接触，我们的关系更亲近了，我们谈人生，谈理想，谈创作体会，谈家庭琐事与儿女情长，更生也讲了他怎样从工厂工人走上文学创作之路的曲折故事。

家住芜湖市洗布山的更生，后来家里常常有一位客人，那就是我。在创作上，我有不懂的问题便会请教他，交流思想感情也去找他。总之，他不厌其烦，每次去他家里，看他亲自动手做饭烧菜给我吃，我真有点过意不去。中年丧妻这是他人生中最大的不幸，可他经受着时间的煎熬，终于还是坚强地挺过来了，把他唯一的儿子翔翔送进了皖南医学院，完成了他爱人去世前的嘱托。

这要花去他多少心血，时间是最好的见证人，吃苦是可想而知的。

我也多次请他来繁昌县城家中做客，他每次来都要带上几本别人刚出版的、还散发着油墨香味的散文集给我，让我从这些文友的散文集中吸取营养，充实自己，不断提高我的写作水平。

更生老师是个坚强的男子汉，虽然家里琐碎繁重的事很多，可他追求文学创作的热情一刻也没有停止。他放弃外出游山玩水、打牌、朋友相邀喝酒等多次机会，把自己关在家里，细心构思，认真揣摩，潜心写作。苍天不负有心人，日积月累的辛勤耕耘，终于有了收获。他在《清明》《安徽文学》《南方周末》等报刊上发表了多篇文章；河南的《散文选刊》也选发了他多篇散文佳作；《法制日报》整版刊登了他的纪实文学。中央电视台把他的文章拍成电视专题片。1996 年安徽文艺出版社出版了他的散文集《华夏之歌》，紧接着又先后出版了《拥抱太阳》和报告文学集《世纪金桥》《在党旗下前进》《更生散文选》及长篇纪实文学《年广九口述史》《年广九与“傻子瓜子”》等著作。

现在，他已在全国各地报刊发表小说、散文、报告文学 200 余万字。前不久芜湖有线电视台还给更生老师拍了专题片《走近更生》，这是我市展示作家创作成果和艰辛生活的专题片。

何更生老师现为中国作家协会会员、安徽省散文家协会副主席、芜湖市文化交流协会和芜湖市旅游摄影协会秘书长。

更生老师在成绩和荣誉面前没有感到满足。寒冷的冬夜，当我和他通电话时，已经是晚上 10 点多钟。我准备出一部散文集，请他作序，他没有推辞欣然同意了。他说他正在伏案写作，这时我立即想到，何老师的又一篇美文即将被刊发，留给读者的是温馨隽永的意境美！

愿何更生老师在新的一年里，身体更健康，创作大丰收。我们的友谊天长地久！

家有贤妻

妻子土生土长在农村，她虽然文化程度不高，但是个贤惠善良的女人。她要求别人的少，自己默默奉献的多。

在20世纪80年代初，我那时在村小学教书，家里联产承包有4亩多责任田，又担任学校校长，事务繁忙，没有时间去干其他事情，所以田里的农活就由她一个人来承担。她除了干农活，家里的家务都离不开她，因为我母亲体质差生病了，已不能和她做家务活了。

春播开始了，她像其他男劳力一样，主动去泡稻种、整秧田、撒稻子。秧苗的管理、施肥等也是她去操心。到了插田的时期，我抽时间去帮助她运了两次秧苗，插田的任务全由她包下了。因为她插田插得既快又整齐，常常受到很多行家的称赞。而我很少干农活，插田也不会插，只好帮她拔秧、运秧。

夏天稻子黄了，到了收割的时候，她又去安排修理打稻机等农具。我家有一块大田面积一亩多，天还没亮我去陪她割稻子，我割得很慢，她却手脚灵便，割到了中午时分，就快被割完了。我暗暗称赞她真是劳动能手，我自叹不如。

一个教书匠整天在学校里忙，就懒得下田忙农活。真正忙的时候我早晚只能去帮她挑几担稻子和稻草，或驮笨重的水泵等。田地里农活全由她包下来了。到了秋天收获的季节，家里稻子满仓，还有许多土特产如山芋、土豆、蚕豆、黄豆、芝麻、绿豆、南瓜、棉花等收进了家。除了这些，她还不厌其烦地养了猪、鸡、鹅、鸭。

冬天农闲时，她在家里给全家人做鞋子、织毛衣。她真是个勤劳而又心灵手巧、闲不住的女人。

后来，我改行调到机关工作后，她也随我搬到集镇上，但她还是舍不得放弃家里的承包田，经常骑车回到几十里以外的农村，耕种责任田，也许她对家乡的那片土地有着深厚的感情。我怕她太累了，一再做她思想工作，要她放弃回去耕种田地，她才依依不舍地同意了，把田地转让给别人耕种，而自己又选择了一个街头好市口卖起了水果。风霜雨雪的天气她照样出摊子，寒风刺骨，她的手脚都被冻伤了，却没有一句怨言。她的行动告诉我，为了我们全家生活得更美好，她吃点苦也会感到其乐融融的。

我调到高安乡机关工作后，领导出于对机关干部家属的关心，就把她安排到机关食堂工作，一干就是三年。这三年里她学会了烹饪技术，烧得一手好菜。

孩子要到县城读书，她当起了陪读，就辞去了工作。她又觉得光在家里陪孩子实在太清闲了，就在附近的超市做起了临时工。

我们结婚20多年，回过头来想想，她跟我曲曲折折吃了说不尽的苦。1985年的夏天，我到北京参加文学创作班学习，她在家搞“双抢”。一个多月后，我回到家里，她流着泪向我诉说搞“双抢”时她腿生了一个大疖子，为了及时把稻子收回家，她拖着沉重的腿，走一步拐一步，坚持把稻子收到家，晚稻也及时栽了下去。我心疼地安慰她说：“你辛苦了，我们通过努力，以后幸福的日子会来的。”

妻子还有一个最大的优点，无论我做错了什么，或者我在外面遇到不高兴的事，回到家里我从脸上表现出来，她从不和我争吵，只是低声从侧面劝导我不要着急，想开点，没有解不开的疙瘩。晚上等我冷静下来仔细一想，虽然妻子没有多高的学历，但她很实在。她内心世界是极其丰富的，这是永远值得我学习的。

女儿出嫁

2008年5月1日，女儿出嫁了。这是女儿一生中的大喜事，也使我肩上的担子轻松多了，心情也舒畅了。

人生在世，上孝敬父母，下为孩子，这是天经地义的责任。

记得20多年前，父母为我成家时忙碌的情景。我已经二十六七岁了，还没有对象，二位老人急得团团转。今天托张三去问有没有合适的姑娘，过几天还没有回音，又去托李四为我打听是否有合适的对象。当我知道之后，总是劝二位老人别着急，我自己的事会考虑好的。而他们总是埋怨说："你别挑剔了，抓紧成家。"我说："没有挑。"然后一笑了之。我心里清楚，他们为我着急，莫非是我成家之后，他们就算完成了做长辈的任务，可以轻松轻松了，这也是在情理之中的事情。

过了段时间，我经人介绍有了对象，他们又为我筹钱，在市场上买来木料，在自家房前屋后砍树，请来木匠师傅，忙活了几天时间，打了几件木制家具，这在20世纪80年代算是能凑合着用了。家具有了，还要准备礼金，父母把多年的积蓄拿出来还不够，又找亲戚朋友借了一些钱，选择了良辰吉日，请了几个亲戚朋友，放了几挂鞭炮，把我妻子接了过来。算是简简单单为我办了婚事。

时间一晃，20多年过去，我的两鬓已添了华发。女儿已经27岁了，也该成家了，我也开始为女儿能找个合适的婆家着急了。青年男女如果错过了人生最美好的时光，农村有句俗话叫“耕牛难卖，亲难讨。”不管是男是女，想找个理想的伴侣不是件容易的事。现在的条件比起过去有了翻天覆地的变化。

他们自由恋爱，条件成熟后，在县城某小区买了100多平方米的房子，装修、买冰箱、空调、液晶电视、电脑等家用电器就花费了30多万元。这在过去是我们可望而不可即的事。

五一这天，明媚的阳光普照大地，女儿早上化好妆以后，上午9点多，接亲的彩车开到我家楼下，女儿穿着漂亮的婚纱，女婿把她抱上了彩车。我目送着彩车一辆接着一辆开走了，心里乐滋滋的。

女儿出嫁了，我回到家想了很多很多，从内心里感谢党和国家以及出台的一系列好政策，使大家都富裕了。从我女儿出嫁这件事上，就能看出他们的条件比我们结婚时条件好了百倍。我爱人嫁过来时，我是步行将她接来的，女儿是坐着彩车出嫁的。我们办结婚喜宴是在农村烧的大锅菜，而今天他们的结婚喜宴是在县城有名气的华侨国际大酒店办的，喜宴之前举行了隆重的结婚庆典仪式。我还在仪式上讲了话，对女儿女婿的工作、生活提出要求并寄予殷切的希望，对亲朋好友表示深深的感谢。我的心情是无比的激动。

作为长辈，愿晚辈们的生活一年比一年更美好！更幸福！

小红雨的生日

2000 年 10 月 1 日是繁昌县高安乡中心小学四年（1）班学生查红雨的生日。同日，芜湖长江大桥竣工通车。这是在芜湖历史上值得纪念的光辉节日。小红雨的爸妈认真策划了一番，想让孩子的生日过得更有意义，便提出一个创意想法。他年龄虽小，但听爸妈说要把他的生日放在芜湖长江大桥上过，高兴得又蹦又叫，见人就说："我要到长江大桥上去过生日。"

为了实现小红雨的美好夙愿，他爸爸提前几天到芜湖朋友家，找朋友的朋友弄了几张大桥参观券，这样他全家人心里才感到踏实。

10 月 1 日这天，他们全家起了个大早，买了生日蛋糕、水果、饮料等，还带了照相机，乘车赶到芜湖长江大桥一桥。大桥上游人如织，大桥的雄伟壮姿，在小红雨的眼里是多么的高大无比。他们全家人来到钢筋拉索的桥墩边，用照相机请人拍下了这难忘的一幕。小红雨觉得在这雄伟的长江大桥上照张生日照，可以到同学面前炫耀自己是多么的幸福和自豪。

小红雨的爸爸告诉他，要好好学习，长大以后祖国有很多事业就靠你们接班人去建设，更要向大桥建设者学习，克服重重困难，一心一意把祖国和人民交给的事情办好。小红雨听了爸爸的话，一本正经地说："我长大以后，要当一名发明家！"全家人都夸他小小年纪有志气。

观赏完大桥，他全家人在大桥的桥墩边围坐下来，开始吃生日蛋糕、水果等，为小红雨过一个快快乐乐的 10 岁生日，同时也为大桥顺利通车而祝贺！

给孙子取名

孙子出生了，给全家人带来了无限的快乐和喜悦。可是孙子现在用的这个名字，不是我给他取的那个名字。在孙子没有出生前，全家人分成两组给他取名，这说明大家都用了一番心思。

其实，给人取名也很有学问。应该先注重姓名之阴阳五行能否辅佐人所禀赋的阴阳五行气（即人的生辰八字）。

在儿媳妇怀孕快到九个月的时候，我和老伴商量着给孙子取个好听又帅气的名字。我在电脑上反复查找，琢磨了好几天，有一天晚上就悄悄告诉老伴说，儿媳妇如果生的是男孩，就叫润泽或者叫为民。如果生个女孩就叫君妍（君，是姓氏的辈分）。

“润”字通常指的润泽、滋润万物以及光彩夺目的效果。作为人名时，它可以象征一个人的品质如厚德载物、名扬四海、富甲一方。

“泽”字则关联着光泽、润泽、恩泽、仁慈等正面特质，用作人名时，它可意味着润泽万物、深仁厚泽、恩情厚重等美好的祝愿。

这个名字寄托了父母对孩子未来的美好期望，希望孩子长大后，成为一个具有高尚品德且才华横溢的人。

另一个我认为也是很好听的名字“为民”。为民的名字寓意：是指稳重、睿智、自信、大气、博学多才、魅力之意。为民的意思是：年轻有为、委以重任、丰功伟绩、安居乐业、丰衣足食、国泰民安之义。

女孩，就叫君妍。君妍这个名字蕴含了丰富的寓意，其中“君”字通常指的是君主或具有高尚品德的人。它在古代社会中象征着权力和地位，同时也代表着尊贵和正直的品质。它在语境中，还可以表达出自尊自敬、正派本分的含义。而“妍”字则直接与美丽、美好相关联。

君妍的名字寓意既有高贵、优雅的风度，又有智慧和美丽的品质。

儿媳快到生孩子的头天晚上，我把给孙子取好的名字写在纸上，递给儿子和儿媳看，他俩看了后，嘀咕了几句，儿媳直言说：“这些名字太土了，这是过去人取的名字，太陈旧了。”我听后心里咕咚一声响，想解释几句，但是我用脑子马上一想，青年人的事，管多了并非是好事。我和老伴忍住了，一句也没争辩，就去房间休息了。

第三天的上午，孙子出生了，医生要孩子的名字，他俩已经给孙子取名叫“君洛”。这时我听说后觉得这个名字也非常好，就立即在手机上查了查，心里也就很踏实了。这就叫一代胜一代了！

“君”字的原义是指君主，也可以用来形容品德高尚的人。用作对他人的尊称。在古代，“君”字还指帝王，象征着主宰和统治。“洛”在取名时通常寓意着智慧与财富。用在男孩名字上，它意味着胸襟宽广，天资聪颖和多才多艺。这些特质体现了男性的阳刚之气和才智。“洛”用在名字上还可以表达落落大方、秀外慧中等品质。“君洛”不仅寓意着意志力强、智力敏捷、理性，还寄托了对意志顽强、有始有终的美好期望，以及希望拥有富贵长寿的祝福！

我自以为是个有学问的人，但在给孙子取名这个事情上，儿子儿媳没让我做主，说明他们已经长大了。儿孙自有儿孙福，可以放手让他们干自己想干的事了，我们老了，就应该享享福了，不需操那么多心了。

在弋江区买房想起的

十五年前，我就和妻子商量想在芜湖买套房子，同事邀我去城东买，我没答应。不是说城东不好，我想我老家就在繁昌这边，在弋江区买，来回方便，又靠近长江这边，风景独好。另外我对这里有感情，只要去芜湖都要经过这里。从小就对这里情有独钟！回想起过去，还有一段向往芜湖的故事。

家乡村后有一座山，与三山区接壤，属于现在的弋江区管辖。我很小的时候在老家山上放牛，伙伴们把牛往山上一放，任它去吃个饱。野性十足的孩子们全爬到山顶，眺望远方。我向北望，长江似玉带，和芜湖镶嵌在一起。那时只能隐约看见芜湖鲁港、羊毛更、桂花桥泵站，以及前面白茫茫的房子，但在我幼小的心灵里，就萌发了一个信念，要去芜湖看看美景，还想尝尝许多特色小吃。听大人们说，芜湖是个好地方，既热闹又有很多东西卖。所以在我心里就深深地刻下了印痕，总有那么一天，要去芜湖。

过去农村生活艰苦，想乘车去芜湖看看，要么没钱，要么没车。听人说就是有车去了，也许坐不上车回来，就得在芜湖住一夜，可望而不可即。只能把想法深深地埋在心里，要么就再爬到山顶，看看远处的芜湖。看到的只是模模糊糊的景象。

就这样，我还在心里萌发过梦想，要是今后在芜湖有套房子住着多好，那也许就是书里和电影里说的“天堂”。

斗转星移，改革开放的春风吹绿了芜湖大地。马塘区立即涌入改革开放的大潮。后来进行了区划调整，马塘区更名为弋江区。弋江区经济建设及各项工作日新月异。这边破旧的民房，杂草丛生的沟塘沟坝，农民的菜地农田，很快被征用。声势浩大的旧城改造序幕已经拉开。建楼房，修公路，水利设施进一步规划，植树造林……热火朝天地干了起来。柏油路纵横交错，一栋栋楼房如雨后春笋拔地而起。兴建住宅小区的步伐融入了时代的节拍，小区面貌焕然一新。搬进新房居住的居民个个笑逐颜开。

我先是一名教师，在家乡学校教书，由于我善于舞文弄墨，后来改行到乡政府做文秘工作。单位常派我去芜湖办事，终于如愿以偿。途经松鼠小镇、十里江湾公园、银泰城、临江桥、中江塔。有时还经过步行街、中山桥、新时代商业街、奥林匹克公园等地方。特别是近十几年，我来的次数更多，有时在这些地方，驻足观赏一番，来圆儿时的梦想。看着看着，又回想起我童年站在家乡山顶，向芜湖眺望的情景，回想起来别有一番浓浓的生活韵味。

因为一些原因，买房计划搁置下来。到了 2017 年 2 月，我和妻子商量，孩子大了，咱们赶紧去芜湖买套房子。听说去芜湖买房，儿子很乐意，笑眯眯地说："明天我开车送你们去选房。"

第二天他开车和我们来芜湖看房子，先跑了城东、城北等五六家售楼部，我没同意，我要么觉得地域环境不好，要么觉得离高速太近有噪音，要么觉得离老家这边远了。用一个个理由回绝了他们，大家就默默地回家了。

冷了两天之后，我提议到弋江高校园区这边买房。看着弋江区各项事业已风生水起，充满了勃勃生机。长江边这些气势宏伟的高楼，长江长、长江之歌、国贸天琴湾、海上传奇、印长江。还有中江塔、临江桥、金鹰大厦、银泰城，地标建筑相依相拥在江边，给这里增添了亮丽的风景线。看看江上的渔船、水鸟、浪花、江边的落日，怎不叫人向往和感慨！

时至秋天我和同学们来银泰城吃饭，站在高楼上看，十里江湾公园，一个个散步的人，似跳动的音符。看江边远处的落日，突然我联想起唐代诗人王勃这句诗："落霞与孤鹜齐飞，秋水共长天一色。"这傍晚江景真是太美了。夜幕降临下来，华灯璀璨，绚丽多姿，徜徉在江边的人们久久不愿离去！

我发自内心的感慨，我爱弋江区这方热土和这里的风景！最后我们全家商定，在弋江高校园区翰林公馆买下了房子。翰林公馆最高层34层，站在上面看弋江区全貌，高楼鳞次栉比，阳光照耀下熠熠生辉。离十里江湾公园一站路程，吃过晚饭一家人结伴去江边散步，看夕阳、观江景，这是多么幸福快乐的生活。

过去想都不敢想的事，如今变成了现实，沧桑巨变，国泰民安。我们一家人住进了芜湖弋江区这个舒适的新家。这一切变化，要感谢党和国家，感谢出台的一系列好政策，归功于党的光辉沐浴了弋江区。弋江区领导和人民，勇立潮头，继续用大手笔抒写弋江的明天，使之更加辉煌！

月是故乡明

大志来这里教书，不觉已几度春秋了。故乡的倩影渐渐在记忆深处有些淡忘了。然而近来，每到夜阑人静，独自伫立窗前，遥望天上的一弯新月时，那缕缕乡思，便如滚滚春潮，强烈地拍打着心之海堤。他想起了已经仙去的母亲，仿佛听到了母亲在夏天乘凉时给他讲的“猴子捞月亮”的故事。他似乎又回到了故乡那蝉声绵绵的山村，油灯如豆的小草屋，看见母亲在一针一线地缝补衣衫。

忽一日，他回到了日夜思念的故乡。山还是那般高，那般绿。房子却变了样，小草屋已经荡然无存了，小楼房、崭新的平房展现在眼前。山村的人也变得漂亮多了。年轻的小伙、姑娘给人留下多思多梦的笑靥。夜晚，他和妻子在凉床上躺着，痴痴地望着月亮。妻子在一旁笑道：“等月上中天时，定叫你诗兴大发，一定会吟出脍炙人口的佳句。”

夜深人静，凉风习习。妻子童心未泯，邀他到月牙溪去赏月。月牙溪，是他童年快乐的场所，那时他们几个伙伴常到这里洗澡、钓鱼。后来他们都长大了，月牙溪又成了青年男女谈情说爱的好地方。记得他和妻子第一次约会就在这月牙溪边。他们坐在台阶上，脱了鞋子任溪水舔足，看着月亮胡吟着诗句。月亮对他们眯眼笑，好像在说：“你们尽情地谈，我会把光亮照在你们身上。”他们心在怦怦跳，脸在发烧。

如今，他们插足水中，尽情地赏月。只见月亮如刚出浴的美女，移动莲步，笑意绵绵地升上中天。呵，多美的故乡、多美的故乡月。清冽如水的月光勾动了他的心。他仿佛陶醉在卓文君、司马相如的月下琴声之中，又好像看到了王昭君远在大漠，思念故土的恋恋情思。

呵，月是故乡明，月是故乡圆……

教外孙写作文

外孙已经8岁了，上小学三年级的时候，老师要求他们写作文，这是每个孩子求学路上必须跨的一道关。有些孩子在课堂上通过老师的细心教导，就可以逐步学会写作文，而有些孩子却需要家长付出更多的精力教导才能学会，不然，作文就成了孩子们十分惧怕的“拦路虎”。

不能惧怕写作文，我开始教外孙如何写好作文，谈不上经验，主要是运用了一些方法，才让他慢慢地把作文写得像个样子。

首先用合理有效的方法激发外孙的自信心，陪伴、引导他跨过这道坎。让他用最简单的语句写起，写熟悉的人和事物，这是最容易学会的写作文方法，也能让他接受得快。只要写几句最简单的话，我就让他先过关，给他鼓励。例如，写“我的爸爸”“我的妈妈”等。

有一天，外孙回到家里，我正好去他家里吃饭，外孙告诉我：“外公，你教我写作文，老师要我写一个熟悉的人。”接着我就引导他去想，想想爸爸妈妈的长相，想想他们经常说的话等。这时外孙转动着小眼珠，摸摸头发想了想说：“我爸爸头大大的，身材胖胖的，说起话来声音洪亮。”“妈妈长长的头发，一双明亮的大眼睛，说话时总是爱笑。”“他们经常对我说，要好好读书，做个有出息的男子汉。”我竖起大拇指高兴地点点头。虽然说了几句简单的话，语句也不够流利，但这就给写作文做了很好的铺垫。紧接着，我就要求外孙立即把这几句话写下来，他写好后交给我看，发现有几个错别字，马上指导他订正过来。我就用红笔给他打了个“优”字，他也高兴地笑了。

又是一个双休日，我教他写小动物。我提醒他，小狗、小猫、小燕子、小乌龟、小青蛙等都可以写。他马上就说：“我写小乌龟，因为我家养了小乌龟。”我就提醒他，你认真观察一下，小乌龟怎么爬行、怎么吃食物、怎么休息等。其实外孙天天在观察小乌龟的一举一动，放了学，做完作业，他就陪小乌龟玩。大概十几分钟的时间，外孙将写好的作文拿给我看，他是这样写的：“有一天我陪妈妈去超市买菜，突然我发现在一边的玻璃缸里卖小乌龟，我就叫妈妈过来看看，我想买一只回家养着玩。妈妈挑选了一只，给我用袋子装着拿回家里。我和妈妈找来养鱼的盆子，给小乌龟安了家，接着妈妈就在网上买小乌龟吃的饲料。小乌龟饿了的时候就把头伸出来，眼睛四处看着。饲料放在里面，它张开嘴很快就吃了起来，吃饱了颈子就缩起来休息很长时间。有几次我观察到，它想爬出盆子，用了很大力气都没爬出来，盆子边是光滑的……”

这篇写小动物的作文，我看后当面指出他写的不足之处，语句不够通顺，还有错别字，例如：饿了的“饿”字，写成“哦”“颈”字写成“劲”字。他马上进行了认真修改。第二天去学校交给语文老师，老师看了后给他一个“优”字，还在班级里作为范文读给同学们听，并要求其他同学向我的外孙学习。他到家里把这个喜讯告诉他妈妈，又打电话向我报喜。

接下来，我就鼓励外孙参加简单的劳动，把劳动过程记下来。我和女儿还带他外出游玩，接近大自然，见多才能识广。看日出日落，看雪中即景、雨中即景。把看到的景色和新的发现记下来。这样几次加深印象，反复指导，再让他独立思考，他逐渐就喜欢上写作文了。

把外孙引导到喜欢写作文后，他在渐渐长大，我对他提出了更高的要求，要想把作文写得更好，就要做到以下几点：首先要多阅读，读多了，学会借鉴。好的文章、好词、好句，学会积累。坚持写日记，既能练笔，又积累了素材。这样肚子里才有货。其次多启发，命题作文要好好思考，不能跑题，要看好命题作文要求，掌握要求。再有，教外孙练习遣词造句，让他多训练用词造句，时间长了，练得多了，就自然把语句套进作文里了。接下来是帮助外孙整理思路，写作文是有据可循的，所以当外孙正为写作文苦恼的时候，我去帮他理一理思路，让他把握好作文的基本要素和写作方法。

最后，教外孙一个好习惯，在做笔记的时候，要做到语句完整、通顺，看到一些特别优美的语句，都要不怕麻烦顺手记下。只要不怕吃苦，平时多积累，写起作文来就得心应手，就能达到融会贯通的效果。

同学聚会

时光流逝，岁月如歌，溜走的是悠悠岁月，留下的是同学之间的浓浓情意。我们初中、高中同学毕业于繁昌县横山中学已经四十多年了。同学们毕业后各奔东西，去寻找生活的出路。由于当时缺乏联系方式，后来几乎都是杳无音讯。可是大家心里肯定都有一种默默的牵挂，毕竟在那无忧无虑的年少时期，一起背着书包，穿街过巷，沿着乡间的田埂和弯弯的河流去学校寻求知识。

岁月是把杀猪刀，给每个人的额头上刻下了道道皱纹，令人唏嘘。它还让当年一群翩翩少年变成了白发苍苍的爷爷，让美丽无瑕的少女变成了步履蹒跚的老太婆。直到2018年的某一天，初中同学王祚发、高化龙、鲍勇等几位碰到一起，突然想到要把同学邀到一起开个同学会。经过几十年的艰苦探索与奋斗，这几个同学已经成为同学中的佼佼者，生活过得十分红火。但是又苦于找不到一个有组织能力的人，站出来牵个头。思来想去，他们想到了我。其一，我毕业前是班里的班长；其二，我还在政府机关上班。他们几个代表去我的单位找到我，说明来意，我满口答应作为同学聚会的领头人，邀请同学在一起开个联欢会。

接到组织同学聚会的通知，我心里很不平静，渐渐的思绪回到了过去。

我们这些同学大部分出生在20世纪50年代末，少数出生在60年代初。都尝到了苦难生活的滋味。虽然没有经过硝烟战火，但兄弟姐妹多，没有真正享受到快乐的生活。当时正是国家经济困难时期，生活水平极为低下，人们大都吃不饱，穿不暖。五六十年代穿衣、用的毛巾等以棉布为主，70年代，化纤衣物逐渐流行，去市场上买东西都是要用油票、粮票、布票和副食品本子供应。就是这样，人们战胜困难建设国家的决心依然坚定。

20世纪80年代初，党的温暖阳光普照了中华大地，这时改革开放的大潮滚滚而来，社会经济迅速发展，人民的生活水平显著提高。但是还有不足之处，譬如，好多家庭做饭烧菜还是用煤气罐或者用柴火，用水还是去河里、塘里、井里取水。只有少数家庭用上彩色电视机，大部分人家用的是黑白电视机。通信方式就靠电话，也只有少数人家有。人们的物质生活还是比较拮据，很大一部分人的生活还是艰辛的。可是人们的思想意识已经有了较大提高，开始履行自己的责任，家庭联产承包了责任田，也开始追求丰富的精神生活，跳舞、打太极拳、去影剧院看电影、去文化站阅读、借书回家阅读等，为下一步社会发展打下了坚实的基础。

从一穷二白起步，在砥砺奋进中开拓进取。不然为什么说吃得苦中苦，方为人上人呢？吃苦也是一种磨炼。人生中的苦，告诉我们，苦出来的才是有滋有味的生活。

我们这些同学在1978年秋季毕业，正值青春年少、风华正茂的大好时光。出校门后，有的任代课教师、有的去工厂上班、有的去学习刻石雕、有的去跑运输、有的去做点小生意等。经过了几十多年的风风雨雨打拼，现在都已经进入为人爷爷奶奶的行列了。也许有很多东西淡忘了，也许有的人变化很大，可能认不出来了，但是老师同学的浓浓情意却难以忘怀。

2019年的初冬，我们搞了一次初中、高中的同学聚会。聚会地点安排在繁昌马仁山。马仁山是国家AAAA级旅游区，风景奇特，文化底蕴深厚。四十多位同学怀着无比激动的心情来参加同学聚会。

同学见面后相互拥抱、握手，敞开心扉，诉说沧桑岁月和那些尘封多年的学校往事，师生们重温旧梦，站在马仁山景区大门前合影留念。人生，相识是杯醇香的酒，相逢是首优雅的歌。同学毕业分开后，每个人都经历了创业的不易，工作的艰辛，也体味到了很多的酸甜苦辣，更有了很多的春华秋实。

看着一张张熟悉又陌生的面孔，有些感慨，但是立刻就觉得这是现实的聚会。我们简单扼要安排了几个议程，首先请几个同学代表作几十年来创业经验介绍，这样更能调动同学之间互动的积极性。接着又请班主任杜老师给我们讲话。老师在我们心中是最受人尊敬的人，他们的到来给同学感觉就是一种温暖和力量。班主任杜老师讲了几句表示感谢的客气话，然后也给我们提出了展望未来的几点要求。

我们在学校时，老师就给大家提出过多次殷切希望，希望我们好好学习，将来成为有用的人才。这些同学中，有几位学习成绩好的同学，其中一位汪前喜同学，是一个沉默寡言的人，他稳重、踏实，上课认真听讲，按时完成作业，不懂就请教老师，有时间就看书，收获自然就很多。他有自然的天赋，秀出了自己的个性，秀出了自己的水平，也就改变了自己的命运。他考取了重点大学，后到国外留学，现居住英国。在学习上也就成为同学中的佼佼者。

“落红不是无情物，化作春泥更护花。”当然班里也有其他几位同学考取了普通学校。学生的成长与进步，都离不开老师的呵护与辛勤付出。

今天请来的几位老师都教过我们，他们就像一盏盏指明灯，照亮了我们前进的道路；像一把把钥匙，开启了我们智慧的大门。我们走出校门在社会上闯荡这几十年，都是与老师的教育分不开的，老师们的谆谆教诲，我们都铭记在心。

当然，今天要留更多的时间给同学们交流、进行联欢。在交流中，介绍到经验的精彩部分，大家发出欢笑声和阵阵鼓掌声；交流刚刚结束，联欢会进行了，几个歌喉好的男女同学唱起了《友谊天长地久》《草原之夜》《对面的女孩看过来》《年轻的朋友来相会》（虽然大家都不年轻了，但羡慕年轻人）等，悦耳动听的歌声，优美动人的舞姿，仿佛又回到了中学的校园。还有两位同学紧跟其后表演起小品，气氛热烈，掌声雷动，师生们沉浸在无比的快乐之中！

聚会午宴中同学们互相举杯敬酒、倾诉、畅饮，把几十年的情谊浓缩在酒杯中，把今后的幸福生活融于其中！敬畏生命，乐观向上，追忆中学时期的快乐生活，表达出同学们的真挚情谊。这次同学聚会的目的达到了，让大家在短短的时间里，尽情地诉说友情，交流彼此的感情，分享几十年来的人生不平凡的经历，尽情畅谈美好的未来。

此次聚会不仅增进了同学们之间的友谊，更加深了对学生时代的眷恋和美好的回忆。这是一个新的起点、新的征程。虽然都迈入了老年，但是还要带上温暖与感动再出发。离岗退休不褪色，发挥余热亦生辉。退休也是新生活阶段的开始，想让自己过上幸福、健康、有意义的晚年生活，就要保持适当的运动，规律饮食，有充足的睡眠，去市场、超市买菜购物。也可以选择读书、钓鱼、养花、摄影、写文章、下棋、出去旅游等，使生活更加有趣、丰富。

天下没有不散的宴席，再见了同学们，再过几年我们将继续相会！

花鞋垫

女孩子，长到十八九岁，春心萌动。小青年就喜欢找这些情窦初开的小美女搭讪。约她们去野外踏青、去看露天电影、去山上放牛，登高望远，看远处的长江，近处的小河，还有那绿油油的麦浪。

特别是乡下的妹子，如果爱上了心上的人儿，就悄悄地到街上买来五颜六色的丝线，等到夜深人静时，便拿出来鞋垫，熬夜绣着自己的心思。一边绣一边想着他英俊的模样，不小心，手被针扎出了血。轻轻按住血止了，还是想着心上的他。

一针针一线线，爱之花盛开了，爱情的故事编织出来了。她把花鞋垫悄悄地送给他，算是把终身托付给了他。

当男友接到这花鞋垫时，好像接到一首色彩斑斓的诗章，他认真地阅读着甜蜜的诗行。

柔柔绵绵的丝线，他仿佛看到了花一样妩媚动人的脸蛋，深邃的眸子向他投来多情的目光。他把花鞋垫珍藏起来了，珍藏起一篇爱情诗章……

牵挂

牵挂是美丽的，因为牵挂是由距离而产生的。牵挂也是无奈的，因为默默的思念与情感交织在一起，它是一幅浓郁淡雅的画卷，是自然质朴的情韵。当你牵挂一个人时，你就会想到他（她）是不是也在牵挂着你？其实，牵挂与被牵挂在我们的生命中是不可缺少的……因为喜欢、因为亲情、因为关爱、因为友情等才有了那份深深的牵挂！

人生中有诸多不尽人意，也有悲欢离合。牵挂与被牵挂，也是一份烂漫、一份深沉、一份纯美、一份奔放……若用心去感受对方的无限牵挂，并且送上真诚的祝福，会令你有很多美好的联想，有瞬间的甜美，更能感觉到心底飘荡着淡雅的馨香……

1998 年，发生了洪涝灾害，特别是长江中下游地区，百年不遇的洪水席卷而来，很多村庄、农田被淹，数亿人民遭受灾害，形势十分危急。在严峻的形势下，人民解放军和武警部队紧急奔赴抗洪一线，手挽手，挡洪流，不畏艰险，封堵决口大堤，留下了英雄抗洪的许多感人故事。

1976 年 7 月 28 日凌晨 3 时 42 分河北唐山丰南地区发生 7.8 级强烈地震，人民生命财产损失惨重，为历史罕见。解放军指战员、消防战士、公安武警、医务工作者和数万名各方面的救援人员，舍生忘死，奔赴一线救人，运送物资。

2008 年 5 月 12 日 14 时 28 分 4 秒，四川汶川发生大地震，这是唐山大地震后伤亡最严重的一次地震，牵动了全国各族人民和港澳台同胞的心，大家纷纷伸出援手，捐款捐物，踊跃献血，支援灾区。

2024年的春节前夕，无数返乡游子带着对家乡的思念踏上归途，都期待着早点回家与家人团聚。此时，天有不测风云，受拉尼娜现象的影响，一场百年不遇的大雪悄然而至。先后四轮大范围的低温雨雪冰冻灾害席卷湖南、湖北、安徽、贵州等20多个省份，导致全国春运受阻。

经历了以上的几个突发事件，全国人民怎不揪心与深深的牵挂。这些重大事件的发生，在岁月的长河里留下了难以磨灭的印记。虽然在电视、电台、手机里都能看到和听到救人救灾的场面，大家都替受灾的同胞捏一把汗，他们毕竟身处险境；同时也担心着救援队员的安危。大家只能祈盼救援队抢在黄金时间里，救出受灾群众，好让家人团聚。无论人们受到什么灾难，全国人民都寝食难安！这是人与人之间最珍贵的情感体现，是慷慨的给予和无私的挂念，是深深的祝福与默默的祈祷。所有这些不急功近利，不含虚假，都是最纯真的牵挂。牵挂像一根长长的藤蔓，延伸在人们的每天生活之中……

小的时候不知道牵挂的珍贵。在外面上学的那段时光，几个月不回家。那年代没有电话、没有手机，凭想象就知道，父母在乡下挥汗如雨的劳动场面，但也不知道他们身体怎么样。当然父母肯定也在牵挂我学习、生活、安全等情况。长大后才知道，牵挂是什么味道，很甜、很涩，五味杂陈，样样俱全。

千百年来，牵挂一向深锁在人们心中，萦绕不去。带着牵挂生活，是幸福的，懂得牵挂的人，就懂得应对离别；懂得思念，懂得关爱，就懂得人生离别的意义。人生不会因为离别而伤感，不会因为思念而苦闷，而是懂得珍惜自己，乐观向上，拿得起，放得下。

有时牵挂的欲望更加强烈，如火炙烤心头。有的人牵挂着父母；有的人牵挂着儿子媳妇；有的人牵挂着孙子孙女；有的人牵挂一线的丈夫、妻子；还有很多的人牵挂着一线的公安干警、消防队员、党员志愿者……他们在暴雪肆虐的时刻，把生命置之度外，这是一种崇高的大无畏精神，值得弘扬、学习、敬佩！自然灾害是无情的，但奋战在一线的勇士们，心里始终牵挂的是百姓，人民至上，生命至上。

灾情突然来临，好多家庭没有准备充足的食物和蔬菜，政府领导也十分牵挂大家的生活，及时为居民配送食品和蔬菜。居民所需食物，志愿者都帮助去超市购买，及时送到各个灾区点，解决了大家的燃眉之急。这是社会主义国家的强大优越性，给居民的安逸生活带来了可靠的保障。

现代的人们，一个电话，一个微信，传递着彼此的关心与牵挂。下大雪的那年，我和老伴待在家里，通过视频询问儿子、女儿家一日三餐吃喝情况，还缺少什么，等等。他们同样也牵挂着我们，问长问短，细致入微。我老表的儿子在美国留学，他们的儿子也关注着家乡的雪灾。他们夫妻俩几乎天天和儿子视频，或通电话，报着平安。邻居家儿子女儿在上海打工，全家人和亲戚朋友都十分牵挂他们在回家路上的冷暖与安全。

还有很多身在异国他乡的学子、打工人，为了那份学历，为了多挣钱过好日子，漂泊在外。在外是艰辛的，回家是温暖的。亲人、朋友，每天都要通过微信和他们联系，盼望他们能回来过年、团聚！

千千万万个家庭都有同样的经历与感受，这样的牵挂，它不是极强烈的情感，没有一泻千里、排山倒海的气势，却似涓涓细流，环绕在人与人之间的心旁。

虽然牵挂很累，但心里觉得很畅快，因为它是一份告慰心灵的满意答卷。让我们每个人在幸福的生活中，拥有更多的美好牵挂……

温馨依旧

你和我分手在姹紫嫣红的春季。读你美丽的双眸，知道你有好多话要说，可是女孩的自尊使你保持了沉默。你依依难舍离开了我，我更有自知之明，我不愿缚住你高飞的翅膀。十年中，我只能用书信捎去我的问候，我还常常寄去我发表的一篇篇散文。

后来你寄来一封封信，诉说内心深处的痛苦。你悔恨当初的稚气和无奈，现在才觉得那逝去的初恋是多么的珍贵。

如今，我们一个在江南，一个在塞北，可我顺着那春天的风，还能闻到你迷人的馨香，听到你温柔的话语。

中学时代的情景，还常常进入我的梦中：蓝天下，芳草茵茵的河滩上，我们无拘无束地奔跑；还有那开满芬芳野花的田间，月色朦胧的夜晚，尽情捉迷藏。夏夜的萤火虫在树丛中游弋，你要我捉几只玩玩，捉了几只萤火虫给你，你快活地跳了起来，但不一会儿又把它们放飞了，说是不忍心伤害这些可爱的小生灵……

你是那漂泊的小船，我是那静静的港湾。不管你漂流到何等遥远的地方，我都敞开胸怀，亮起导航的灯火，时刻等待着你的归航……

儿子订婚

男大当婚，女大当嫁。媳妇在芜湖这边上班，经好心人牵红线，儿子和儿媳见了几面，都觉得有眼缘，也很投缘，就继续交往。

作为家长要抓住时机乘胜追击，立即把他们的婚事落实下来，心里才踏实。就在去年腊月，我和儿子驱车百里去安徽池州市，和未来的亲家当面商量儿子、媳妇订婚的事。我代表全家，向他们家提出初步意见，要求到庚子鼠年正月初六，把两个孩子婚事订下来。未来的亲家夫妻俩，人也忠实本分，没说一个不字。但是按照他们那边习俗，订婚必须先去他们家办几桌酒席，请亲戚、好友来家里吃顿酒。然后女方家再派几个做主的代表，到男方这边看亲。我没多想什么，就满口答应他们的要求。

未来的亲家顺便说："到时我们去几个亲戚，去你们那边看看繁华的江城芜湖。再浏览一下那边农村的田园风光。据去过芜湖的人回来说，你们那里新农村建设起步早，美好乡村的格调高雅，有的村还保持了古色古香的韵味。"

我接过话茬满心喜悦地说："欢迎你们到芜湖做客！到时我陪你们四处逛逛，观赏桃红柳绿、鸟语花香的美好乡村。"

按照事先我们约好的时间，腊月十八，我和儿子早上五点出发，带了烟酒喜糖去女方家办几桌酒席，请他们家亲戚朋友来吃饭。儿子长大了订婚、结婚都是家里的大喜事。乡下人，把放鞭炮当成最高的庆祝方式，鞭炮一响然后就开始喝酒。在酒桌上我先说了几句客气话，接着就直奔主题说："老弟，提前祝你全家新年快乐，心想事成！祝在座的亲朋好友，身体健康，万事如意！”客人都站起来同饮一杯酒。然后双方商量好到新的一年正月初六给儿子、媳妇订婚的事。

酒喝起来，气氛马上就不一样。女方的亲戚都来陪我喝酒，可是我不擅喝酒，只是端起杯子做做样子，也算是一种礼貌吧。

一眨眼的工夫，就到了正月初六，家里派了几辆车子，清晨上了高速到池州把未来的亲家和亲戚朋友接到芜湖来。

我陪同他们在芜湖步行街观光了一下，再去繁昌的美好乡村——赭圻村打了卡。他们在村里拍照、合影，心情十分的快乐。把这里的美景带回家，好让其他人分享这里的浓浓乡情。

回到繁昌酒店，一切准备就绪。儿子、儿媳订婚仪式开始了。我首先祝词：“亲戚朋友大家好！今天是我儿子和儿媳订婚大喜的日子，作为孩子的父母，在这里对参加订婚的来宾表示由衷的感谢。我看着儿子长大，走上了工作岗位，一步一步走向成熟。如今，迎来了人生重要的时刻，和儿媳订婚。我是发自内心的快乐和感动。但是在这里，我要对你们说，从今日起，你们要和睦相处，开始你们长大成人的全新生活。携手共创美好的未来，早日结为连理，幸福美好一辈子！”

全场来宾鼓掌祝贺，定亲的宴席开始了。过了一会儿，我和老伴领着儿子、儿媳，也举杯一桌一桌地陪酒。这是我们老家做人做事的礼节。

儿子订婚了，这一天给儿媳买了金银首饰、衣服等。花了一部分钱，但是我们乐意花这笔钱。花了这笔钱，心里感觉踏实了很多。下一步就是媳妇嫁过来，孙子出生，添人进口，全家人生活其乐融融！

党旗在心中飘扬

父亲生前是有着39年党龄的老党员，一辈子性格耿直，胸怀坦荡，原则性强。村党组织安排的任务，他克服各种困难尽自己的力量去完成，处处以党员的标准要求自己。不管干什么事他都身体力行，为我们晚辈做出了榜样!

前些日子，我回家乡扫墓，看着满山绿海一样的树木，青翠葱茏生机勃勃，心里由衷感到敬佩、高兴。

人与自然和谐共存，绿水青山就是金山银山的生态文明理念，已深深地刻在人们的脑海里。父亲大人多么想把一个清洁美丽、风景如画的乡村环境，留给子孙后代。

睹物思人，使我浮想联翩，往事一幕幕闪现在我的脑海里。

原先家乡这几千亩的荒山，是我父亲在20世纪70年代，任林场场长时带领十几名党员和村民，吃住在山上。不管春夏秋冬，风霜雨雪，他们用坚韧不拔的执着精神，开垦荒山，搬走乱石。一天又一天，一年又一年，用铁镐铁铲，一镐一铲挖出来，栽上树苗的。那年父亲已经62岁了。那个年代没有多少报酬，适当记点工分，到了年终才结算一次，象征性地给点补助，他们都没有怨言。这就是党员的崇高思想和执着信念，要想改变贫穷落后的面貌，就是要有一批无私奉献、具有高尚品德的人!

我们中国人民不管是过去困难时期，还是现在强大起来了，都具有强大的凝聚力和战斗力。回想起生产队水利冬修，还是抗洪一线、抗震一线、救火一线，每次在生死关头，一面面红旗在飘扬，哪里有困难，哪里就有党旗在。党员随时挺身而出，接受各种考验。一个党员就是一面旗帜！

听父亲和我讲过，过去国民党抓壮丁时，他为了掩护堂弟和乡亲们逃跑，自己来不及跑，就躲在草垛里，被国民党用刺刀刺在头上。幸亏刺偏了点，头皮被刺破，鲜血直流。他还是忍着痛，躲过一劫，自己额头上留下了一道深深的疤痕。堂弟和村里几个青年后来都参加了八路军，在战场上狠狠地打击了日本鬼子，立了战功，家乡人民感到无上光荣。父辈们为了国家的生死存亡，把自己生命置之度外，是我们晚辈学习的榜样……

父亲领他们每次去山上栽树，都把党旗插在劳动工地，劳动在哪里，党旗就在哪里。这样就激励大家不忘初心，砥砺前行。

那时，我在家乡学校教书并担任校长。春天里的一天，带领全校师生，去父亲的林场参加义务植树活动，让孩子们尝尝劳动的滋味，更让他们体会劳动课的价值……尽管大家累得满头大汗，但是每个人心里还是乐滋滋的！

改革开放后，土地承包到户，林场还是归集体所有。村支部信任父亲，还是要他担任场长。他从内心里认为守护这片树林，就像守护自己的孩子，盼它们快快长大，为国家建设做贡献。

父亲不但白天带领大家植树造林，晚上还在护林棚里护林、巡山。就这样在大队林场日夜守护了 20 余年，去世前还在守护林场这片树林。他始终在想：一个党员，无论在什么情况下，都不能忘记自己的职责和担任的使命！

父辈们不忘初心，艰苦奋斗，无私奉献的高尚精神，潜移默化地影响了一代又一代人！

我没退休前，在政府机关负责党建和发展新党员工作，爱岗敬业，恪尽职守，传承了父亲的敬业精神，受到单位领导和同事的一致好评，多次被评为优秀党员和优秀党务工作者。现在虽然退休了，但只要党和人民需要，随时站出来，发挥余热，去践行党的宗旨。

我的堂弟和侄子都是党员，为了家乡脱贫攻坚，使自己有一番作为，他们和我商量，承包了农民闲置的农田 (很多人外出打工，田地荒了)200 多亩，种上了优质水稻，还种了十几亩菊花，承包了几十亩水面，养了鱼、老鳖、螃蟹等。在资金上我想办法给他们筹资，在种养技术上，我帮他们请专家去实地指导。第一年，由于经验不足，市场销路又不畅，鱼、鳖、虾卖不上价。到了年终一算账，种养殖业等仅收入 20 多万元。他们心里有着沉重的压力，每个人脸上看不到笑容。吃了那么多苦，收入太少。这时我组织大家在一起总结原因，给予精神上的鼓励，寻找存在的问题与不足。研究下步再干下去的方案。

第二年开春，他们决定扩大土地承包面积，水稻种植又扩大了 100 亩，在养殖业上加强精养。引进小龙虾养殖技术，又种植了大棚草莓。

功夫不负有心人，这一年风调雨顺，养殖和种植业获得了大丰收，水稻收割时，被收购商直接来田头用车装走。跑销售的人，动脑筋多方请教，寻找市场，融洽了和购买人关系。芜湖、南京、无锡、上海等收购商，把车直接开到种植基地、养殖场装货。市场打开后，需求量大增，带动了周边几十里以外的养殖户，他们把货送到侄子这里一并销售，方便了大家也补足了货源。他们看到了既丰收又好销的势头，每个人心里都甜滋滋的，脸上也堆满了笑容。年底结算，堂弟他们获利 100 多万元。这就增添了他们继续发展下去的信心，也给乡亲们脱贫致富，起到了示范引领作用。

乡亲们看到堂弟侄子们干得红红火火，都投来羡慕的眼光，纷纷也来请教，尝试。我秉承了父亲的性格，别人有种植养殖业上的困难，都请技术人员帮助解决。我不想别人多么感激我，只要大家都富裕了，我心里就快乐满足！在榜样力量的感召下，乡亲们有的精心养虾，有的种起了蘑菇，有的种起了大棚蔬菜……各尽其能，都行动起来了。人人都懂得，幸福是靠双手奋斗出来的简单道理！

现在的家乡，山清水秀，鸟语花香。过去都是泥巴小路，交通闭塞。如今水泥路四通八达，家家都买了小车。乡风文明，社会和谐！

父亲虽然去世多年，但改革开放几十年来家乡的巨变，该归功于他那一代人拥有的艰苦奋斗、执着坚持的精神。他们守初心敢担当的行为，影响了我们。

我的父亲就是一面鲜艳的旗帜，时刻飘扬在我的心中！

把绿色的梦留给人间

父亲的身子骨一向是硬朗的，乡亲们说用榔头也“打不死”。可是他突然病倒了，他总想恢复健康，再去看看他守护了二十多年的那片绿色的山林。父亲已到了古稀之年，一病不起。他多么希望自己在这可爱的人世间多活几年，看看人间的花红柳绿，听听蒸蒸日上的改革歌声，为建设文明、富裕的家乡献出微薄之力。

他病倒了，作为晚辈人的我们，纷纷为他东奔西跑，寻医问药，端水送饭，给他精神上足够的安慰。日历一天天撕去，可父亲的病情一天比一天坏。我们的心里一阵阵的酸楚，泪流满面。经医生诊断，他得的是可怕的胃窦癌。

父亲是位有着三十多年党龄的老干部，他待人热情诚恳，工作踏踏实实，自进入铜山林场，他披星戴月，开荒植树，精心管理。树木成材后，不论严寒酷暑，他都坚持日夜巡山，受到乡亲们的一致赞誉，称他是：白发换来满山绿，留下财富为后人。父亲倒下了，我仿佛觉得眼前倒下的是一座青山。

当我带回一本新年日历时，父亲只是睁着毫无表情的眼睛看着我。我多么祈盼他度过新年，更愿他那绿色的梦永留人间！

读挚友

人的一生难得交上一位挚友，交上一位挚友犹如读到一本内容丰富的好书。记得作家赵玫说过：“人再孤独也不能够没有朋友，有时候朋友比亲人更重要。”

20世纪70年代末80年代初，我几次高考落榜，回到闭塞的乡村教书，曾一度对自己的前途感到失望，认为自己的远大抱负将成为泡影，所以整天无精打采，对人世间的一切看得太淡太灰。

忽然有一天，已经考上大学的她，从遥远的城市寄来一封热情洋溢的信，她在信中真诚地要我振作精神，继续好好复习，勇敢地向命运挑战，不能一蹶不振，碌碌无为地虚度自己的青春年华……

她的来信我读了有十几遍，从字里行间，我读到了她美丽的双眸正在看着我，仿佛人生的真谛都从这双眼睛里袒露出来。我从心底感激挚友在我走到人生的十字路口时，为我鼓劲，给我力量。这之后，我们长期两地通信，我把这位挚友当作一本打开来充满着希望，合起来令人回味悠长的好书来读。我读我们在一起读书时她留下的一颦一笑；读她乐于助人、勤奋好学的精神；读她那颗善良的心。

春夏秋冬，我一边教书一边伴着孤灯苦读。功夫不负苦心人，通过几年的奋斗，我学完了中专、大专、本科的课程，终于考取了国家教师资格证。在成绩和荣誉面前，我始终不敢骄傲，因为我之所以有今天，完全应感谢挚友的真诚帮助。

现在我们已各自有了家庭，但都把对方当作一本深奥的书在读。从这本书中悟到了人生的真谛、友情的温馨。

想家

家是人们生活的根。每逢春节临近，外出工作和打工的人，纷纷从他乡拎着或背着鼓鼓囊囊的大包小包，笑逐颜开地归来。鞭炮声又时时在耳边响个不停，气氛变得似一杯浓浓的醇酒，令人陶醉。这时更勾起思念家乡之情。

单位开始放假了，同事们都回家过年去了，一幢楼只剩下我一家暂住在这里，我开始感到冷冷清清，一种孤独感袭上我的心头。这时我站在阳台上向家乡的方向眺望，回家过年的心情似海潮一浪接一浪拍打而来……

乡间的家，周围有很宽敞的农家大院，门前有两棵银杏树，房后有碧绿的竹园。

父母亲在世时，每逢过年，父亲总要在几天前就忙着上街置办年货，回到家打扫家里的环境卫生。母亲和妻子忙着灶上灶下烧菜等。而我从早到晚忙着给乡亲们书写春联。

今年，我和妻商量一定早点买好菜，全家人骑着电瓶车去乡下家里过年。一年到头在外面忙工作，总得要抽出点时间回家好好看看。相信那并不遥远的家，我们一眨眼工夫就到了。只要一进村口，乡亲们会十分亲热地和我打招呼。当我们来到家门口时，心里总会涌起莫名的感动。这里有依靠和温暖！

雨中感想（外一章）

一把竖琴，弹奏出多情的季节。如酥的小雨，伴着春风，似一点点五彩缤纷的音符，把漫山遍野的枝头染红；把刚刚萌发的叶儿染绿；把撑开五颜六色的伞，亲吻成一种迷人的诱惑；把乡间的油菜田谱写成抒情的诗篇。

布谷鸟在雨织的网中欢唱，春燕用剪刀似的尾巴，把富足剪成一幅幅美丽的图画。

雨丝挂在小伙子的头发上，倏地沁入心田；挂在姑娘的睫毛上，是一缕令人猜不透的心思……

眼睛

第一次看到她的眼睛，我怦然心动。姣好的面庞上一双水灵灵、亮晶晶的眼睛，润湿了我干涸了的心田。这时我眼前仿佛就是那美丽的西子湖、沙漠中的绿洲。

这是一双使人充满希望，给人力量的眼睛。每当我累得疲惫不堪失去勇气之时，我又想起她的眼睛，立刻振作精神，让我得到她无限的温存。每当我铺开稿纸去构思创作时，是这双眼睛给了我灵感和百分之百的创作热情。我的笔下才会浮想联翩，达到妙笔生花的境界。

如今我带着丰硕的憧憬，去她明眸里享受无限的温存，因为我已得到了她那颗纯洁善良的心！

那段温情还在

在一个温暖的雨季，你拉开绿窗帘，打开了心灵的窗，捧着我散发着油墨香味的散文在读。柔情绵绵的文字，似以前写给你的求爱信。内容就是你我的那段甜蜜的梦。

你越读越觉得字里行间有我的一片痴情，你悔恨自己不该用一盆冷水扑灭一颗火热的爱心。现在你才觉得自己孤独无助，心冷得似一块冰。

如今，我们相距遥远，可我顺着那秋季的阵阵凉风，大声地向你呼唤："如玉，你在哪里？你知道吗？我们的心灵还在碰撞！"

相见是特别的难，只能看着天上的星星和月亮，或者每晚进入梦乡，我们才能无拘无束在蓝天下浅浅的沙滩上，手牵着手奔跑；还想到那开满紫色小花的河埂上，你看着小蜜蜂在采蜜，非要我把小蜜蜂逮住，可是手刚刚伸过去，它就快乐地飞走了。你看着它飞走的方向，喃喃地说："这个小精灵，真坏，我在这里守着，看你还来不来？"

太阳把你的脸蛋晒红了，似水嫩的桃花，我激动地把你拥在怀里说："宝贝，时间不早了，该去吃饭了。"你看着我满意地点点头！

呵，你是那暖阳下的蝴蝶，我是种花人。你始终围着盛开的鲜花亲吻，可是一场狂风暴雨来了，把你吹到了远方。我的鲜花也被狂风刮断，我们之间的情感，已闻不到花的馨香。

为了弥补这终身的缺憾，我只能默默地耕耘，抚摸着那感情上的创伤！

怀念那对燕子

我们小区的楼道口上方，在十年前一个春天，来了一对燕子，它们先停在楼梯边的壁灯上叽叽喳喳地观察了两天，好像商量着在此地安“家”的相关事宜，第三天一大早，“夫妇”俩来来往往衔来泥巴，在顶灯边垒起了窝。燕子窝垒好后，过了十几天的时间，四只可爱的小燕子就孵化出来了。我每天经过这里，都会停下脚步，朝燕子窝张望。

后来，每到春天，这对燕子都如约而至，来这个“家”里孵化小燕子，繁衍后代。这些年，我每天早晚都要经过这里，观察它们外出捉虫喂养小燕子的一举一动。

其实，我十分喜欢燕子。燕子是一种候鸟，春天江南气温回暖，燕子就从南方又飞回到它们曾经温暖的“家”繁衍后代。冬天寒冷的时候，它们又迁徙去了温暖的南方。世世代代来来往往生生不息，和人类建立了很深厚的感情！听有经验的老人说，燕子来到谁家门前或者堂屋里垒窝，这家就紫气东来，人丁兴旺，也是吉祥与幸福的象征。

小时候，我是多么盼望燕子来我家房子里或屋檐下垒窝，可是它们就是不来我家，它们虽然是小动物，确有十分天生的灵性。它们不是嫌贫爱富，是它们有选择安家居住的条件和环境要求。房子矮了，它们垒窝就不安全，会有很调皮的小孩去掏燕子窝，还有蛇去吃蛋，或吃出壳不久的小雏鸟。因为我家草房低矮，堂屋里光线又不好，所以引不来充满“富贵”的燕子。我多次观察到，燕子都选择房屋较高、光线明亮、自然环境开阔的人家堂屋或屋檐下垒窝。看着那新出生的四五个小燕子，在窝里探出头来，叽叽喳喳，张开嘴巴等待父母来喂食。这家主人也感到其乐融融，此情此景充满了喜庆与欢乐！

燕子是人类的朋友，它属于“三有”保护动物，即有益的，或者有重要经济、科学研究价值的陆生野生动物。燕子其形小，翅膀尖窄，凹尾短喙，足弱小，羽毛不多。羽毛单色，或有带金属光泽的蓝或绿色，是灵活的雀形类之一。它主要以蚊、苍蝇、飞蛾等昆虫为主食。在城乡楼道、房顶、屋檐等墙上或突出部位把泥黏在上面筑巢。或在野外的树洞、石壁缝中筑巢。

燕子夫妇刚开始垒窝也是很辛苦的，它们两一点一点地从小河边或潮湿的地方衔来泥巴，一口一口地把泥黏上去，不管用多长时间，都要把窝垒好。这就说明它们有天生的吃苦耐劳精神，在它们的内心世界里只有奉献，没有索取。它们还具有为下一代服务的责任心和使命感。

大概用了一个多星期的时间，燕子窝就在楼道上方垒好了。它们就在窝里生蛋孵化小燕子。基于燕子的孵化习性，在孵化小燕子的过程中，雌雄燕子会共同参与。用了 14 天左右的时间，四只小燕子孵化出来后，过了几天四只小燕子在窝里露出脑袋向外张望。那对老燕子夫妇就起早贪黑不停地外出捕捉昆虫给小燕子吃。日复一日的辛勤劳作，雏鸟 20 天就能飞出窝了，然后再喂 5 至 6 天，这些小燕子就可以自己独立飞行，外出觅食了。

我每天细致地观察着燕子们，自然就联想起了身边事。20 世纪 70 年代末，那时农村生活十分清贫。我们的村子就有这样的一个家庭，父母过世得早，丢下三个儿子，一个女儿。老大 26 岁外出打工，老二和老三就在两间土坯草房里度日子。那个女儿耐不住寂寞，守不了清贫，和邻村的一个青年私奔了。

时间如流水，老二也要结婚了，两间草房给了老二娶妻生子，老三暂时没地方住了。老三就东拼拼西凑凑，今天在本村四子家住一夜，明天又到小牛家凑合一夜。又过了三年，老三已经 28 岁了，偶遇一个姑娘要和他成家。我清清楚楚记得，那也是春暖花开的季节，老三和那个姑娘忙忙碌碌，在亲戚家砍来几棵杂树，就在我们家60米以外的村边垒了两间土坯草房。他们两起早贪黑大概忙活了十几天，一座十分简陋的小草房垒了起来。他们简简单单地结了婚，转年过年时，他们的孩子出生了。老三也开始像老燕子，起早贪黑地去挣钱，养家糊口。

人和燕子生活的道理基本是一样的，一生辛勤劳作，繁衍后代，生生不息，薪火相传。

今年的春天，我还是像往年一样，满心希望地盼望那对熟悉的燕子来“家”里产蛋孵化可爱的小燕子，每天上班、下班从楼道经过时，我都要看看那燕子窝。从初春盼到夏天，始终没见到那对燕子来这个“家”里。心里总有疑惑，它们今年是遇到什么不测吗？还是生病了？还是其他什么缘故……

双休日的一天，我站在楼道边，看着空荡荡的燕子窝，我心里也是空荡荡的，总觉得缺少了一种生活的味道。

我深深地怀念那对燕子！

结缘《繁昌群文》

当我拿着每一期散发着油墨香味的《繁昌群文》杂志时，都爱不释手，再忙也要抽出时间，认真阅读其中的每一篇文章。

《繁昌群文》杂志是繁昌文化馆于2014年创刊的内部交流刊物，那时我还在高安乡上班。整天忙于各类行政工作，没有机会接触繁昌文化界的文人雅士。时间一晃到了2020年春天，一天清晨，我在繁昌金峨大桥南门鑫盛综合市场买菜时，偶然遇到多年好友黄在玉同志，他关心地问我："这么多年干什么去了？怎么不写文章了？"我愧疚地说："后来一直忙工作，在文字上就懒惰了。"黄在玉开导我说："退休了，还是到我们文化队伍里来吧，区作协经常邀请部分会员在一起开展一些采风座谈活动，丰富大家的创作生活。你可以去文化馆领取《繁昌群文》杂志看看，也可投稿。"我满口答应他的美好建议，点点头，表示对他深深的感谢！

一天，我骑车去领取了一本《繁昌群文》杂志，给我的感觉是赏心悦目，封面设计得清新淡雅，翻开内文浏览，目录给人一种地方特色文化大餐的享受之感，包括文化经纬、活动传真、繁昌非遗、繁昌文苑、书画摄影、文史留痕、分馆撷芳、城乡舞台等，囊括了繁昌文化艺术活动。

我认为，这些栏目的设置，极大地丰富了繁昌人民的精神生活，也为爱好写作的人开垦出习作园地。小说、散文、诗歌、民歌、戏曲、歌曲、黄梅小戏、国画、油画、书法、摄影、剪纸等作品分期刊登，极大地调动了作者的积极性和创作，也给各个层面的读者提供了丰富的精神食粮，使大家更加了解繁昌的文化发展。

《繁昌群文》杂志在芜湖市区的内刊中，是不可多得的佼佼者。

在后来的几年时间里，我给《繁昌群文》投了几篇散文，经杂志执行主编张诗群老师的精心指导、修改，我的文章被刊发出来了。通过向杂志投稿，我有幸认识了张诗群老师。她为人谦和，待人热情，诚恳帮助别人。听文友介绍，她对工作严谨认真。她是个忙碌的人，忙本职工作、家庭琐事、创作作品的同时，还要抽出一定时间耕耘《繁昌群文》这块园地。看每期编辑出版的内容就知道，张诗群老师文化底蕴深厚，具有创新意识和刻苦精神。她是繁昌文化名人，也是繁昌人民的骄傲！看她的简介可知，她是中国作家协会会员、安徽文学院第四届签约作家、繁昌区作协主席、芜湖市作协副主席。她的作品刊发在《北京文学》《小说月报·原创版》《福建文学》《安徽文学》《雨花》《西湖》《红豆》《边疆文学》《人民日报·海外版》《安徽日报》等报刊，出版《锦瑟华年是情痴——李商隐诗传》《不负时光不负爱》等著作 10 部，获首届丰子恺散文奖等奖项。

创办《繁昌群文》，张诗群主席付出了一定的辛勤劳动，她为弘扬繁昌优秀群众文化、传递正能量，做出了一定的贡献。她的这种认真负责、忘我精神是值得大家学习的。每期的《繁昌群文》都是她亲自组稿、编辑。出版后，很多读者去文化馆领取，争相阅读，充实着人们的精神生活。

缘分让我遇到了《繁昌群文》杂志，通过阅读，并且多次向其投稿，使我重新燃起了创作激情！每期《繁昌群文》杂志出版后，我都要拿一本阅读并收藏。只要有一期没拿到，就觉得生活中有了缺憾。

2024 年是《繁昌群文》创刊 10 周年，我作为忠实读者，写此文一是为了纪念《繁昌群文》在这 10 年中所发挥的巨大的正面宣传作用，二是祝愿《繁昌群文》在中国共产党的正确领导下，在繁昌区委、区政府的关心支持下，在张诗群主席的精心策划与指导下，越办越有特色，使繁昌这片热土上的群众文化事业风生水起！

乡村记忆

浙江嘉兴南湖留念

春天的声音

春天来临的时候，大自然不但有声音，而且十分的灵动。

立春刚刚过去，这种灵动的、有姿有色的声音，在农民翻耕的土地里就有种子萌芽的律动；小河畔妇女打衣服的声音里就有春天的铿锵力量；在小鸟啁啾的歌声里就能看到春天花花绿绿的颜色；在冰雪融化嘎嘎断裂的一瞬间，我们就已经领略到了祖国的春天繁荣与盛世交相辉映！

大地苏醒了。从东海之滨，长江之畔，泰山之顶，到西边的雪域高原。北国瑟瑟的冰河里，柔软的春风暖暖地吹来，春姑娘和一群儿童嘻嘻哈哈站在我们面前，与大家携手品读春光明媚的精神家园。

站在春光里，享受温暖阳光的沐浴。翻开记忆里久读不厌的唐诗宋词，就有表达春天来临时不同的信息。在白居易的诗里“一树春风千万枝，嫩于金色软于丝”；韩愈的诗里又有所不同“洛阳东风几时来，川波岸柳春全回”；苏轼的“竹外桃花三两枝，春江水暖鸭先知”；张栻的“律回岁晚冰霜少，春到人间草木知”。现代诗人也有描写早春来临的诗：

鞭炮的余音

纷纷落地

那些或多或少的喜悦

像雪

温暖着瘦劲的枝条

旧年从此一去不返

新年也正悄悄开始……

另一首诗这样写道：

风，摇绿了树的枝条，

水，漂白了鸭的羽毛，

盼望了整整一个冬天，

你看，春天已经来到！

让我们换上春装，

像小鸟换上新的羽毛，

飞过树林，飞上山岗

去聆听春天的欢笑。

从古到今很柔软的吟唱，在春的声音感化下，冰雪开始动容，春水缓缓流淌，注入长江、大海；北京的八达岭长城、故宫都浸润了春的灵气。从杨柳抽丝，到南国花团锦簇，春风带着春雨触摸了长安街文明礼节和孔子故里曲阜的悠悠文脉；走进老北京的前世今生，在雍和宫、双黄寺等北京藏传佛教文化的遗存中，感受中华民族无远弗届的凝聚力与向心力。

认识中华文明的悠久历史，感知中华文化的博大精深。中华文明五千多年历史中沉淀的，正是我们走向未来春天的磅礴力量！

抬眼望着蔚蓝的天空，神舟飞船带去“天宫”的“神秘种子”，其中就有甘肃酒泉的榆钱、新疆的棉花、云南红河试种的杂交水稻新品种等。古老中华大地上的种子，正在春风化雨的浩瀚太空生根发芽开花结果。

古往今来，中华大地，山是龙的脊，田是云中梯。层层叠叠，错落有致，于云雾间穿梭。俯视群山环抱的祖国大地，磅礴壮观，气势恢宏的万里长城，盘绕山顶，穿云破雾，与长城内外春光相得益彰。将华夏大地生态之美、人文之美展露无遗。

且看中华大地，这条巨龙凭借“一带一路”的春风，焕发出更加璀璨的华彩。在春风春雨的邀约下，款款而来的春意，已把祖国点缀得生机盎然。品读书香中国，文字掷地有声。

中国人在新春的赶考路上，勤劳、开拓、攀登、勇往直前。品读中国人的奋斗精神，都盈满了春天生机勃发的力量，浸润了热忱、团结、奋进的民族品格！

春天是多么的美好，你看：外出踏青的张张笑脸，配着五颜六色的衣服，就是一幅诗情画；你听：小溪哗哗地流水，麦苗轻轻地拔节；再看：远处的山坳里片片桃林，花蕊正在绽放，蜜蜂和春风在林中窃窃私语。

温暖的阳光下，农民在播撒着植物的种子，祖国处处在忙忙碌碌。这种忙碌的声音，显示出中国人勤劳、奋斗的实干精神。展现出国家繁荣，人民安康的可喜情景……

书和砖

记得，7岁的女儿婵娟，看见邻居家拉砖盖楼房就问我："爸爸，小霞家买砖盖楼房，咱们家为啥不买？你老是买书，家里都放不下了。"我没有直接回答她，只是朝她微微笑了笑。

我知道一家人住的低矮的房子，已跟不上时代的要求了，还常常为了房间太小放不下东西跟妻子闹别扭。可是，一个爱书如命的教书匠，总是去书店里不断买书，我看着家里一本本散发着油墨香味的书，比吃了什么山珍海味都快乐，我仿佛置身于比住小楼房更舒坦的意境中去了。

大文豪高尔基说："书是人类进步的阶梯。"老作家刘白羽也说过："我爱书，我常常站在书架前，这时我觉得我面前展开了一个广阔的世界，一个浩瀚的海洋，一个苍茫的宇宙。"是啊，我总觉得有这么多书，就是我的精神财富。

自己虽身居简陋房屋，但我看到近年来周围的小楼房不断地拔地而起，我为之高兴。可是我也很担心这些住小楼房的人，内心是否都像我这样充实呢？

去年我的家乡连续发生了两件事。一位青年农民由于不识字、无知识，将三亩田里的青稻苗，施了六担化肥，结果稻苗全枯死了，造成了很大损失，他错误地认为，化肥施得越多就越能增产；而另一位青年农民办起了养猪场，想大干一番事业，结果由于不懂得猪的生活习性，近百斤的四十头生猪，没找兽医来打预防针，几天全病死了。全家人哭天抢地，令人心酸，周围村民觉得这都是血的教训。

时代在不断发展，人民要想过上更幸福的生活，就离不开科学文化知识。书和砖都是人们所需要的，缺一不可。

一个人不一定要有杜甫一样的才华，但应有远大抱负——“安得广厦千万间，大庇天下寒士俱欢颜，风雨不动安如山！”而我心中的广厦正是用一本本书砌成的……

家乡的板龙灯

今年是龙年，老家舞龙灯领头的人打电话给我，说安排我家要舞一板灯，因为我家里有房、有土地，最主要的是根还扎在那里，忘不了的是浓浓乡情，就爽快答应了，回去舞龙灯。

板龙灯是繁昌非物质文化遗产，舞龙灯更是民间习俗的美好传承。

传说龙善变化，能兴云雨，是利万物的神异动物。它是原始社会形成的一种图腾崇拜的标志，给人们消灾降福，带来新的一年风调雨顺，吉祥如意。

家乡人以舞龙灯的方式来祈求来年丰衣足食，天下太平。小的时候，舞龙灯的习俗非常盛行，具有浓浓的民间特色。制作龙灯的材料木板、木棍、竹子都是村民自愿提供的，那些能工巧匠，发挥自己的特长，加班加点扎龙头、龙尾、灯笼。然后用宣纸，或者用单光纸、细绵纸把灯糊起来，再贴上灯花。

我们村是个大村庄，要舞两条龙，老龙和子龙。要制作老龙八十几板，子龙二十几板，两条龙有一百多板。舞老龙的要年纪大点的村民，舞子龙的都是20岁左右的小青年。一板灯一个劳力扛着，真正舞起龙灯来也要花一定的力气。

春节到了，舞龙灯也给农村增添了浓浓的节日气氛。年初二的早晨，龙灯要去朝山（“群龙朝神山”是安徽省省级非物质文化遗产之一。“群龙朝神山”大型民俗祭祀活动始于元末明初。），村里家家户户显得十分地忙碌，急急忙忙吃了早饭，全村男女老少都来到村祠堂前的操场上。把灯板全部连接好后，领头人一声号令，唢呐声伴着冲天爆竹声，乡村沸腾了，灯去朝山去了。

我们这些看热闹的小毛孩，个个屁颠屁颠地跟在灯后跑，把累忘得一干二净。

晚上，当舞灯人把蜡烛点燃时，此时的板龙灯变得特别好看，舞起来千姿百态。这时龙灯开始舞动起来了，这是看灯最为精彩的内容。他们一会儿慢走，一会儿跑，有时高举，有时对外拉开，有时收拢，有时用力盘旋。忽高忽低，龙灯上下舞动，人人精心配合，展现在人们眼前的是一条活灵活现的“真龙”形象。舞灯的村民传承了祖辈们舞龙的技巧，此时发挥得淋漓尽致。乡亲们被大家的表演深深地震撼了，不停地拍手高声喊道：“好好！”锣鼓声、唢呐声、鞭炮声连成一片，整个乡村沸腾了。

在我年轻的时候，也参加了家乡多年春节的舞灯活动。那时年富力强，觉得舞龙灯挺有意思。在中国文化中，龙是吉祥、繁荣和权力的象征。所以在传统中被尊崇为神圣的存在。人们在春节期间放鞭炮舞龙灯驱逐邪恶，给大家带来好运。我在接触舞龙灯后，就对龙有了深深的尊崇和敬畏之心。

龙既然是吉祥物，所以舞龙灯时要围绕整个村子走一圈，然后到每家每户送蜡烛，寓意着送吉祥送祝福。龙灯到了每一家，这家人就在桌子上摆上点心，插上蜡烛，放着鞭炮。为了表达诚意，主人在点心旁边还会放两个红包(给吹唢呐人辛苦小费)，满怀喜悦地迎接龙灯的到来。

送完蜡烛后，夜已经很深了。龙灯又回到村前的操场上，锣鼓、唢呐、鞭炮声已经停息，只听到站在龙头边的指挥人高声喊道：“散灯。”舞灯人迅速把灯“销子”一拔，扛着自家一板亮着蜡烛灯，快速跑回家。

据说，把亮着蜡烛灯扛回家，寓意着今后全家生活幸福，日子红红火火。

板龙灯舞结束了，乡村又恢复了往日的平静，我还在家里想，如今的生活好了，今后的春节、元宵节、端午节，可以把舞龙灯、划龙船的方式创新一下，把这些传承的民间习俗与现代的先进技术糅合在一起发扬光大，使活动开展得更加丰富多彩，更有现实意义。

我们不能忘记威武霸气的龙，因为我们都是龙的传人！

可爱的小学

我的家乡坐落在铜山脚下，离横山集镇有三千米路程，过去这里交通闭塞，有些教师不愿来这条件艰苦的地方教书，所以师资力量很缺乏。我高中毕业后，家乡的领导和乡亲们把我当成秀才，推荐到村小学教书。我也十分乐意当教师。我们的小学就坐落在四周都是农田的铜山脚下的一座小山包上，我在这所小学教书已经14年了，其中担任了12年校长。在这14年的风风雨雨中，我和师生建立了十分深厚的感情，也深爱着生我养我的这片土地！

早晨，孩子们背着书包，里面装着七色阳光和父母的殷殷嘱托，从四面八方的乡间田埂上高兴地向学校跑来。他们恰似春天里正在弹奏的音符，跳跃着。

1949年以前，这里是一座荒山包，全村人都穷得叮当响，连吃穿都没有保障，哪里还有心思让孩子们读书，办学这件事也搁置一边无人过问。中华人民共和国成立以后，家乡虽然办起了学校，但是很多条件还不够，入学的儿童也寥寥无几。没有统一的教室，孩子们都分散在生产队的队屋里和村子公堂屋里。这些房子也很破旧，千疮百孔，冬天东北风像刀子一样吹在孩子们嫩嫩的小脸上，钻心地痛，一双双趴在冰凉的青石板上的小手冻得发紫，哭声接连不断，哪里还有心思安心听课、写字？老师们看着孩子们被冻成这样也十分的心疼。没办法，只有坚持着，鼓励孩子们，坚持就是胜利，温暖的春天就要来到了！

东风化雨山山翠，政策归心处处春。是党的十一届三中全会的温暖春风，改变了农村一穷二白的模样，建学校也被重视起来。镇教委派人到村里亲自指导，当地群众自愿拆去公用的村里老房子，把砖瓦挑到小山包上，我也高兴地参加了挑砖建学校的义务劳动中。很多群众为建学校自愿出工出力。在大家的共同努力下，多年荒芜的小山包上建起了几间崭新的教室，添置了课桌凳和教具，以及一些儿童喜爱的课外读物、体育器材等。孩子们终于有了自己真正像样的学校，只要能上学的孩子都来上学了，家长们也开心地笑了。

现在这所小学洋溢着迷人的蓬勃朝气。春天，学校周围是金黄的油菜田，香气扑鼻，使人心旷神怡；夏天，绿色的稻浪在学校的周围荡漾着绿波，我们师生好像坐在船上去探索知识的宝藏。师生们真正处在“舟行碧波上，人在画中游”的美妙画卷之中了；秋天，一块一块的农田里，熟透了的稻子笑弯了腰，在不停地向孩子们叙述着丰收的快乐；冬天，肥沃的泥土裸露出它那富有芳香的肌肤，孩子们在它宽阔的怀抱中尽情地嬉戏，“雪花公主”还跳着迷人的舞步，倏然间大地上盖上了一层厚厚的棉被……

如果你一踏入铜山村的土地，一眼就能看见，那鲜艳的五星红旗高高地飘扬在校园的上空。在很远很远的地方，就能听到学生们朗朗的读书声，教师们那洪亮的、富有感情的讲课声更娓娓动听。

呵，我爱我的小学，爱那些为教育事业洒了一腔热血的干部和广大人民群众。我更爱那些开满校园，带着泥土芳香许许多多天真无瑕的小花朵……

生产队那段流年岁月

上了点岁数的人，都知道人民公社、大队、生产队、社员这些称呼。那是一段苦难而又心酸的岁月，已深深地烙在经历过的人们脑海里。

在农村大锅饭时代，只有靠劳动挣工分才勉强有饭吃。1976 年，我还在读高中。暑期和星期六或星期天不上学，都要参加生产队里劳动。参加劳动虽然辛苦，但学会了农活上的许多知识，如：犁田、平整秧田、撒稻子、插秧、治虫、撒化肥、车水、收割，等等。又耳闻目睹了许许多多课堂上学不到的处人处事方法，增长了不少见识。就说生产队长这个职位，官虽不大，但权力在生产队里是至高无上的。队长是大家自愿推荐出来的种田行家能手，既精明又能吃苦耐劳，在生产队里一呼百应。

早上吃过饭，勤贵队长在村里一转，我们这边喊人出去干活，叫机子一吹，就出发。社员们全来到村前的队屋边，等候队长派工。队长对人、对农活烂熟于心，他会用人之长，量才派工。他拉大嗓门对大家说："时下正是双抢季节，时间不等人，吃苦就这几天，要抓紧一边收割早稻，一边栽插晚稻。"语言简短，不啰唆。说完他三下五除二，不到 10 分钟就把 40 多人派出去干活了。有的收割稻子去了，有的犁田去了，有的插秧去了，有的撒化肥去了，还有的在晒场上晒稻子。当派到我去干活时，他好像不忍心，看着我白白净净的，身子单薄，书生气息浓厚，他就笑着说："大家都很忙，你也得分担点事，找点轻松事给你干干。你配合秀姑去街上买些绿豆和白糖、人丹回来，下午煮好绿豆汤送到田头给大家喝降降温。”我点头说：“好的好的，谢谢队长。”

平心而论，别人顶着火辣辣的骄阳在野外煎熬，我去上街买东西还有什么讨价还价的。但作为一个血性青年，我觉得脸上不光彩，内心感到惭愧，我应该去泥巴田里和社员一道摸爬滚打，锻炼坚强的劳动意志，那样才无愧于男子汉的本质。队长的一片好心不能不领，只能把想法放在心里，自己表现的机会今后有的是。

“双抢”忙得最吃紧的关头，看牛户的小孩生病了，队长怕正在犁田的牛吃不饱，要我去割半天草送给牛吃。天热得连村头树叶一点都不动，地上被太阳炙烤得烫脚，赤脚奔跑已是农村人常事。

我拿着两只竹篮一根扁担，来到广袤的田野，到处是一片片葱绿葳蕤的野草，前面有一片好大的芦苇荡，还有好多鹭鸟在芦苇荡上空飞飞落落，不时发出叽叽的叫声，它们好像小孩在玩耍。我在芦苇边多找些嫩草，早点割好，完成队长交给的任务。挥汗如雨，忘记了空旷的野外就我一人在芦苇荡里。这时吹来一阵风，芦苇沙沙作响，突然我汗毛竖了起来，感觉有点怕。小的时候是看到过水猴子（又叫水鬼），比家里猫大点，身上的毛黄里带点微红，中午温度高，我去野外准备把牛牵回家，水猴子扒在池塘边草丛里，看到我来了，扑通一下钻入水里，吓得我全身起了鸡皮疙瘩。我定睛一看，水里冒出许多小泡泡，再也没看它露头。现在我在岸上，手里有镰刀。听大人说，水猴子在水里劲很大，它水性强，人奈何不了它。它在岸上就不行了，它赢不了人。我向四周环顾了下，又大声咳嗽几声，壮壮胆子。我现在是大男人，顶天立地了，不怕。我振作精神无暇顾及其他了，使出全身力气割草，用实际行动来展示有为青年战胜困难的勇气和决心。

时间到了中午，我头顶烈日，挑着满满两竹篮嫩草送到田头给辛劳的牛吃，牛看我挑草来了，抬头带着感激的目光看着我。犁田的叔叔满意地笑笑说：“吃苦了，回去吃饭吧。”我说：“谢谢，你也吃饭去吧！”我们一道向村里走去……

六月的天，孩子的脸，说变就变。天上乌云翻滚，西南边挂起雨脚，白茫茫的雨幕扑面压来。勤贵队长叫了十几个社员去稻场抢收稻子，我也在其中。

在稻场晒稻子的都是年龄大的老头子和妇女，突然下起雨来，几千斤稻子他们收不起来，必须大家搭把手。十几个人用木铲推的推，拉的拉，很快把几千斤稻子堆了起来。电闪雷鸣，狂风夹着大雨哗哗下了起来，大家拼命用稻草往稻堆上盖。雨太大，尽管大家使劲盖，稻子还是被淋湿了，人被淋得像落汤鸡。但是每个人心里都是温暖的，为了集体利益，大家团结奋斗的精神可嘉！

社员们跑进队屋里，把上衣脱了，拧了拧再穿上，这也是家常便饭。

经过一星期的起早贪黑，“双抢”战斗结束后，很快就到了立秋。晚稻田到了田间管理阶段，施施肥、耘耘草、治治虫。社员觉得轻松了许多，他们耘田站成了一排，为了不打瞌睡，有活跃的小青年建议民歌手们，边耘田边唱繁昌民歌，以此来调动大家的劳动热情，做到苦中找精神快乐。会唱的人也不推辞，他们唱的歌曲广泛：《中国有了毛泽东》《小星出山一盏灯》《十送郎》《十把扇子》《与郎绣个花荷包》《十月花名》《二十四节》《耘田新歌》等，场面热闹非凡，带有水乡韵味的歌声飘扬在乡村的每个角落，令人陶醉。

空闲下来了，队长就考虑怎样把辛苦劳作的社员聚在一起开顿伙。这天清晨，队长要我陪几个社员去街上买菜，犒劳大家，我负责记账，鱼、肉、豆腐几个主菜买好，其他素菜搭配全由会烧菜的土厨师安排。到了傍晚时分，收工的社员兴高采烈地全来到队长家大院里，院里摆了六桌。主打菜是豆腐炖肉，用脸盆盛着。那年代，有粮食吃就不错了，荤腥菜只偶尔逢年过节买一次。平时就吃自家种的蔬菜。大家落座后，推杯换盏喝起几块钱一斤山芋酿的酒，几杯下肚，酒劲来了，有的还划起了拳。他们忘记了被太阳暴晒、汗流满面、在泥巴田里摸爬滚打的那段煎熬时光，觉得队长把大家能融合在一起十分快乐。整个场面气氛十分热烈，就像哪家姑娘小伙结婚似的。队长挨桌陪酒，有的喝得飘飘欲仙，感觉这是一年中最快乐幸福的时光……

接到大队通知，要在三天内完成公粮上缴任务。这天早上，全生产队里男男女女社员，每人挑一担粮食送到街上粮站。我们村离街上有三千米多的路程，那时泥巴小路没有车，就靠人力挑。出发了，送粮队伍似长龙，这也是当时农村一道独特的风景线。我也挑了一百多斤走在其中。到了粮站，好多生产队在排队了。粮站工作人员在认真地用中空铁棍一个一个查质量，插进口袋里，取出稻子放在手心里先看看，再搁嘴里嚼嚼，就知道水分是否达标。排了两个小时队才挨到我们生产队，工作人员按前面程序验收后，朝队长说：“这稻子还不达标，明天再晾晒一个太阳，再扬下尘，去除杂质，然后我给你们过磅。”队长准备和他说几句，他把手一扬说：“挑去晒，挑去晒。”然后就催下一个生产队上来检验。

队长知道，再找粮站人说什么也没用，这是他们“独家经营”。他要我和一个社员留下来看稻子，其他人都回去干事，第二天派人来晒。这一夜，我用塑料袋往地上一铺，躺在稻边，仰望着星空想想白天发生的事，我为队长抱不平，那个粮站工作人员太自以为是了，自己权力大，起码好好给人解释下，心平气和说几句吧。他们不了解农民的苦楚，这粒粒粮食是用鲜血和汗水换来的。生活在最底层的农民，连饭都吃不饱，为了把国家粮食交了，有的社员家里人口多，粮食不够吃。那时粮食产量本来就低。为了抵御饥饿，种红薯、挖野菜、找野藕、抠野荸荠是常有的事。

老师在课堂上经常鼓励我们农村孩子，要争口气，读好书，那才是跳出农门的路。再说多学知识以后会有出路，找一份工作，为国家做贡献。这简单的话语深深地刻在我的脑海里，语句虽不多，包含了很多深刻的含义，我在心里认真琢磨了很久。我曾暗暗发誓，一定好好学习，成为有用的人，将来为农民说话，为家乡争光。农民那脸朝黄土背朝天的困苦日子，经历过的人想起来都心酸、流泪！

时过境迁，几十年过去了，在国家出台的一系列好政策春风沐浴下，现在农民除了种田，还能外出打工，一个月还能挣几千元钱，日子比过去好了很多倍。村村通了公路，家家买了小车，还有的在城里买了住房。买肉挑着买，想吃什么都有了，天天像过年。种田、收割全都机械化了，只要在田间管理管理，不需要在泥巴田里滚打了。种田也不需要交公粮、余粮了，反过来国家还发补贴给农户。粮站已经成为历史了。

我经历了农村那段刻骨铭心的流年岁月，才知道如今生活的甜蜜来之不易，应当倍加珍惜今天的生活！

时光里的麦香

每天早上看着小区门口小吃店里热气腾腾的馒头、包子、面条、馄饨、油条等，我就自然想起了农村那一片片绿油油的麦苗，经过农民数日的除草、施肥、治虫等辛勤的劳作管理，最后几经周折把麦粒变成了白白的面粉。

时光的脚步悄悄地迈到了小满节气，眼前一片片麦田，在微风的吹拂下此起彼伏，由绿变黄的麦穗，呈现出一片丰收在望的景象。

麦子，在我们南方虽算不上主食，但在人们的生活中，却也是离不开它。早晚餐很多人爱吃面条、馒头、包子、馄饨、面疙瘩、饺子等，花样繁多，应有尽有。走在大街上，到处是面食点。芭比馒头、狗不理包子、老面馒头、好再来面馆、千里香馄饨、小龙生煎、兰州拉面等比比皆是。北方人把面粉当作主食，一天三餐都可以吃面食，他们常常一手拿馒头或者窝窝头，一手抓根葱，吃得是津津有味，令南方人羡慕不已；而南方人和北方人比起来，在吃面食上肯定是逊色多了。南方人习惯了中餐几乎都吃米饭，早晚为了做起来方便，基本都喜欢吃手擀面、小刀面、包子、馄饨、面疙瘩、饺子、锅贴、小葱煎饼等。也许各地吃法各异，五花八门。

看着这层层麦浪，闻着这阵阵麦香，我记忆的闸门就打开了。很清楚地记得 20 世纪 70 年代，在生产队麦收的那段难忘时光里的一些细节。麦收时抓住晴好天气，队长根据实际情况，做了整体安排。把队里的劳力进行仔细分工。有的割麦，有的负责打捆，有的向晒场挑运。那时生产队里有男女劳动力 50

多人，分工到位后，第二天，天刚蒙蒙亮，全部下田收割麦子。每个人站一垄，你追我赶，挥汗如雨，几十亩的麦子一天全割完，挑运到了晒场。晒场上还安排了几个有经验的劳力，负责把麦捆堆起来，然后盖上稻草，这样既节省了场地，又不影响人们行走，倘若下雨又不会被淋湿。等到打麦的那天，再一捆捆拉下来，有序地铺开。

我们十几个小伙伴，接受了老师的多次教育，学习雷锋精神做好人好事，虽然不能去帮助大人割麦，可以结伴来到收过的麦田拾麦穗。即使每个人手里只拾到了一小把麦穗，也体现了孩子们从小珍惜粮食的好思想、好品德。当大家把拾来的麦穗交给队长时，队长竖起大拇指称赞我们是优秀的少先队员。

三五个 10 岁左右的孩子，围着晒场边的麦垛捉迷藏，玩兴正浓，天已经黑下来了。这时晒场边吊着的一个 200 瓦的灯泡，照得晒场十分明亮。大人们都回家了，调皮的小孩还在追逐嬉戏。这时“猴子”的母亲扯着大嗓门喊他回家吃饭，大家才意识到该回家了，不然回去就要挨骂，甚至还要挨打。

生产队里的晒场就在村子前面，占地几亩显得很宽敞。最有意思的就是过去没有机械化，麦穗全靠人力用连枷脱粒。最为壮观的是两排男女劳力对面轮番打连枷，拍打的声音抑扬顿挫，很有节奏感。这清脆的声音久久回荡在乡村空旷的田野上。

麦子脱下来晒了几天后，每家都去生产队会计那里登记，先预支 50—100 斤回家。然后排队在村里碾粉机上去了麦麸，各自回家就能擀面汤、煮面疙瘩、蒸馒头、做包子、摊葱饼等。这时只要走在村子的每条巷子里，就能闻到浓浓的麦香味。

凭着时光的慢慢流淌，在面馆或者在农家坐下来吃一碗面疙瘩或者面汤，再加点小咸菜，这种充满着乡土烟火味的美食，令人回味无穷……

春雨

当我从梦中醒来的时候，外面的春雨正淅淅沥沥地下着。我多么想匆匆走出门外，让干渴的心田，痛快地接受春雨的滋润。

我今天的心情特别的好，吃过早饭，我挟着课本散步似的走在通往学校的乡间小路上。虽然土路泥泞，十分难走，但我还是边走边想，这场春雨下得多么及时。一个多月没有下雨，田地里的庄稼是多么需要雨水呵！农民们急切地盼望下一场大雨来缓解这里的旱情。他们一定视今天这场春雨为“及时雨”。

唐代诗人杜甫有诗曰：“好雨知时节，当春乃发生。随风潜入夜，润物细无声。”这首诗热情地讴歌了雨下得及时，春雨滋润万物，被世人千古传诵。

细雨如丝，空气，润滋滋的，散发着沁人心脾的香味；田野，湿漉漉的，雨水汩汩地渗入土壤之中。

路边翠绿的麦苗、菜苗，顶着晶莹的水珠，在悄悄地生长。池塘里雾气蒙蒙，水面上水花乱跳。塘边婀娜多姿的垂柳，刚刚吐露出鹅黄的嫩芽，正在贪婪地吮吸着雨水。一夜的春雨，田埂上草儿拱破地皮，冒出绿绿的尖，上面小水珠亮晶晶的。放眼眺望，这春雨中的山村、山峦、在迷蒙中简直是缀满珍珠宝石的绿色世界……

这时我才感觉到，雨水从头发流到我的脸上、嘴里，凉丝丝的，还带有点甜味，一直甜到我的心里。只感到周身的血液在急速地循环，心里好似有一个热恋的少女，用纤嫩的小手抚摸了一下，温温柔柔的，又暖烘烘的。

忽然，扑哧一声，一群鸟雀，抖落翅上水珠。飞过山地、田野、沟渠，向学校的方向飞去。又有一群小鸟叽叽喳喳，在我身边响起一串串清脆的叫声。把我的思绪拉了回来，我快步朝着学校走去。

当我迎着蒙蒙春雨来到学校门口时，我惊愕了。看看表，正是早读时间，小学生们今天破天荒地在操场上互相追逐。有的歪着脑袋，笑嘻嘻地伸出舌头接着春雨；有的撑着小花伞不断地旋转着，水珠飞花碎玉般地跳着；有的小女孩用花手帕顶在头上，在雨中像走马灯似的，来来回回嬉戏着；有的伸出白嫩的小手接着春雨往嘴里送，也许觉得这春雨是天上的仙女姐姐撒下的“圣水”，给人们送来吉祥……

我悄悄地来到办公室，学生们还没有发现，平时他们只要一看见我，就像老鼠见了猫，谁也不敢在外面乱跑，都端端正正地坐在位子上读书。可我知道，今天，他们那颗美丽的童心已被这场春雨，迷迷蒙蒙地陶醉了！

“丁零零”，上课铃响了。当我走进课堂时，使我联想到，我们当教师的，不也是在播撒着科学文化的春雨吗？学生们那粉红的脸蛋，分明是春雨中的桃花。那清脆的读书声，恰似那一群小鸟在啁啾。

呵，美丽的春雨，万物在你的滋润下复苏，茁壮地成长。

把春天吵醒了

春天还没睡醒，寒风吹在脸上针扎一样痛。冰河正在悄悄融化，人们就心急火燎地盼望着春天早点到来。

清晨，窗外阳光明媚，万物开始复苏，大自然正从梦中苏醒过来，不急不慢地伸了个懒腰。小鸟叽叽喳喳地在树枝上向人们报着春的信息，催促人们快点起床，到野外踏青，不负春光不负爱，好好享受温暖阳光里春天的美景。

几十年前的一个清晨，母亲不停地叫我乳名："小云子，快起床，把牛牵到田边去吃嫩草……"牛吃了带露水的嫩草，会长得膘肥体壮，犁起田来就很有劲。一个懵懂少年，把睡觉当成一种享受。其实春天的觉就是好睡，古人就有"春眠不觉晓，处处闻啼鸟"的佳句。我还在做梦，母亲一遍一遍地喊。我起了床揉着惺忪的眼睛，慢腾腾地牵着牛来到村口，天才蒙蒙亮，可是塘边已经有好几个妇女在洗衣服了，劈劈啪啪的槌棒声、欢笑声，夹杂着村庄里鸡鹅鸭的鸣叫声、嬉戏声、狗叫声，乡村的静谧被打破了，把春天给吵醒了。这时已有不少老人、妇女，拎着篮子去田边野地割马兰头、挖荠菜、小根蒜、蒲公英、蒌蒿、野芹菜等。这些绿色植物可是春天里家乡既环保，又营养丰富的一道美食。当然吃法也很多，有凉拌、有煎饼、有包饺子、有煎鸡蛋、有做粑粑，花样繁多，丰富多彩，人们吃得有滋有味。

春天，实实在在就是一道菜！

我喜欢故乡的春天，这里的一草一木都充满着灵性。当布谷鸟发出清脆的声音时，农民就开始忙着整秧田春播了。植物是十分可亲的风信子，尽管它们无言，可是它的颜色、花朵、美丽身姿的变化，胜似千言万语的讯息。往年春天一到，人们就迫不及待地走出城市，踏上乡间湿漉漉的田埂，用情倾听陌上花开的声音。仔细观察，渐渐地，树的枝头有了绿意，河里的浮光掠影闪烁在柳丝之间，河边垂柳的青丝越梳越长，河水顺着弯弯曲曲的河埂，缓缓地流向远方……

今年开春与以往有点不同的是，天老是阴着脸，延绵不断下着雨雪。这一天，难得雨停了下来，早晨，我沿着南门河一直向东走，虽寒风丝丝，毕竟春天来了，心里还是暖意融融。树上小鸟蹦蹦跳跳，这时离河边最近的一户人家，窗户里飘出歌手崔伟立一首网红的情歌："鸟儿对花儿说，它也爱唱情歌，花儿又对谁说，鸟儿飞来过。你对我怎么说，是不是还爱我？每当月圆的时候，越想越寂寞。你还会不会是我的，那么说好的真爱呢？总是一厢情愿地以为，以为这段情，就一定有结果……"这首悠扬动人的情歌，歌词富有情感，给春天增添了许多浓情蜜意！似乎这快乐的小鸟都在歌唱这个美好的春天，美好的人间挚爱！优美的旋律，让我自然而然的驻足聆听，久久不愿离去。

这个冬天一直下着雨雪，人们心里很倦怠。走出家门，领略春天的风景，觉得十分惬意。不知不觉我来到峨溪河畔，看见广袤的田野，麦苗葱茏，油菜花正含苞待放。春风几阵吆喝，春意就从泥土、树梢、池塘边的水草里冒出来了。看着河边有人养的一群鹅鸭，在那里叽叽呱呱觅食，突然脑海里闪现出宋代大诗人苏轼的"竹外桃花三两枝，春江水暖鸭先知。蒌蒿满地芦芽短，正是河豚欲上时。"诗人在这里凭感觉和丰富的想象，再现了暖融融的春意，移情于物，把画面无法表现的内容活灵活现地表现出来了。诗人也有好口福，用蒌蒿、芦芽、菘菜煮河豚是最美的下酒菜。

和煦的阳光下，春风拂面，柳枝起舞，桃花、杏花、梨花、茶花、油菜花等纷纷绽放，蜜蜂飞舞，蝴蝶翩翩，空气中飘散着芳香。天气暖和了，城东门休闲广场、峨山绿萝公园、中滩公园、柯冲广场、西门的沿河边，男男女女，老老少少，他们在陪春天歌唱、起舞。他们在赏春、问春、读春。赏春天里诗意般的美景，赏美男靓女，赏人们在春天里的精神状态，一年之计在于春。看人人有饱满的工作激情，向上的决心和对美好未来的无限憧憬，这是有希望的春天；问春天，今年怎么“千呼万唤始出来，犹抱琵琶半遮面”而姗姗来迟？人们急于和春天见面，是想春天的赐予。赐予人们工作生活有阳光有美景，还有健康的身体和愉悦的心情；读春天，处处风光无限好，也让人们读懂了时光匆匆，岁月易逝。人们也从春的深处领悟到，要珍惜春天的大好时光，努力学习，勤奋工作，不能虚度光阴。“花有重开日，人无再少年。”

总之，春天是年年有的，就看你怎么去理解吵春、闹春、赏春、读春、惜春。春天，要求人的甚少，奉献给人的很多很多……

乡间蛙鼓声

最美人间四月天，花儿朵朵，芳草碧连天。一晃已经到了初夏。农村刚刚栽下去的秧苗正在渐渐返青。我住的小区围墙外面有条护城河，河边有时传来“呱呱、呱呱”蛙鼓悦耳的声音，这很自然勾起我对故乡蛙鼓声音的回味、对故乡一草一木的无限眷恋、向往。我想回趟故乡的心情已变得十分迫切。

刚踏进这熟悉的村口，暖洋洋的小溪边，池塘边蛙声此起彼伏，我久居城里关闭的心，被清脆的蛙声感染了，心境豁然明亮、空旷。什么忧虑与不快都被洗涤得一干二净。

家乡山清水秀，我童年、少年的梦幻、青年激情澎湃的进取拼搏时光，都丢在这蛙鼓声浸润过的乡间土地上。生命之舟，在这粼粼波光小河里，在蛙声阵阵绿色稻浪里荡漾过；在憨厚老牛辛勤劳作的田野里，我无数次徜徉在乡村湿漉漉的田埂上，曾经领悟到了血汗换来的丰收喜悦。人的一生要经过多少次的酸甜苦辣，才能到达理想的彼岸！

来到自家老屋前，老屋就是我心灵深处的港湾。不知道有多少个凄风苦雨、月明星稀的夜晚，蛙声、明月还有清风伴我在老屋里秉烛夜读。读累了，就出去散散步，久久地仰望星空。在蛙声一片洒满月色的小溪边，静心倾听蛙和月亮发自内心的绵绵诉说。

就是这温馨的老屋，不但能遮风挡雨，还常常抚慰我进入甜甜的梦乡。

华叔、婶子、嫂子们看我回去了纷纷招呼我，要我去他们家里吃饭、去家里喝茶坐坐。看他们把真诚写在脸上，我却没给他们买一点好吃的，觉得理亏，所以就去坐坐说会儿话，不让他们再忙活。

感觉人情味很浓的故乡，就像蛙声一样富有韵味，令人感动，难以忘怀。

我在这里教了14年书，担任了12年校长，学校就坐落在蛙声一片的绿色滚滚稻浪之中。他们的孩子都在我教的班级里读过书；他们都想孩子成龙成凤。我也倾心教孩子们知识，望他们长大有所作为。所以乡亲们对我很敬重，也和我处的很和睦、融洽。

在这来来往往的乡间小路上，我是伴着蛙鼓声，诗意般地走过了童年、少年、青年。只是那时相当的粗心，什么也不懂，暴露出一切都处在追求好奇与不成熟的莽撞。

华叔一再挽留，要我在他家住一夜，我十分感激他的盛情邀请，我去村里的小卖部买了些食品给华叔。他批评我不该花费。

乡村的夜，没有城里的喧嚣声，但这一夜我几乎没睡。银色的月光照着大地，蛙声伴我回忆起乡村岁月。我在这里度过了30多个春秋，在我成长的路上，母亲虽不识字，她千叮咛万嘱咐，要我不负春光；父亲引领我加入了党组织，胸怀报国之志，领悟人生的意义。他们的谆谆教诲和这年年岁岁的蛙声一样，似催人奋进的战鼓，激励我勇往直前！

记得在乡村教书时，去学校的路边有口池塘，女儿抓了十几只小蝌蚪，要我帮她把小蝌蚪装进瓶子里玩，我阻止说："蝌蚪是农民伯伯的好帮手，蝌蚪长大了，专门吃稻田里的害虫，国家都保护它。再说它的叫声不但美妙动听，还催人奋进。"女儿听了我这么说，就很乐意地把小蝌蚪全放回了池塘。

人生的历程中会有好多事情被人遗忘，唯独家乡的蛙鼓声令人难以忘怀，那悦耳动听的声音时常在我耳畔回响，回想起来有一种快乐、幸福感。

屋外的蛙声把我从回忆中拽了回来，我走出屋外，月光银亮，微风习习，就这样待在月光下感受蛙声，心情也是一番豁朗。

宋代著名词人辛弃疾有句名言"稻花香里说丰年，听取蛙声一片"。

乡亲们即将在蛙声里喜获丰收，我也感同身受！

心中的紫云英

人的一生中，有诸多的美好记忆。到了老年还记挂在心中，抹也抹不掉，似刀刻的痕迹，那就是对紫云英的钟爱。

我在如诗如画的故乡度过了童年和少年时期。如今想来，就像翻看一本泛黄的成长日记，往事就似打开闸门的水朝我涌来。

紫云英在家乡又叫红花草，为了肥田，增加粮食产量，使稻米饱满，米饭喷香。秋冬农闲时就在稻子快成熟的空当里，向田里撒紫云英种子。到了第二年春天，气温升高了，紫云英茎蔓开始疯长，经雨水的滋润蓬勃成绿绿的地毯，将整个农田装扮成绿色的海洋。先是一朵一朵地绽放小紫花，几天后，密密麻麻地竞相盛开，红紫、微带花白的小脸向大自然张望。花粉的清香味煞是醉人，路过的人都浸润在这花海漫漫的景色之中了。阵阵风儿吹来，整过花海此起彼伏，景象十分壮观。

少年不知愁滋味。儿时和少年时光去放牛，或放学背着书包，邀着伙伴们去紫云英田里嬉闹，这里就是我们的乐园。在这童话般的世界里，捉迷藏、摔跤、翻跟头、睡在上面讲故事，把紫云英踏倒一片又一片。个个欢心喜悦，沉浸在浓浓的花香海洋里。伙伴们肆意践踏紫云英，大人们也不会责怪，大家都知道，紫云英就要被镰刀割断，均匀地撒在田里，很快就要翻耕农田，压在泥土里被水浸泡，在泥水里烂上几天用来肥田。

布谷鸟的叫声就是催征的战鼓，季节到了，光阴不等人，要人们抓紧时间耕种。一寸光阴一寸金，寸金难买寸光阴。前辈说过：“人误地一时，地误人一年”。人就要勤快，不能懒。倘若不抓住时间耕种，土地荒废了，就要饿肚子。

农忙季节到了，生产队长给每个人进行分工。老农牵着牛，驮着犁来翻耕农田。左一次右一次犁田、耙田，把紫云英埋在泥巴里去了。很快就要插上绿绿的秧苗，等待着的是硕果累累的丰收画卷。

紫云英不但肥田好，茎蔓还柔嫩多汁。听父辈们说过，在困难时期，好多人吃它，才活了命。故此，人们对紫云英心存感激之情不可言表。

紫云英还可作牲畜的青饲料，生产队里的牛，也吃紫云英。有的村民割走一些回家喂猪。她们边走边说笑，在落霞里丢下了一连串香甜的笑声。

现在播撒紫云英做肥料的很少了，条件好了，种庄家用的都是复合肥、磷肥、尿素等，不用农家有机肥了。我回到家乡常常听乡亲们谈论对紫云英心存感激之情，并陷入美好回忆之中。

紫云英在我的家乡已消失多年，成了留在大家脑海里的美好记忆。它是一方水土养一方人的绿色情感植物，它承载了历史上许许多多的奋斗、牺牲、奉献与人们息息相关的情怀，永远值得我和乡亲们的无限眷恋！

紫云英嫩绿的茎叶、紫色的小花永远刻在我的脑海里，常留在心中！

栀子花

老家门口栽了两棵栀子花树，是父亲和姐姐亲手栽下的，已经有五十多个年头了。农村人都喜爱在自家门前栽上栀子花树，既美化了环境，到了开花季节，又使整个院子充满了迷人的花香味。

过去的栀子花苗不好找，现在花卉市场都能买到，也要不了多少钱。那时这两棵栀子花苗，是我姐姐卖人情面子找人家讨要来的花枝。正值水稻栽插季节，把栀子花枝插在稻田里，这样既有水分，又有营养。等到两个多月后，花枝长出了新枝，才把它连同泥土挖回家在门前栽下。

栀子花栽下后，全家人把它视为宝贝，春天看它发芽长枝，为它浇水、施肥、治虫。栀子花属茜草科，为常绿灌木，枝叶繁茂，叶色四季常绿，花芳香，是居家的庭院观赏植物。除观赏外，其花、果实、叶和根可入药，有泻火除烦、清热利尿、凉血解毒之功效。花可做茶之香料，果实可消炎祛热。是优良的芳香花卉。栀子花喜光照充足且通风良好的环境。宜用疏松肥沃、排水良好的酸性土壤种植。春季可用扦插、压条、分株或播种繁殖。

到了第二年冬季，栀子花就孕育出许多花苞了，直到夏天才会逐渐开放。

春天我观察着栀子花，看见它长出了许多嫩叶，过了一阶段，又看到栀子花的叶子也渐渐长大，碧绿碧绿的，呈现出生机勃勃的景象。

春天悄悄地溜走了，夏天已经来到，栀子花开得是那么的优雅自如，花瓣上挂着几滴雨珠，把它映照得那么的新鲜，似无瑕的白玉。过了几天，一朵又一朵的陆续开放，那洁白的花朵缀满了枝头，细腻绵柔的花瓣，玲珑剔透，犹如美玉的雕琢。

栀子花它虽然不如牡丹华丽富贵，不如荷花的出淤泥而不染，但它有着自己的淡雅清新，颇受人们喜爱。它的香气令人心旷神怡；它的样子令人赏心悦目；它的生命力极强，令人惊叹！

栀子花在每年五至八月绽放，花香弥漫，左邻右舍都能闻到栀子花的清香。蜜蜂、蝴蝶也围着栀子花树，忽而亲吻，忽而飞舞。这时自然也会引来阿姨、婶子、姐姐、小妹来到我家的小院里，摘下几朵放在口袋里或者家里，清新家里的空气，让生活常伴花香，心情就会愉悦，这样觉得日子过得舒适幸福。

忽然有一天，我正要关院门去学校教书，门口站了个腼腆的小姑娘，她叫小玲，我问她："小玲，你有事吗？"她说："老师，我奶奶想要几朵栀子花，她腿痛不能走路。就要我来找你摘几朵花，放在家里闻香。"我热情地要她自己去摘，并且交代她说："小玲，以后你奶奶想要花，你就自己来摘，不用打招呼。"她红着脸笑着点点头。

后来我搬到城里居住了，每到栀子花开放的季节，就感觉到栀子花的芳香还在心中萦绕。也很怀念居住在农村的那段时光，温馨的小院里，有栀子花陪伴，生活都倍感香甜。

今年春节，老家玩板龙灯，我回去过几次，来到老宅的小院，里面已经失去了往日热闹的气氛。院子里静悄悄的，两棵栀子花只剩下一棵了，另一棵由于平时没去浇水、施肥等精心管理，枯死了。现在的这一棵栀子花，我回去给它培了几次土，可是枝叶已经缺乏了往日的生机，明显的肥料不足，叶子变黄了，开出的花也是很小、很少了。

植物和人一样，也需要给予营养和精心的陪伴，那样才会开出许许多多馨香迷人的花朵，生命才会长青！

古韵铜西

繁昌经开区横山区域，有个叫铜山铜西村的地方，村的后面有座山，山上有铜矿、铁矿，还生长着各种树木。有四季常青的松柏、樟树、桂花；还有榆钱、油桐等品种繁多，数不胜数。这里山清水秀，鸟语花香。铜西村坐落在铜山脚下，村前是上万亩的农田，小河依傍着土地阡陌纵横，田园风光优美。祖祖辈辈在这里繁衍子孙，过着幽静的生活。

我小的时候，就在铜山上放牛，常常爬到山顶的矿坑里玩耍，发现很早以前古人在这里冶炼过铜矿，遗留了一些零碎铁器、炉渣等。但是就不知道是哪个朝代留下的，只听村里老人说，我们这山上，曾经有工人开过铜矿，也炼过铜。具体冶炼和浇铸什么？老人也解释不清楚。一辈辈传下来，就是说不清楚山上冶炼铜器的精彩故事。后来从我记事起，县里也组织采矿队在这里采了很多年铁矿被大货车运走了，村里也组织人员采过很多铁矿。803 地质队，也来钻孔勘探过数天，得出的结论是，山的下面还有部分铜矿，但储藏得很深。

也经常有文物专家来铜山探秘，看看有什么重要的发现。但是，由于经过多次采矿，原来古代采矿的矿坑和冶炼铜矿的地方被破坏，故此很难找到有价值的宝贝。

后来，社会进步了，进入网络化时代。我在电脑上一搜索才了解到，曾经轰动全国的繁昌瑰宝，国家一级文物蚁鼻钱范，就出土在我的村子后面铜山上。蚁鼻钱又称鬼脸钱，战国时期（公元前 475 年—公元前 221 年）楚国铸行的货币，是先秦四大货币之一。由于其形状特别，文字下凹，在先秦货币中是最难铸造的。

战国时期列国争霸，楚国也连年战乱。估计负责钱贝浇铸的人员，为了自身的安全，慌慌忙忙逃跑了，把楚铜贝范遗弃在铜山上的野地里。

该范在铜山上的泥土里沉睡了 1500 多年，1982 年的某日，一位老农去山上挖草药，在泥土里把楚铜贝范挖了出来。当时他也不知道这是什么东西，就把它当作废铁卖到横山镇废品收购站。（此范为一对合范，长分别为 25 厘米、27 厘米，宽 10.7 厘米，厚 0.95 厘米，还有数粒蚁鼻钱，当时引起了全国文物专家的高度重视。）

恰巧这一天，一名繁昌县文化馆负责文物工作的人员出于职业的习惯，来到收购站，仔细地从废旧物品里翻出了两块锈迹斑斑的铜块。经他辨认，惊喜地发现了楚铜贝范，他立即向县里领导进行汇报，并办理了相关手续后，楚铜贝范被带回县文化馆。如果专家不深入基层，不仔细寻找，这么珍贵的宝物就永远被遗失了。

这对蚁鼻钱楚铜贝范的出土，无疑是铜范铸造金属货币的最佳例证。后经国家古文物专家研究鉴定，那两块锈迹斑斑的铜块，是我国珍贵罕见的“楚铜贝范”模板。

楚铜贝范被定为国家一级文物，有了楚铜贝范，对研究我国古代钱币铸造工艺和战国时期的经济文化，特别是楚国的货币发展和演变情况，具有重要的史料价值。

楚铜贝范曾经送到北京参展过，受到国际友人的高度赞誉。现收藏在繁昌区博物馆里。我去参观过两次，看到它静静地躺在那里展示，内心感到十分的荣耀，这是在我家乡发掘的重要文物。

原先脏乱差的家乡铜西村，与古钱币的遗址地结缘，上级领导非常重视，把这里作为一个乡村振兴的示范村来打造。现在这个村环境得到了很好的治理，村里粉刷一新，敷设了下水管道，避免了污水到处流淌的现象。屋面全部换成一色的红瓦，全村铺起了彩虹路，办起了群众和老年活动中心，古色古香的韵味也在这里得到了进一步的呈现。

村干部鼓励农户在山边的地里种植葡萄、草莓、菊花、西瓜。种药材、种花、种草、发展经果林。

我的家乡铜山铜西村，今后会将这里的矿藏与古钱币遗址地守护好。让这里山更绿，水更清，真正成为乡村振兴的典范。使古文化遗产世代传承，历久弥新！

清晨

清晨，雾多么浓啊！

我走进白茫茫的雾霭之中！四周远处都是朦胧的，什么也看不见，时时扑进我鼻里的是芬芳带露的泥土味。看着近处的房屋、小溪、小山、竹林和山林，都像含羞的少女，蒙着一层乳白色的纱巾。雾越聚越浓，我的头发被打湿了，衣服也湿了，可是我全然不顾。仿佛觉得自己陶醉在晨雾里。当晨曦在东方绽露时，雾红了，小溪里的水红了，山林红了……

倏然间，雾又变成了浮云，在乡间的山顶、树梢，轻盈而愉快地盘绕着。

牛，是我忠诚的朋友

在我记忆的长河里，随着时间的不断流逝，很多事情已经淡忘，可是有的事情却永远铭刻在心。

在那匮乏的年代，为了挣工分，我10岁就在生产队里放牛，放牛既有趣又辛苦。有趣的是天天能骑着牛，和伙伴们到山上玩游戏，爬到山顶观赏周围的风景，到河里扎猛子、踩莲藕等；辛苦的是春夏秋冬起早贪黑放牛、割草、喂牛打扫牛圈等。

记得12岁那年冬天，北风呼啸，寒风刺骨。刮了一天一夜的北风，到了傍晚迎来了一场大雪。棉絮般的大雪纷纷扬扬地下，大地一片银白，马路、田野、池塘都被雪覆盖得严严实实。塘边的柳树、槐树、乌柏上结起了一串串绒绒的、形状各异的冰花。

我烧了热水，准备了草料，在雪地里探索着去生产队牛棚的路。经过深一脚浅一脚的摸索，鞋子和裤腿全湿了，好不容易才到了牛棚。推开牛棚简易的门，眼前呈现出我不愿看到的一幕。只见那慈祥、憨厚、劳累了一生的老黄牛，躺在地上已经没有了生命体征。无论我怎么摇它的角，呼唤它的名字“大黄”，都没有任何反应。当时我哭了，我哭它一生忠诚辛劳，哭它四年多和我建立了深厚的感情。从它的眼神和行动中，能感受到它与人的心灵是能够沟通的。我把它当作好朋友，它把我视为亲人。

父亲叫来几个生产队里的劳动力，在大雪纷飞的这一天，把大黄埋在了田边。我站在那里流着眼泪，深深地陷入沉思之中……

一年四季，我和它做伴，春天起早陪它去踏青、吃嫩草；夏天它犁田累了，陪它在树荫下吃草纳凉，还用凉水刷去身上的泥土与粪便；秋天骑在它背上去田野享受丰收的喜悦；冬天喂它热水和草料、豆萁，清理棚里的垃圾与粪便，有时牵它出来晒晒太阳，接受阳光的沐浴……

每到农忙的时节，它很温顺，任劳任怨，每天从早到晚去完成犁田任务，从不发怒，也不背着犁乱跑。我考虑它累，千方百计挎着竹篮，跑到很远的芦苇荡里找嫩草割来给它吃。不知有多少次，快到晌午时分，它肯定是饿了，在十几米远的地方看到我背来青草、豆萁，就回过头来朝我张望，它好像在说："我饿了，你来得正是时候，有你真好！"

有一次令我终生难忘的事情发生了，这是危及我生命的一件事。那天清晨，我牵着它在野外吃草，突然一头很强壮的公牛，脱了缰绳冲过来，向我放的大黄牛发起挑战，我的牛一点没有防备，当它发现情况不对准备逃跑时，鼻子上的缰绳猛一拽，把我拽倒在地上。它为了保护我，屁股上还挨了那头牛重重的一角。它然后纵身一跃，从我幼小的身上跨过，我毫发未伤。当时我爬起来，吓得心惊肉跳。蒙了好一阵子才缓过神来想到，要是几百斤重的牛一脚踩在我身上，肯定不是当场毙命就是留下终身残疾。所以我觉得牲畜在关键时刻也有灵性，它宁愿自己受到伤害，也要保护它亲密朋友的生命。

几十年的时光过去了，每到寒风凛冽的季节，大地上出现皑皑白雪的时候，我的思绪就像长了翅膀，联想到乡村生产队的牛棚里，有头忠诚、温顺、可亲、可敬的好朋友"大黄"。

赏雪解乡愁

喜欢下雪天，是大多数人的意愿。也许是我出生在雪天的缘故，很小的时候，就对下雪产生了浓厚的兴趣。纯洁、高尚、美，这是雪的品质；雪能让人产生诸多遐想，也能激发诗人、画家、摄影家突发灵感，吟出千古传诵的佳句，画出栩栩如生的雪中梅花、拍摄出千姿百态的雪景，让人洞悉到美丽光线的神奇。现在想来在乡村那一幕幕打雪仗、滚雪球、狂奔乱跑的童年场景，还历历在目。

家乡江南属于温带季风气候，四季分明，几乎每年冬天都要下一至两场雪，那雪景，那幼稚的童真，常常在记忆的长河里回放。使我想起乡村田野、河流、山川、老屋、竹林、老树都被白雪覆盖，白茫茫的一片银白。看着土墙草屋，上面的积雪足有几寸厚，被雪覆盖得厚厚的草屋，在我的眼里仿佛就是一本本诗集。隽婉的风格，流畅的笔调，构思新巧，清新活泼。诗集里有唐代岑参的“忽如一夜春风来，千树万树梨花开”，宋代苏轼的“玉花飞半夜，翠浪舞明年”，杨万里的“落尽琼花天不惜，封它梅蕊玉无香”，李清照的词“雪里已知春信至，寒梅点缀琼枝腻。香脸半开娇旖旎，当庭际，玉人浴出新妆洗。造化可能偏有意，故教明月玲珑地。共赏金尊沉绿蚁，莫辞醉，此花不与群花比”。古代文人墨客脍炙人口的诗词描绘了美妙的雪景，也刻画了意境唯美的雪中梅花，不畏严寒，有着傲骨之风，坚毅而又美丽地在寒风中独树一帜。

每年在大雪来临之前，西伯利亚的冷空气南下，一路狂奔，狂风刮了一天一夜，第二天早晨打开大门，眼前的山川、河流、树木、竹林、房屋，该点缀的点缀，该涂鸦的涂鸦，全部银装素裹！

雪纷纷扬扬下了两天两夜，我家草屋桁条被压弯了，还发出叭叭响的声音。父亲爬上屋檐边，用筢子把屋上厚厚的积雪往下筢，这样可以减轻草屋的压力。母亲要我扶住梯子，防止打滑。她还不停地叫喊："一定要小心，不要摔着。"雪下小了些，左邻右舍的小伙伴们都出来了，大家合计着去村后山上抓野兔、逮野鸡。雪太深，过去又没有胶靴，我们就用草垛上的稻草，把脚和腿绑了起来，在厚厚的雪地里狂奔、嬉闹，向山上狂奔去。欢笑声打破了山村的寂静。

野兔、野鸡都躲在山洞和杂树枝里不敢出来，小伙伴们一直找到天快黑了才失望地下了山。身上的衣服，特别是脚和腿都湿透了，各自回家换衣，烘火，免不了还要挨父母一顿臭骂。虽挨骂但每个人心里还是热乎乎的，感到有趣、快乐！

那时乡村的雪下得不管多厚，每家人只是把自家门前的雪扫掉，其他地方就等太阳出来慢慢融化。所以出门十分不方便，白茫茫的一片，路都找不到，乡亲们也不和外界交流，更不准做生意买卖。雪后天气放晴，都聚在一起晒太阳闲聊……

时光如梭，改革开放后几十年过去了，人们思想有了很大的转变，素质也得到提高了。每年冬季的雪还是要光顾家乡。记得 2008 年冬天的那场大雪，下得特别大，有的地方电线杆被压断了；有的地方树倒在街上、路上；去单位上班的车停开了。各级领导层层下令，机关单位、企业职工、志愿者等都积极上街上路清扫积雪，抢修电路，清理街上路上的倒树。红旗插满了街道、路边。有的人挥舞着铁锹、有的人用扫帚扫、有的人开来铲车铲雪。还有的人在路上撒融雪剂、有的人在大桥上两边铺草苞。这些行动都在践行不忘初心，牢记使命。经过一天多的清除积雪行动，公路畅通了，街道积雪被车拉走了，断了的电线已接通。现在人们思想开放了，思路也打开了，一刻也不愿待在家里。人们要急着出去上班，去做生意，去谈业务，去交流，去旅游，等等。

在江南这一带，人们从内心里想还是祈盼适当下些雪。雪水能消灭空气中的病毒和细菌；雪水还能预防人们的皮肤出现冻疮；雪水加热后能洗澡，增强人们的体质，延年益寿；雪水温度低，能冻死地表层越冬的害虫。

今冬麦盖三层被，来年枕着馒头睡。

身居城市，打开窗户，看着外边纷纷扬扬的大雪，我在琢磨着，大自然赐予一场雪，给天地增加了瑞气，但似乎少了点什么。已看不见那厚厚的积雪和乡间那矮矮的草屋里从烟囱冒出的袅袅炊烟；雪中少了狂奔、打闹的那群无知的少年；还有那狗叫、鸡鸣，以及麻雀在屋檐下叽叽喳喳、东张西望的神情。

我不得不发自内心感慨，岁月如斯，那已是往事。赏雪只是了却了记忆里深深眷恋的诸多乡愁！

迎接新年

时间的脚步已经迈进了腊月，年味越来越浓。现在迎接新年的方式和过去不一样，现在生活条件好，市场上什么东西都能买到，想吃啥都有。

回想到 20 世纪七八十年代住在农村的时候，生活条件很苦，年前家家户户都在忙活，秉承了流传下来的习俗，迎接新年的到来。如今想来令人回味。

熬糖稀做糖

到了腊月，每家每户都在家里熬糖稀，那糖稀香香甜甜的味道，飘散在乡村的每个角落。人们自然地感受到乡村那勤劳、纯朴、年来临的浓浓烟火味。

我们小孩子也没闲着，在灶台下面往灶膛里添柴。火烧得旺，锅里的糖稀就翻滚得快，一来二往也就越变越浓。糖稀浓时用锅铲一捞，顺着锅铲慢慢出现丝丝片片往下掉，说明快熬好了。这个时候，小孩子馋得直流口水，偷偷地在锅铲上用手指蘸一点，往嘴里塞，很甜很甜的，好解馋。被大人发现了，就骂小馋鬼，等做糖再吃。白天、晚上家家户户捶打得咚咚响，然后又出现扑哧扑哧的切糖声。做糖品种不少，有炒米糖、花生糖、芝麻糖等。这些糖是用作过年亲戚来装糖碟子的，过了年，大人小孩子也可以当作零食吃的。

做团子

每到腊月，蒸团子是我们当地的传统习俗。糯米团子寓意着在新的一年里家人团团圆圆。

做团子的过程看起来简单，却很复杂。米粉需要糯米和粳米以三七比例掺在一起混合磨制，经过煮叶、淘米、搅拌、浸泡、出浆、沥水、沉淀、起粉、人工出团坯、人工搓制团状，然后放在洗净的粽叶上蒸。粽叶蒸出来的团子香味独特，刚刚出笼的团子称为“毛团子”，细腻而又有韧劲，吃而不厌。

蒸熟的团子冷却变硬后，撕去粽叶，放在大缸里用冷水养着，想吃时就捞出，在锅里烧热即可食用。团子可以浸泡五六个月不变质，糯米营养价值高，能温暖脾胃，补中益气。吃起来也非常的方便。

我在农村的时候，也多次参与过蒸团子。蒸团子的活真的很辛苦，家里人口多的，蒸少了不够吃，所以就多蒸些。不但需请人帮忙，而且有时晚上都不睡觉，一干就是通宵。蒸团子最关键的是烧火的人很重要，必须是行家，团子熟了没有，就靠他把握。如果火候没把握好，蒸出的团子没熟，就急着端起蒸笼倒到凉床上，当时发现不了，等到几个月以后，养在缸里的团子捞出来下锅烧，一会儿就一塌糊涂，变成了糊，不但不好吃，还黏嘴。

抽塘分鱼

在生产队的时候，过年前都把队里的鱼塘抽干，几个壮汉把所有的大小鱼，抓上来摆放在稻场上。刚刚抓上来的鱼活蹦乱跳，大鱼鳃不停地呼扇着，大人小孩都嘻嘻哈哈地围着鱼看热闹，有的人还指指点点。

这些鱼大的有 20 多斤，也有的十几斤的，去年抽干塘，看它们太小了，没有抓上来，再次养到水里，属于养了两年的鱼。今年也是这样处理，留一些小鱼放在水里养着。过年分一些大鱼回家，人们的心情都是美滋滋的。那几个壮汉把大鱼切成几段大小搭配好后，等队里每户人家到齐后，进行拈阄，拈到好坏没怨言，这是当时农村分东西最好的办法，也是最公平的办法。

杀年猪

那时农村几乎每家都养一头猪，因为家里都有米糠，妇女、小孩子还可以到田地里割野菜喂猪，如果不养猪，米糠就白白浪费掉了。加上生活又苦，自家养头猪过年，全家人尽情地开开荤，也能衬托出浓浓的年味。杀了猪，家里腌上几十斤肉，再送些给亲朋好友，这也是一份情谊。多余的就去集市上卖一些，也是一笔收入。

腌的肉晒干，待到春夏种田没菜吃时，切些肉或者放在其他菜里烧，就解决了全家人没有下饭菜的问题。

杀年猪的时候气氛热烈，也是非常的热闹。村里肥猪嗷嗷叫，又过年了，听到这猪叫声，每个人感受到节日的喜庆和家人团聚的温暖与美好。

炸圆子

过年前炸圆子，寓意团团圆圆吉祥喜庆。不仅是为庆祝一年的结束，也是祈求新的一年充满幸福和团圆的气息。母亲在世的时候，腊月二十几，首先把糯米饭煮熟，然后加上肉、面粉、把葱姜剁碎掺在一起调匀，开始搓成小丸子，用家里自产的菜籽油，倒在锅里烧开，把圆子一个个放在烧得滚烫的油锅里炸。等圆子炸到一定火候的时候，外面黄黄的，就捞出来，再放另一部分小丸子。在炸的过程中，我跑到灶边，拿起几个刚炸好的圆子就吃，外黄里嫩，嗯，味道鲜香可口，吃了还想吃。

每家都炸很多圆子，放着储备，年后也可以随时放在锅里热热就能吃，节省了烹饪的时间。

过年前炸圆子，既是习俗，也是世世代代中国传统民族饮食文化的美好传承!

做新衣新鞋

过新年前的两个月，父母就给我们三兄妹买好衣料，把我们带到村里的裁缝师傅那里，排队量了尺寸，说过年前做好，初一早上就穿新衣服、新鞋。裁缝师傅是夜以继日，加班加点地做，每年都是如此。

母亲也非常的辛苦，年前纳好几双鞋底，都要忙到深夜。难怪唐代诗人孟郊就有“慈母手中线，游子身上衣。临行密密缝，意恐迟迟归”的诗句。诗中内容凸显并歌颂了母爱的伟大与无私，表达了诗人对母爱感激及对母亲的深爱与尊敬之情。我的母亲把鞋底和鞋帮子上好后，在油灯下用楦头楦鞋子的情景，一直在我脑海里闪现。母爱在这鞋底的针针线线上得到了深刻的体现。

现在过年前，一切东西都准备好了，就等幸福的年到来。我们的父母亲没有享受到这样的幸福生活，这是非常的遗憾。回过头来仔细想想，如果没有千千万万个父母的艰辛付出，我们就没有幸福的今天，更没有我们美好的回忆!

在迎接农历甲辰新年到来的时刻，我们没有忘记对父母的深深怀念!

贴春联

时间的脚步已经迈入年的门槛，过年贴春联，是中华民族庆祝春节的一件重要事情，红底，黑字，稳重而鲜艳，表达一家一户对新年的美好祈盼，诸如“一年四季行好运，八方财宝进家门”之类；或与中华民族干支纪年文化相关联，春联中嵌有“鼠”“牛”“虎”“兔”“龙”“蛇”“马”“羊”“猴”等生肖物名，如“锦鲤飞身酬远志，祥羊跪乳感亲恩”等；大红的春联，象征着祖国繁荣昌盛，人民丰衣足食，事业蒸蒸日上，人人幸福安康！更预示着新的一年风调雨顺，国泰民安……

一些春联还反映着不同行业、不同家庭的“幸福观、旷达观”。因此，好多春联文笔生动，意深蕴厚，典雅隽永，神思飞扬，令人回味无穷。认真观赏、研究春节时人们张贴的春联，无疑是观察民间风情与习俗有意义的途径之一。

春联的寓意是深刻的，它是我国特有的文学形式，也是继承传统习俗的方式，代表着我国传统文化不断延续。春联具有祈福、装点居所的传统民族文化底蕴，反映了人民大众的风俗和信仰，寄托着人们对美好未来的希望。

我在乡下教书的那十几年，腊月二十八、二十九，乡村噼噼啪啪的鞭炮声不断，处处飘荡着浓浓的年味。吃着刚出锅的藕圆、刚出笼的萝卜米粉圆、炒米糖，喝一碗热腾腾的土鸡汤，感觉快乐无比。左邻右舍，亲戚朋友，接二连三送来红纸要我给他们写春联，从早上起床写到天黑，还没写完，第二天再接着写。写累了，停下来喝一口茶，欣赏着平仄协调、对仗工整、简洁精巧的文字。我想，对联是利用汉字特征撰写的一种民族文体，它与书法的美妙结合，又成为中华民族绚烂多彩的艺术独创。关于对联美妙的传说民间有很多：

相传，名人王羲之有一段与春联的故事：有一年腊月，王羲之从山东老家迁移到浙江绍兴落户，乔迁之喜又值新年之庆，不禁挥毫写就一副门联“春风春雨春色，新年新景新家”。此联嵌了三个“春”字和三个“新”字，非常贴切地展现了“新春”景象。他自感十分满意，就叫家人贴于门口。

不料因为王羲之书法盖世，为世人敬仰。此联刚一贴出，就被人趁夜揭走。家人告诉王羲之，王羲之能够理解揭联者心情，所以也不生气，又提笔写了一副，让家人再贴出去。这副联写的是“莺啼北里千山绿，燕语南邻万户欢”。此联充满春日的生机，对仗亦十分工整。谁知天明一看，又被人揭走了。这天已是除夕，第二天就是大年初一，眼看左邻右舍家家户户门前都贴上了春联，唯独自家门前空空落落，急得王夫人直催丈夫想个办法。王羲之想了想，微微一笑，又提笔写了一副“福无双至，祸不单行”。家人大惊，夫人更是不解，可王羲之笑而不语，让儿子只管贴出去。夜间果然又有人来偷揭，可是在烛光之下，见这副对联写得太不吉利。尽管王羲之是书法名家，可也不能将这副充满凶险的预言对联取走张挂啊。来人只好叹了口气，趁着夜色溜走了。

初一早晨天刚亮，王羲之家门前已围了很多人，大家对书圣写出此联很是不解。这时王羲之出门提笔在原联上加了六个字。大家一看，对联变成“福无双至今朝至，祸不单行昨日行”。在场的人，拍手喝彩……

我虽没有王羲之的才情，但有一颗服务乡民的火热之心。年年岁岁能沉浸在厚重的春联习俗氛围里，为大家书写吉祥，表达情意，感到十分的荣耀与欣慰！

我不但爱写春联，还十分喜爱欣赏春联。大年三十晚，大红春联贴上家家户户的门前。大年初一清晨，我喜欢到全村转转，观赏所有门上的春联。好的春联还是记在笔记本上，时间长了，翻开看看，既有韵味，又启迪人生。如20世纪80年代记下的春联，有诗情飘逸，也有政策的滋润，入脑入心，令人难忘。“春风化雨山山翠，政策归心处处春”“满堂金玉满堂笑，遍地英雄遍地歌”。后来也记下了不少好春联，“欢声笑语贺新春，欢聚一堂迎新年”“高居宝地财兴旺，福照家门富生辉”“不忘初心民阅卷，放飞梦想路生辉”“春风丝丝润万物，红梅点点绣千山”“居之安山清水秀，人之和天长地久”“十九大铺春九州焕彩，双百年圆梦百业飘红”……

后来我工作调动了，乡亲们的孩子已经长大，可以自己写春联了，这样也减少了我那深深的牵挂。但年初一欣赏春联的爱好，我还没改变，既是散步，也是赏联。去一条街一条街地看春联，记下精彩的春联，便于以后慢慢翻阅回味！

岳父种瓜

过去，岳父家也是个大户人家，两个儿子五个女儿，在全村是个旺门。这就是福气，儿孙满堂。可是从生活的角度考虑，家里负担十分重，当家的想尽办法挣钱。为了解决全家人的吃喝、穿衣、读书、人情往来等费用，岳父因地制宜，只有从土地找经济来源，种瓜。

种瓜，也是学问很深的一门行当。瓜种得好，既产量高，又香甜可口好吃好卖，能有一笔可靠的经济收入；倘若瓜种得不好，产量低，味道又不好，那就卖不掉，花了那么多人力物力，真是劳民伤财。

岳父家有几分菜园地，他每年都要种香瓜、西瓜、菜瓜、南瓜、丝瓜等。他在瓜地边搭个小棚子，瓜成熟的时候，日夜守在那里。岳父家的瓜好吃，特别是香瓜更受人青睐，好多村民去瓜地里买瓜。家里人吃点尝尝味道，其余的都卖了。

岳父曾经给我介绍过种瓜的经验，至今我还记忆犹新。

在生产队的那个年代，村民推荐我岳父种瓜，因为他通过多年的实践，是当地公认的种瓜行家。队里安排了四亩肥沃的土地，让岳父种瓜，他愉快地在这四亩田里大显身手。队里派几个劳力帮忙，先把土地翻耕过来，接受阳光暴晒，其作用是：疏松耕层，利于纳雨贮水，促进养分转化和作物根系伸展；能将地表的作物残渣、肥料、杂草、病菌孢子、害虫卵块等埋入深层，提高播种质量，抑制病、虫、杂草生长繁育。

时间不知不觉到了播种季节，岳父在这几亩田里种下了希望的种子。经过阳光雨露的不断滋润，过了一段时间，香瓜、西瓜、菜瓜的种子发芽了，然后藤蔓渐渐地伸展。等香瓜、菜瓜蔓长到大约五寸长的时候，岳父就在施肥前将土壤松软，以便肥料更好地渗透到土壤中。接着在瓜的根部旁边施下发酵后的油饼肥，也可以增加磷、钾肥的供应，促进花芽的发育和果实的形成。瓜苗长到一尺五左右，开花后 10~15 天进行第二次施肥。肥施下去后，重新松软地垄的土，好让瓜根延伸吸取营养，有利于其生长。

西瓜的施肥方法要求氮磷钾肥配合施用，不能单一用氮肥。最好以鸡粪肥、饼肥、人粪尿、垃圾肥、草木灰等农家肥为主，这样，养分全面，品质好。

香瓜、西瓜对水分的要求也比较严格，幼苗期以控为主，适当蹲苗，初花和坐果期促控结合，防止徒长、化瓜，而中后期管理应加强灌溉，以适应高温及瓜、秧旺盛生长需要，瓜成熟期，停止浇水，增进品质。

对几种瓜要及时整蔓。当瓜主蔓有 4 片真叶时将主蔓生长点摘除，选 2~3 条健壮的子蔓结瓜，不要多留蔓。当子蔓坐果后，在果前留 3 叶摘心，当孙蔓出现后每条子蔓上只留 1 条孙蔓，其他全部摘除。

瓜田的另一个管理工作也不能放松，拔除田间的杂草，做好病虫害防治，不同的生长阶段需要不同的灌溉技术，保持充足的养分，确保瓜苗的长势，也是获得优质瓜的必备条件。

到了收获的季节，全队的社员和孩子们都来到瓜田边分享快乐。根据家庭人口，人口多的分到三百斤，人口少点的，也分了二百斤。每个人的脸上都写满了高兴、快乐。岳父也有满满的获得感、幸福感！

到了 20 世纪 80 年代初，田地分到农户个人手中了，岳父还是发挥自己的长处——种瓜。他种的瓜成熟后，在田边就被抢购了。又到下一年种瓜的时候，有不少农户来岳父家请教种瓜的诀窍。岳父都毫无保留，一个一个地教他们如何种瓜。

如今，岳父去世了，我们已经吃不到他亲手种的香甜可口的瓜了。只能回味往事的美好，并对他深深的怀念！

挖荠菜

每当大地回春、万物复苏的时候，我都要去田野里走走看看。这大自然真的太神奇了，春风一吹各种植物都露出头来。这时就会发现，田野和路边、小河边长满了各种野菜，如荠菜、蒲公英、蒿子、野葱、芹菜、马兰头、马齿苋，等等，这些野菜都不错，可我最钟爱的是荠菜。

住在乡村的时候，我提着竹篮去野外挖荠菜，挖好后回到家里，母亲把荠菜洗干净，切碎，再打两个鸡蛋，放上面粉，搅拌均匀，加点调味品，煎成饼吃，喷香可口，吃了令人回味无穷。荠菜开白色的小花，还有心形果实，看起来非常漂亮。家乡有民谣："三月三，荠菜开花赛牡丹。"按老传统，三月三这一天，都要去野外采一些荠菜煮鸡蛋，还会把荠菜花挂在门头和锅灶上，这样做是消除灾难，祈福纳祥。

相传某年的春天，神医华佗路过一个村庄，那里的村民莫名其妙地生了一种头痛病，华佗见状让大家在地里采集了一种野菜，将其和鸡蛋煮熟了一起吃。没想到吃了这种野菜煮鸡蛋之后，村民们居然都好了。这种野菜就是荠菜，而华佗来的这天恰逢农历的三月初三，因此，三月三吃荠菜煮鸡蛋的习俗就保留到了现在。久而久之，三月三吃荠菜煮鸡蛋，寓意老人腰腿不痛，青年百病不生，孩子聪明伶俐，茁壮成长。

在生活困难的那段岁月里，这个不起眼的荠菜，被人们视为"粮食"，挖回家放在锅里煮一煮就能吃。红军长征时期荠菜就是我们红军战士保命的野菜之一。

古人认为“物以稀为贵，食以野为奇”，而荠菜在野蔬之中色、香、味俱佳，营养丰富，从唐代著名诗人白居易的“时绕麦田求野荠，强为僧舍煮山羹”到南宋辛弃疾的“城中桃李愁风雨，春在溪头荠菜花”，再到清朝郑板桥的“三冬荠菜偏饶味，九熟樱桃最有名”，荠菜被历代文人墨客揄扬之诗咏吟不绝，它救活了多少人的性命，功不可没。

住进城里后，自己不挖荠菜了，春天正是采食荠菜的好时节。去菜市场买菜，看到很多老人、妇女买荠菜。口感鲜嫩的荠菜，我感到十分的亲切，就买两斤拿回家，要老伴包饺子吃。等吃完了又去市场买过几次。

荠菜能充饥饱腹，还受到很多人的偏爱。其实荠菜是十字花科植物“荠”的通称。又叫荠荠菜、扁锅铲菜、菱角菜等。荠菜还有药用价值，它清热解毒：荠菜性凉，既清热解毒，对于热病、痈肿等症状，又有一定的缓解作用；消炎止痛：荠菜中含有挥发油、黄酮等成分，能够发挥消炎、镇痛的作用；促进消化：荠菜中含有丰富的纤维素，能够促进肠胃蠕动，增加肠道中益生菌的数量，有利于消化吸收；降血脂：荠菜中的黄酮类化合物能够降低血脂，预防心血管疾病的发生。

日常生活中，还可将新鲜荠菜用开水煮过后捞起来放凉，滤掉水分，分成数份，用保鲜盒装好，放入冰箱冷冻。冬季需要食用时，取出来解冻，过开水，可做汤或凉拌、炒菜等。

如今生活好了，荠菜又被人们重新赋予了养生保健的功效。

品尝春天，就先品尝一下荠菜炒春笋。荠菜吃起来清新香甜，春笋鲜嫩爽口，这就是风味独特的春天味道。

割马兰头

春天的路旁、野地，到处都有马兰头。这绿绿的草本植物，点缀了我们这个可爱的梦幻世界。清明节的早晨，老人、村妇、少女、小孩都挎着竹篮，手拿镰刀，踏着浓浓的露水，在田埂、池塘边、野地，弯着腰不停地割着。远远望去，一个个似跳动在田园中的绿色音符。他们割着割着，一会儿就割满了一竹篮。来到塘边，揉着满篮嫩绿的诗章。他们揉皱了清澈的池塘。一个个张开桃花似的脸蛋，拎着满篮的晨曦、鸟语和花香……

家乡人说，清明这一天吃了马兰头，眼睛可看“千里”之外。吃过马兰头，我和姐姐跑出门外，望着远处的山峦、远野，似乎格外的清晰，仿佛马兰头真是灵丹妙药。所以割马兰头，吃马兰头，在家乡似春梦年年都要萌发。

山乡红叶情

“远上寒山石径斜，白云生处有人家。停车坐爱枫林晚，霜叶红于二月花。”又是一个秋意浓浓、层林尽染的季节。目睹着流彩的世界，吟诵着杜牧的诗行，我又想到远在都市的他。二十多年前他插队来这里，度过了4个春夏秋冬。临上调前，我和他来到这枫树林。这里曾编织过我们好多好多的梦想和憧憬。我们拍了照，把无数的遐想都留在这张独特的照片上，使我们几十年以来都没有忘记兄弟般的手足之情。

他对山乡的钟爱是炽热而又一往情深的，4年的日子被他用时间串成一个长长的故事，他对山乡的枫叶钟情是难以忘怀的，他用血汗浸泡过有生以来的初恋。如今他常常来信提到他第二故乡，有片枫叶林，还有位曾经撞击过他青春大门的姑娘。

后来他结婚我去祝贺，我结婚他来帮我接亲、闹洞房。

又到这姹紫嫣红金秋送爽的美好时刻，我摘两片山乡红叶，装入洁白的信封，寄去我们真挚的情感。

雪惑

记忆中乡下的村庄，有着一条弯弯曲曲的小巷。这条巷子中记载着祖先们厚厚的历史。后来听父辈们说，这条巷子里发生了许许多多动人故事。在那个兵荒马乱的战争年代，老祖宗把房屋建成一栋连着一栋，是为了防止土匪强盗来侵犯，兄弟几个把房子设计得很安全。这故事被乡亲父老传说了一年又一年。

巷子的最南端，有一口池塘，塘的周围长满了许许多多歪脖子树。这年冬天北风呼呼地号叫，大雪使劲地下，池塘边的歪脖子树，毛茸茸的，那种种造型真是巧夺天工，又似一位高手画家寻觅多年才精心构思出的一幅诱惑人的图画。塘边有一茅草屋，被厚厚的大雪呵护着。这时，村后的山肃穆的圣洁，水冰凉的悠然。一个小生命诞生了，在暖暖低矮的茅草屋里，听到了一个婴儿的清脆哭声。这哭声打破了山村田园的静寂，也给这幽深巷子带来许多未来的乐趣。这，就是我出生时的真实写照。

也许是我出生在冰天雪地的缘故，每到冬天下雪，我对冰雪封冻的大自然是特别的钟爱。小时候和乡村的小伙伴们，在小巷子里堆雪人、打雪仗。夏天又围在这里乘凉、掷石子、玩泥巴炮、下棋等。有一年冬天，雪已下得封了山，可我在放牛的“大头头”们带动下，沿着小巷向村北的后山跑去，说去抓野兔和山鸡。浅浅的胶鞋全被雪灌得严严实实，脚一点也感觉不到冷，只感到全身有一股暖烘烘的烈火在燃烧。

进入青年时代就对雪景有了另一种钟爱方式。站在大自然面前真是思绪万千。因为我从小就被白雪迷惑着，所以从心底就想在这冰天雪地有所求有所为。用真情实感写出雪天的散文，抒发内心的美丽世界，用相机拍下雪天的浪漫和城市的喧嚣，用灵感去撞击乡村小巷那童年缥缈许久的梦想。

到了中年，我对冬雪羡慕有加。虽然有的人搬出窖藏香醇的美酒，围着火盆或取暖器品尝冬天的滋味，但我仍然会站在白雪皑皑的大自然中，去回忆、去构思、去拍摄雪的新奇，捕捉雪的浓浓诗意。我还和我的孩子们，把一年年冬雪的图画装订成册，让他们未来去仔细地回想，慢慢阅读。

圆梦

世界上的许多事，往往就是巧合。做梦也没想到，调出这所学校转眼已经16年了。从这个乡镇调到那个乡镇，几经周折，竟然在一个阳光明媚的春天上午，我又做梦般地重新坐在我教过书的教室里。不过这次不是来给学生上课的，是陪繁阳镇党委的领导来主持召开村党组织换届选举大会的。

我在这里教书14年，后来由于工作的需要，改行调到政府机关工作了。物转星移，竟然在调出学校16年后，偶然的机会又回到这所学校，坐在当年上课的教室里开党员大会。这是撤乡并镇后，给我带来重回学校的机会。

回想我离开这所学校时心情是多么的复杂，因为这里是我读小学的地方，后来又在这里教书。我以为从这乡间学校调走后，可能很少有机会再回到这所学校看看了。离开的那天我依依不舍，因为我青春年华的14年，就在这里奉献给了天真快乐的孩子们！学校有好多好多的往事都珍藏在我的记忆里，又经常在梦里重新翻阅这些甜蜜的故事。每天清晨，两百多名天真快乐的小学一至五年级的学生，戴着鲜艳的红领巾，排好队站在操场上，唱着国歌，进行升国旗仪式。升国旗活动不仅是教育活动，也是对国旗尊重和爱国家的一种表达方式。

那时，每年“六一”庆祝大会，都给新入队的少先队员戴上红领巾，向国旗行队礼，同时学校还评出成绩优秀的学生，给他们发奖品。那时的奖品只不过是本子和铅笔，学校盖个红章。虽不值多少钱，但是，这可是价值很高的荣誉，学生们都高兴得合不拢嘴。

学校还给学生安排丰富多彩的体育活动，带领孩子们进行拔河比赛；去学校后边的山上，开展登山比赛，一个个似出笼的小鸟，欢呼雀跃；有时候抽出成绩好的代表，参加全县语文、数学竞赛。一届届的小学生毕业后被送进中学，每年毕业班学生都要和老师照毕业照。学生们幼稚的笑脸和学校的房屋、花草树木都成了美丽的风景，被定格在永远保存的相册里。

老师就要桃李满天下，后来有的考取了大学；有的在商界崭露头角；还有的成了种植大户。一切成绩的取得，都是老师的骄傲。无论学生在什么地方看到我，都很礼貌地叫声老师好！这是最纯真的师生关系，也是时代文明的进步。

今天我再次来到讲台，面对的是全村60多名党员，就有关村级党组织“两推一选”工作进行布置。会后，老党员亲切地拉着我的手说：“回来就好，回来就好，到我家吃点家常便饭吧！住上一夜再走！”这是多么真诚的语言，这是从乡音里发出来的肺腑之言。我拱手谢谢！我环视了整个熟悉的校园，就像远行的游子回到了母亲的怀抱，感到亲切、温暖，有一种说不出的感受。学校的树木，周边田野里的庄稼，在微风吹拂下似翩翩起舞的少年，向我点头微笑，迎接我们的到来。

十几年的春夏秋冬一眨眼就过去了，但父老乡亲那浓浓的乡情还在，就像我当年在这里教书发出的乡音那样亲切、纯厚。

我能够又回到故乡的学校，坐在宽敞明亮的教室里，真的是圆了我的情感之梦。

岁月留痕

芜湖步行街留念

高安，是我第二故乡

人的一生，有许多事值得留恋。也有少数过往的事，在岁月的流逝中渐渐淡忘。

1996 年 2 月，组织安排我去高安乡工作。来到这里，我全身心地融入高安，在这里用自己的青春岁月抒写了一段人生。23 年，不短的经历，到退休才发现，自己年富力强的一段美好光阴因在这片土地而有了崭新的意义。故此，我对这革命老区充满了刻骨铭心的爱。

故乡，是我的出生地、启蒙地，在我童年、少年最困苦的时候，它用红薯、青稞、野菜等养活了我，把我送上了青春之旅，我一辈子不会忘记故乡的恩赐；工作后，来到高安，通过多年的亲密接触，我对这里的人、事、物有了深度了解，产生了深厚的情感。这里是革命老区，人民是勤劳勇敢的，在革命战争年代留下了许多可歌可泣的动人故事。从多方面考虑，想把高安的土地、水和民风习俗写一写，以示纪念。

高安的土地

清道光年间，高安属三十都，由延载乡管辖。在此之前为高安里。按圩口分八个旱：即添泥旱、固冶旱、卢家旱、永保旱、雅峰旱、新兴旱、后所旱、洋泥旱。1932 年，高安属于第五区，为横山区。1935 年，繁昌五个区合并为三个区，高安属于旧县第二区。1939 年 4 月，高安划分为慕英、白象、江坝三个区。

几经周折，1958 年 10 月成立高安人民公社。下有裕民、高安、义合、乐楼、矶山、泥埠、南圩、象山、横西九个大队组成。1959 年 4 月，根据上级指示精神，公社扩大，高安、横山、马坝三个公社合并为横山人民公社。此后又经过数次划分，终于在 1983 年 1 月，高安公社确定下辖十四个村民委员会，即义合、横西、裕民、高安、矶山、河西、泥埠、南圩、老圩、象山、高安桥、草山、狮山、裕西。

高安原属繁昌县城西北 30 里外的高安乡，东以横山河与横山镇为界，南与马坝乡和繁昌县园艺场接壤，西隔高安河与新港镇相望，北临长江。

全乡地势西南高，东北低，大部分属圩区。

高安这片土地历史悠久，境内发现多处商、周时期神墩遗址，留有大量珍贵的石镰、陶器、青铜器等文化遗产。

高安乡土壤种类较多，主要有油沙土、沙马肝土、沙泥马肝土、灰潮土等。地势平坦，属长江冲积形成的平原。境内有不成山脉走向的矶头山、狮子山、白象山等不完整的丘陵岗地，被东西向的总干渠分为南北两大片。南片为圩区，北片为洲地。洲地为长江冲积平原，地势平坦，土壤为灰潮土，地下水位高，土壤深，地质松软，土地肥沃。地块大的有一千亩以上，连片性好，有利于机械耕作。适宜种植棉花、旱粮和经济作物。圩田地势是四周高，中间低，成锅底形。土壤较深又肥沃，易耕，以种植水稻为主。象山、草山、狮山、矶山靠近山边的丘陵地块，属细粒黄红土壤，宜种山芋和芝麻、豆类。

高安农业资源丰富，畜牧业和渔业资源具有很大潜力，林业和矿产资源有待进一步开发。粮、棉、油料作物，芦苇、菱角、莲藕等品种种植面积增加。农业产品有大麦、小麦、水稻、棉花、油菜、芝麻、黄豆、玉米、花生、豌豆、蚕豆、红豆、绿豆、高粱、山芋、西瓜、香瓜、甘蔗、生姜、大蒜、洋葱和各种蔬菜等。

高安土地肥沃，气候温和，境内沟渠纵横，自然资源十分丰富。宋代著名诗人杨万里到江南游玩经过泥埠时，赋诗盛赞这里是“碧豆密争桑荫底，绿荷杂出稻花中”的“水乡泽国”。

应该说高安境内没有大的山脉，只有几座小山，如白象山、矶头山、狮子山。

白象山：外形如卧地大象，故称为白象山。位于象山村与马坝燕山村之间，西与燕山河东相接。南为梅山口，东部象山村，西北部谷家河经山脚绕过。海拔 87 米，是高安最高山。

矶头山：旧县志载，在繁昌县北延载乡，山有石似鸡头，故曰鸡头山，后来改为矶头山，山高 35.9 米，位于矶山村和河西村北部。山北边为裕西村。中华人民共和国成立前，山上有毛竹、枫树、栗树等，矶山靠近长江，战争年代在军事上占有重要地位。矶山储有铁矿，品位很高。50 年代起就在山上开始采铁矿。

狮子山：清道光年间以前，狮山称固冶山。因为山的外形像一头狮子故称狮子山。山高 32 米，位于谷家河西岸。山上有杉木等树种，山上储有铁矿，乡政府组织工人开采过数年。

人口众多的高安乡，为了充分利用寸土寸金的土地，确保粮食稳产、高产，20 世纪 60 年代，全乡普遍进行土壤改良。裕民、裕西、高安村一带群众，挑沙上地，改造土壤，使土壤更适宜种旱粮和经济作物；义合、矶山等田地沙质重，群众挑黄土上田，改造沙质，使土壤更适宜栽插水稻。经过土壤改良，高安这片土地真正成为江南的鱼米之乡！

高安的水

高安本地称高安圩，由原来的洋泥旱、永保圩、老圩三个大圩和后锁圩、滕小圩、长丰圩、永庆圩四个小圩，大小七个圩口组成。

1932 年前，高安境内未挑筑江堤，沿江一带围成丫峰、枫树、永庆等几个小圈围，以防江水。自 1932 年开始，组织群众挑筑高安桥至营房嘴一段江堤。

1943 年前，高安河、谷家河与江相通，汛期江水倒灌入内河，常常发生水灾。后来旧堤工会负责把长江与高安河入口处的活动坝拆除，正式修建高安闸。谷家河与小江交界处，每年汛期都挑活动坝，直至 1952 年裕民闸建成。

高安水系发达，沟渠纵横，自然资源十分丰富。水产品有鱼类、虾类，螃蟹更是这里的特产。前些年，部分农户养殖珍珠取得了可喜的经济效益。

高安北面濒临长江，境内主要河流有横山河、高安河、谷家河。

横山河：发源于马坝乡梅山口，流经横山街道，位于高安东部，是高安与横山镇的界河，北通小江，全长 14182 米。河内可行木帆船，遇到干旱可引横山河水灌溉农田。

高安河：据县志记载，“在繁昌县城北 40 里，江湖盛涨时，倒灌入港，至大克山上。约 15 里，称高安港。”高安河为高安与新港镇的界河。高安河由高安桥闸与长江相通，雨季克山一带的山水汇集入河，经闸流入长江。旱时可引江水至高安河灌溉田地。河堤自高安桥闸至扁担山站，全长 6 千米。

谷家河：清道光年间，谷家河又称泥浦港。旧志记载：“江湖盛涨时，由谷家河口倒灌入港，过泥浦桥，经固冶山斗门至官荡湖止约 16 里”。谷家河由南至北纵贯全乡，经沙抱闸与小江相通。南和马坝乡、县园艺场相接。谷家河道原从泥埠都斗门至裕民闸通小江。1972 年 12 月底，谷家河改道取直，1976 年 4 月建造沙抱闸，谷家河水经沙抱闸进入小江，缩短了河道，降低了河床，提高了排涝抗旱能力。

20 世纪 70 年代末，80 年代初，高安乡向县里水利部门汇报，重点兴建水利器材仓库和管理房 21 间，安排编制人员 13 人，确定专业技术人员负责高安桥、永庆、北埂、南圩几个排涝、灌溉站的改建兴建工作，每年汛期前检查江堤、内河道的涵闸斗门畅通情况，确保防汛、抗旱无障碍。

高安地势较低，历史上遇到过多次洪涝灾害。1931 年 6 月，后锁圩溃破。高安境内各圩相继淹没，洪水一直冲到鲁港，庄稼颗粒无收。1949 年汛期，连续降了几天大暴雨，造成内涝。当年排涝机械有限，低洼田地百分之八十被淹。稻子正在孕穗，造成严重减产。1952 年 7 月 23 日，由于山洪暴发，高安河尚沟段决口，近百人组成抢险队与洪水搏斗，经过几个小时的抢险，终于堵住了决口。受灾三百五十余亩，减少了全乡的受灾面积。

最令人难忘的是1954年初夏，冷空气一直在长江中下游上空盘旋徘徊，造成连续持久的降雨。暴雨持续时间长，雨量特大，长江水位迅速上涨，长江干支流遭遇百年罕见的流域性特大洪水，水位超过了历史最高水位。高安圩出现多处险工弱段，尤其是双陡门。1954年7月12日，水位更高，加上风雨交加，高安防守的长江大堤牛尾巴段于傍晚时分溃破。牛尾巴溃破时长江水位是11.87米。长江大堤决口为56米（后查阅资料：1954年长江沿线干堤和汉江下游堤防溃口61处）。长江大堤的溃破，给人民生命财产造成了重大损失。在中共中央、国务院领导和指挥下，长江沿线各地组织广大军民全力抗洪救灾，一千万防汛大军日夜奋战抗洪一线。

后来高安乡又多次出现内涝灾害。1969年，由于连续降雨，造成内涝，百分之八十的农田被淹，农作物收成减半。1983年6月连续下了4天暴雨，江河水位上涨，圩内农田被淹。7月5日后锁圩溃破，大量农田被淹，民众受灾，房屋倒塌，损失惨重。群众第一次把内水排干后，抢种和补种了农作物，8月又降暴雨，庄稼第二次被淹，造成颗粒无收。

历史的教训是深刻和惨痛的。要把农业搞上去，必须大兴水利。高安公社（乡）党委、政府每年把水利冬修当作头等大事来抓。当年长江段溃破的牛尾巴，原来是堤身单薄，内塘坡陡，沙质土渗漏。先后两次组织群众对牛尾巴段进行抛石护坡，对堤埂加宽加高，并在外江栽上柳树，起到挡浪护堤的作用。

为了解决高安的排涝和灌溉，1976年开挖了新河、洋新河、朱沟河。疏通、改线谷家河道。同时也想尽一切办法筹措资金，改造排水泵站，增加排水口，做到小雨小排大雨大排，确保没有内涝。每年都组织全乡万人以上挑土加固长江大堤和内河圩埂。中华人民共和国成立之初，高安河洋泥旱埂高程不过10米，埂头宽两米。滕小圩埂头宽仅一米。通过几年的水利冬修，现在内河埂高度和江堤高度都增高了，埂头宽也加宽了，确保全乡安全度过汛期。

我调到高安乡工作期间，没有出现圩口溃破现象。主要是领导对所有排涝站都更换了排涝机械，增加了水利兴修经费；其次是江堤和河堤都加宽加高，遇到发水的季节，全乡组织干部群众，日夜坚守在防汛一线，24 小时巡查江堤、河埂是否有渗漏情况，发现情况及时汇报，及时组织水利专家研究并给出解决方案。我也多次参加巡查、排查和抢险处置渗漏等行动。

高安的民风习俗

中国是个多民族的国家，各地的风俗习惯是不一样的。高安的民风习俗较多，列举几例供大家欣赏：

做寿：俗称做生日。生日就是每个人虚龄每逢 10 岁那年，在出生的那天称生日（一般都记农历）。做生日一般在 60 岁。60 岁称花甲之年，70 岁称为古来稀或古稀之年。80 岁一般不做寿，要做寿多在 79 或 81 岁那年做，不顶 80 岁那年做寿。传说 80 岁为叫花子寿，所以不做。

有钱的人家做寿仪式是比较隆重的，在寿辰之前就向亲朋好友发送寿帖，上书寿辰时日。届时，携礼前来祝寿或拜寿（晚辈称拜寿）。送礼包括送衣料、金银宝贝、寿幛、寿联等。

生日的那天，清早起来燃放一挂长长的鞭炮，烧着寿香，早餐吃寿面，晚上设宴招待亲朋好友。寿诞之日，家里张灯结彩，中堂高悬寿星图，厅堂四壁将亲朋好友送的寿联、寿幛，按尊卑之序悬挂。

穷苦人家做生日比较简单。生日前，村子里的乡邻前来送鸡蛋，称作“送茶”。亲戚朋友也要送一些礼物，如衣料、鞋袜等。生日那天起早烧香，放鞭炮，然后送寿面回谢“送茶”的人家。为了祝贺也要置办一些薄酒，招待亲戚朋友。

中华人民共和国成立后，祝寿的风俗还保留至今，但不再烧香了。由于生活水平的提高，有的人家在 10 岁、20 岁、40 岁……也举行简单的庆贺。

做房子：过去农村做三间房子是一件大事，做房子前先烧香，选择一块向阳背风、没有坟冢的地方作为地基。然后择一吉日动土开工。开工时向木瓦匠包喜钱。瓦匠在排基石、上门过基时东家也要包喜钱。房子上梁更要选一吉日，如遇到下雨天则认为是好事，称为“雨落万年梁”。上梁时，东家又要包喜钱给木瓦匠。上梁木匠站在东边，瓦匠站在西边，一边上梁一边讲好话。梁上好后，木瓦匠将东家准备的欢团、粽子、糖果等从上向下抛，称为抛梁团，村子里的大人小孩都在下面抢。有的人家在上梁这一天，将亲朋好友请来吃喜酒，亲戚朋友在这一天也要送礼表示庆贺，也有的人家在房子做好后，择一个吉日办酒酬谢，这叫办“情酒”。

迁居：俗称“搬家”。搬家前选择一个好日子，于这一天起早燃放鞭炮，在黎明到来之前开始先搬家里的木秤，越搬天越亮，意味着今后的生活称心如意。

结婚：过去男女青年的婚姻都是“父母之命，媒妁之言”。订婚前，男女双方家长请算命先生合生辰八字，如果相配就由男方家送衣料、鱼肉及其他礼物，前往女方家，叫“压庚”，即订婚。（如果算命先生说双方“八字”不合，两人纵然情投意合，也不能结为夫妻。）订婚后，男方请算命先生看日子，选定结婚日期，写成帖子送到女方家。女方家同意后，即可定结婚日子。结婚前一日，男女两家就摆酒席，宴请前来贺喜的亲友。女方家酒席的鱼、肉由男方家承担，称“水礼”。结婚的那天，男方家由媒人带领接亲的队伍，抬着花轿。男方家将花轿上写一上联，女方家再对下联。到女方家门口先放鞭炮，女方家得知后，有意将大门关好，要烟，要糖，称作“开门礼”，答应了要求女方家才开门。

这一天，新郎、新娘清早起床洗澡更衣，亲友中的女客在他们洗澡时包喜钱，叫“洗澡钱”。然后新娘睡在床上不起来，至天黑发轿。发轿前新娘梳头，戴上凤冠。这时新娘及其母亲都要哭，表示眷恋与祝愿。母亲祝福女儿到人家发财，女儿哭《十把筷子》祝愿娘家买田置地，发家致富，哥兄中状元，做大官等。然后顶上盖头，有人抱着上轿。

新娘到了新郎家，轿子停在门外的稻场上，由福寿双全的老夫妻二人搀扶，称“搀新”。老头子叫“搀新老爹”，老奶奶叫“搀新奶奶”。把新娘从门外搀进门，搀新老爹边走边讲：“花轿一到稻场边，千头爆竹闹青天。诸亲好友来恭贺，欢欢喜喜到堂前。”新娘走到堂前和新郎并排站立，称为“拜堂”。拜堂时，搀新老爹说：“男站东来女站西，二人站得一般齐，夫妻交拜多欢喜，好像凤凰配金鸡。先拜天地日月光，转过身来拜高堂，今日夫妻来交拜，早生贵子状元郎。”然后进洞房，女在前，男在后，走在铺好的口袋上，搀新老爹唱着：“一代传十代，十代传百代，百代传千代，千代传万代。”

进入洞房后，新郎新娘男左女右站在床前，搀新老爹用秤杆替新娘挑盖头，一边挑一边唱：“小小秤杆乌油油，我给新娘挑盖头，盖头落枕子孙滚滚，秤杆落地买田置地。”然后夫妻同饮交杯酒，吃团圆饭。接着村子里的小青年闹洞房，有的还要将新娘的一件衣物偷出来，到第二天交给新郎，新郎则要办一桌酒给偷房者吃，称为“偷房”。

婚后三天，新婚夫妇到女方家，叫“回门”。

中华人民共和国成立后，男女婚姻逐步发展到婚姻自由，不再合“八字”了，结婚也不坐轿了，也不举行拜堂仪式了。现在都去民政部门领证结婚，然后举行婚礼。

民风民俗历史悠久，这也是民族文化的传承。例如：老人去世，在这里叫“打百年”；修谱，叫“做谱斋”；过清明节，叫“做清明”。还有六月六、七月半、中秋节、冬至；过春节祭祖、守岁、开财门、唱戏、玩龙灯；方言、谚语、歇后语、寺庙、尼姑庵、传说、民歌民谣，等等。这些都是按照地方习俗的要求，内容丰富多彩，让人久久回味。

当然，我在高安这一待就是几十年，见识了很多，也学到了很多书本上没学到的知识。我总觉得优秀的文化可以继承和发扬光大，便于丰富人民的精神生活。时代在不断的发展变化，应该坚持“取其精华，去其糟粕”，生活健康向上！

通过以上的描写与叙述，还觉得远远不够，譬如，高安人民在抗日战争和解放战争中冒着枪林弹雨同敌人血战的激烈场面，高安人民积极投身到水利冬修、抗洪救灾那红旗招展的动人场面，还有近些年来文明创建、文体健身的新颖活动，都没有作详细的阐述，也还有许多感人的事例没有很好地去捕捉、挖掘。

待我有了一定的时间，发挥创作灵感，用优美的文字再慢慢作详细的阐述，让高安这片土地再显辉煌！

岁月如歌

每个人的一生，都会经历些不同的坎坷，不同的酸甜苦辣。

在岁月的长河里有的事已被时光淡忘；有的事被记忆打捞起来，经过慢慢过滤，刻在记忆深处。能让你留恋的都是值得追忆的精彩片段。所以处在艰难困苦生活里的人，就更能悟出生活中许许多多的道理。懂得怎么为人处世，怎么解决问题，怎么生活勤俭等深刻内涵。

我的一生随时光的不断流逝和打磨，把诸多艰辛封存在记忆这本书里，待到闲暇之余再细细品读。当翻开这些平平凡凡、已经泛黄的生活点滴时，心里既有酸楚，也有值得回味的乐趣。

童年是人生中最懵懵懂懂也是很糟糕的阶段，那段生活饥饿苦涩，但人们还是想尽一切办法，互相帮助，度过了那段最艰难的时光。

7 岁那年，父母为了锻炼我的意志，让我去生产队里放牛挣工分。那个时候我虽小，但已经知道人就应该从小立志，将来才能成才。放牛虽是锻炼我，但我也常常为割不到牛草犯愁，生怕犁田人用牛鞭打我。有时草割得很少，送给牛吃，那个犁田人对我横眉冷对，我既害怕又惭愧，惭愧割不到草对不起在劳作的牛。可我还是暗暗下决心，一定要去找到很多的草，割回来把牛喂饱，好让它吃饱肚子多犁田。

为了鼓起生活的勇气，勇敢面对困难，我就联想到高尔基、保尔的童年。

转眼到了少年时期，社会进步了，生活已经有了好转，放牛虽辛苦也有很多乐趣。春天的清晨我骑在牛背上去踏青，天空中纷飞的燕子、护堤的垂柳、小桥边潺潺流水、三三两两的少男少女，挎着竹篮去打猪草……在这样的风景里放牛，就觉得十分的快乐，仿佛人在山水间，恰似画中游；夏天，虽骄阳似火，但是小伙伴们头顶绿荷在芦苇丛里割草喂牛，在池塘里扎猛子，踩野藕，摸河蚌。野藕可以充饥，把河蚌带回家炖汤，就是全家人一顿美美的晚餐。

最令我痛心的是 11 岁那年夏天，正是农忙“双抢”季节，我头顶火热的太阳，一个人去河边割草喂牛，我想快点把竹篮盛满，到树荫下歇一会儿，突然用力过猛，镰刀一滑，割到自己左手的无名指和小指。当时鲜血直流，我痛得哇哇叫，泪流满面地用右手按住流血的伤口。血还是顺着手指不停地流，我在无助的情况下，自己在有补丁的裤子上扯下一块布，慌乱地包扎起伤口。急急忙忙向家里跑去，到家后要母亲重新给我包扎。母亲见此状况心疼地说：“我的小宝贝，怎么这样不小心，割了这么大伤口。”我的手痛得麻木了，只是呆呆地站在房门边，什么也不想说。

这时母亲从房间抽屉里拿出仅有的两个鸡蛋，去厨房烧好后给我端来说：“赶紧吃了补补，流了这么多血，以后干活一定要小心。”我默默地点点头。至今这左手上的刀疤还清晰可见。

最累人的是农村“双抢”时节，牛都要犁田到天黑。幼小的我牵着牛，走进黑咕隆咚牛棚摸拴牛桩。牛棚里臭气熏天，蚊子多的嗡嗡响。我慢慢摸索着把牛拴好出了门就往家里跑。秋天，“双抢”结束了，闲下的时节，我把牛放在山上，小伙伴们在野地里摘了豆角、抠来山芋、拔来萝卜，码起灶台进行野炊，觉得这样的乡野生活很开心，也有意义。十几个顽童吃过野餐后，有的在掷石子、有的在搭墙鳖、有的摔泥巴炮、有的在做老鹰抓小鸡游戏。直至夜幕降临，才各自牵着牛回村。

20 世纪 70 年代初，放下牛绳，我已经到了 16 岁，终于高高兴兴背起书包上学了。那时能读书了，发自内心的快乐。条件虽差点，也能学到许多知识。由于我年龄大，读一年级感觉不合适。这时得到了启蒙恩师黄远金大力帮助，他一生热衷于教学工作，又是个热心人，要我报名把一二年级放在一起读，日夜给我补课，并细心指导我做作业。白天完成不了的作业，晚上去他家进行补课、做作业。经过几个春夏秋冬的不懈努力，连拉带拽，让我照常升级。三四年级又是放在一起读，起五更睡半夜，日夜奋战，然后又升上小学五年级。就这样小学只读了三年就参加升初中考试，功夫不负苦心人，幸运的是我被录取了。

考进了初中后，学校在集镇上，每天上学放学来回要走几千米的泥泞小路。遇到下雨天，家里买不起胶靴，就赤脚上学，有时脚被锋利的荆棘刺得鲜血直流，顾不了痛，还是继续奔跑。早上来不及吃饭，就拿两个红薯边走边吃。中学读书阶段，生活还是清苦，青黄不接的三四月，每家领到一些红薯片，伴着野菜、稀饭度过那段时光。到了学校，生活也是丰富多彩的，每天中午还和同学打一小时篮球比赛；有时几个班级一起，抬着粪桶去农场参加劳动，这也是要求学生热爱劳动，安排的劳动课。学校开午饭的时间到了，饿急了的孩子们，打上一碗白米饭，五分钱的小青菜烧豆腐，也不挑三拣四，很快吃得一干二净。由于活动量大，下午放学回到家里，肚子饿得咕咕叫，把书包一放，立即把装锅巴的铁桶搬来，狼吞虎咽地吃起锅巴来。

在中学学习阶段，环境有了很大改变，可以到学校图书室借书看，遇到好的名著，借回家，废寝忘食地读起来。作业不会做就请教老师、请教成绩好的同学。到了高中，由于我不断努力，表现也很好，班主任要我任班长。班长这个职务在我人生中第一次觉得是小“干部”，天天喊起立，喊坐下。还要处处起先锋作用，安排班级的日常事务，譬如：安排扫地、出黑板报、开班会、开展学雷锋活动、组织去农场劳动、开展学校大扫除、清明扫墓、体育运动会，等等。

在那段学习的日子，我还为家乡的左邻右舍带舌簧小喇叭到街上修，有时候给村民在街上打点灯的煤油，给年龄大的长辈买蒲包干、药膏等力所能及的事。那时在生产队，都捆绑在一起做农活记工分，村民没时间上街，只要想买的东西我都给他们代买回来。

在党的改革春风吹拂下，国家在教育上作了改革，1978 年改到秋季毕业，我正好在读高二（那时高中只读两年），改到下半年毕业就多读半年书。多读书是好事，能弥补我每门功课的不足。就在高中阶段，我有着胸怀大志，要报效祖国的决心。写了不少文章在校刊刊发，每天除了上课，还借了名著《红楼梦》《水浒传》《三国演义》等熬夜读。通过奋发读书，我的知识面宽了，懂得了诸多道理，有了长足的进步。无论在学校，在家乡都给人们留下了很好的口碑和很好的印象。

1978 年 7 月，青春焕发的我已经 21 岁。我满怀信心，怀揣多年美好的梦想，参加了高考。那年高考，天气十分的炎热，虽成绩不是那么好，但热情很高，就好比参加百米赛的运动员，奋力一搏。考试的那天，热得裤子粘在板凳上拽都拽不下来。基础不牢地动山摇，等考试成绩下来后，我名落孙山。这时我落榜不落志，觉得三百六十行，行行出状元。回到家乡，在家里待了 20 多天，看看小说，也静下心想了很多。想下一步路怎么走，怎么才能发挥自己的青春力量，为党和国家做些贡献。这时正好大队小学缺代课教师。经恩师黄远金推荐，大队党支部书记、学校校长程诗明同意后，我当上了民办代课教师。教师是受人尊敬的职业，我也十分喜爱。上班后，在业务上虚心向老教师请教，兢兢业业一丝不苟，每天认真备课，批改学生作业。给做错了作业的学生安排课外时间订正。放学后，有少数学生背课文拖拉，就用课余时间陪他们背。晚上有时还要代扫盲班的课，吃苦耐劳的精神感动了学生和家长。

经过两年多的辛勤教学，我所教的班级，教的学科，在全镇统考中都名列前茅。这时正好学校程诗明老校长调走了，横山镇教委主任王德中同志和村支部商量，要我任学校校长。肩上的担子重了，我就更加努力学习，报名参加宣城师范函授班学习，三年学习，参加统一毕业考试，合格后统一颁发了毕业证书。我也参加了教育部门组织的教师资格证考试，顺利拿到了证书。学习学校如何管理，怎样发挥教师的工作积极性。听取了教育行家的指导，也看了相关方面的书籍。还要为怎样提高教学水平、提高学生考试成绩、挖空心思去组织老师对每个班级听课和座谈，提出优缺点，还组织全校教师去教学水平高的学校去听课、取经。

我 26 岁了，周围的青年大都结婚生子，在父母的催促下，我也想找个心仪的姑娘结婚。可是家里条件不好，当时家里七口人住三间八十多平方米的草房，老大住一间，我住一间。父母住在厨房边的小草棚里。在婚姻上，人各有志，有的爱财，有的爱人。邻村有一位姑娘不嫌贫爱富，看我人长得还算标致，也有文人气息，她愿意和我结为百年之好，经人简单撮合，她立即同意了。第二年我们就在一间草房里结婚、生子。有了家庭负担，我既要教书，还要种家庭联产承包分到的三亩多责任田。撒种、犁田、插秧、收割样样都要做。妻子很懂事理，看我忙不过来，主动给我分担家里事，让我安心在学校工作。我还利用寒假、星期天，有幸参加过西山河、螃蟹矶、漳河、横山河等多次冬修水利大会战。家里烧了肉烧咸菜，带了一罐子，有时一个星期都不能回家，一餐两碗饭吃得津津有味；有时队里也买些菜，大家在一起开伙。亲身体验了劳动人民艰苦奋斗、不怕吃苦的革命精神，这也是一生中十分难得的锻炼机会。

在每年全镇统一考试中，我们学校一至五年级，考试成绩都排在上中等位置。对考试排在全镇前三名的先进学校和优秀教师，镇教委召开表彰大会，颁发奖金和证书。

时光匆匆到了 1987 年 4 月，上面来了文件，民办代课教师可以通过考试转为公办教师。我很幸运参加了这一年的转正统一考试，这次只有 11 个转为公办教师名额，我考核总成绩名列全县第六名。宣布转正的那天，我的教师性质改变了，我从内心感到高兴。全校教师来祝贺，我请他们吃饭、喝酒划拳热闹到深夜。我喝了点酒，头很晕，但是心里知道，这一生我终于跳出农门了。大家也觉得这是学校的荣耀，也是给所有民办代课教师带来转正的无限希望……

转为公办教师后，户口转为非农户口，派出所发了户口本，粮站发了供应粮油的红本本，我自己也觉得十分光彩，从心灵深处觉得，没有辜负父母的多年辛勤培养和殷切希望……

世事是可以突然变化的，正当我在教育岗位干得有声有色的时候，当地政府机关缺笔杆子，需要一个人能写材料搞宣传工作的。组织上找我谈话，说要调我去机关工作。那天晚上我想了很多，毕竟在学校工作了 14 年，对同事、学生及家长都有深厚的感情。但是作为一名党员，组织上的安排，必须无条件要服从。告别教师岗位的那天，泪水模糊了我的视线，师生们依依不舍地和我挥手告别……

到了政府机关后，事情也是很多的，除了负责宣传材料的撰写，还要兼任党委秘书。参加党委会议做记录，会后还要发人事任免文件，成立某某党支部、成立春季党训班领导组、成立防汛抗旱指挥部，等等文件。文件核对好后，盖章分发到各党支部、各有关单位。干事也要图个气氛，一个好汉三个帮，遇上人代会或者党代会召开，就要加班。一是一班人团结；二是那时加班的几个兄弟在食堂安排工作餐，吃过就去干，干劲十足，任务也很快就完成。我像一头健壮的牛，在不停地奔跑，那时候年轻精力也旺盛，累了打个盹醒了再干，心里也觉得高兴。年纪轻入了党，还想进步，处处冲锋在前，毫不退缩。

年轻能干，得到领导赏识，又有基层工作经验，第三年我被调到高安乡任党委班子成员。走上党政班子岗位，又到一个不熟悉的地方，我就暗暗给自己下了一个目标，首先要熟悉从事的工作，然后要了解掌握全乡地形地貌，熟悉乡村社区工作人员，熟悉农民群众。我从事的是组织人事工作，负责机关部门人事调整、村居人事配备、干部考察、发展党员谈话、干部工资调整、退休干部工作等事项……每项事落实后，最后上会讨论通过。几年工作虽拉拉杂杂也是十分的顺利。后组织安排我又调到繁阳镇、新港镇工作。工作中结识了很多有丰富工作经验的人，给我介绍当地风土人情、故事、古迹等，颇有了解后，丰富了自己。经历了很多，了解了很多。做了很多笔记，内涵深刻，坐下来翻翻觉得耐人寻味。

受党教育几十年，党的根本宗旨牢记在心。我退休了，但应该发挥余热，做些力所能及的好事、善事。

总结人的一生，觉得应该先学会做人，再去做事、做官。人生的路上不管贫穷富贵，职务大小；不管聪明愚钝，许多事还是看淡为上，人生如浮云。这一路走来，虽有许多坎坷，也有赞美的歌声伴在左右……

天安门前看升国旗

在北京天安门前看升国旗，是我多年的梦想。

1985 年 7 月，我怀揣着这个梦想，自费去北京参加文学函授创作班学习。这一年北方的雨水较少，夏天的北京，天气还有些炎热，来学习的同学，吃过晚饭，就结伴去天安门广场看看。那时去一趟北京的确不容易，交通不是很便捷。我在南京坐火车到北京西站，就花了一天一夜的时间，坐在上面也觉得十分的辛苦。

在闲逛的途中有个同学说，既然来到了北京，就应该选择几个出名的地方欣赏欣赏，天安门、故宫、王府井、天坛公园、八达岭长城、密云水库等都值得一看。我急忙插话说：“明天清晨我们首先去天安门广场看升国旗。”几个来自安徽、浙江、湖南、黑龙江的同学一致赞同我的意见。

北京 7 月的清晨，天亮得早，我们几个同学在早上 4 点钟就来到天安门广场。广场上已经来了很多人，男男女女老老少少，都是来看升国旗的。

在等待看升国旗的过程中，我想，今天真的就站在天安门前的广场上，实现多年前想来北京看升国旗的美好梦想，这时自然也就想到了我们家乡的小学。在那四周绿油油稻浪起伏的山包上，有我们的小学，开学后校园里的国旗正在高高的旗杆上迎风招展，孩子们的读书声，在田野里飘散。我们的学校，每个星期安排两次升国旗仪式。清晨，太阳刚刚爬出地平线，学生们背着书包早早地全部到学校了，老师们组织各班级学生戴上红领巾，在操场上列起了纵队，举行升旗仪式。

当五星红旗冉冉升起的时候，师生们齐声唱国歌，老师行注目礼，少先队员行队礼。那时学校条件有限，没有音响，升旗仪式虽然简单，但是体现了师生对国旗的敬重！这里面也包含着师生爱国家的浓浓情感！

忽然站在我身边的几个青年说："国旗护卫队出来了。"说话声打断了我的回忆，我看看时间 4 点 50 分，东方熹微，朝霞初露。国旗手高擎着五星红旗，在护卫队的护卫下从天安门城楼前大门出来，走过金水桥，越过长安街。他们步伐矫健，昂首挺胸，迈着铿锵有力、整齐的脚步，来到天安门广场。国旗护卫队的战士们手握着的钢枪闪闪发光，显得十分的威武、庄严。

国旗护卫队以护卫国旗为使命，以弘扬爱国主义精神为己任。国旗是一个国家的象征，它代表着一个国家的主权、尊严和荣誉。升旗仪式使人们能够意识到国旗的重要性，并通过仪式来表达对国旗的尊重和敬仰。

这个场面，以前在电视上看过，今天现场亲眼看见了，内心是多么的喜悦、自豪。

升旗仪式开始了，礼兵们来到国旗座杆边，分东西两侧站立，护旗手和升旗手登上升旗台，升旗手一只手握住国旗边的旗杆，一只手握住国旗的下半部分，伴随着雄壮嘹亮的国歌声，鲜艳的五星红旗在旗杆上冉冉升起。在场的观众都行起了注目礼，红领巾们行起了队礼。我激动得热泪盈眶。此时，一轮红日从东方喷薄而出。广场上的人们欢呼雀跃，照相机的闪光灯发出咔嚓咔嚓的声音。雄伟的天安门、庄严的人民大会堂，高耸的人民英雄纪念碑，在朝霞里交相辉映。

仰望着五星红旗在高高飘扬，嘹亮的国歌声还在脑海里久久回荡。清晨这么多人来天安门前看升国旗，这抹中国红更加激发了人们的爱国情感，也传递了中国人民的战斗力和凝聚力。

升旗仪式结束后，国旗护卫队的战士们排好队转身齐步走，又回到了金水桥那边。看着他们渐渐消失的背影，人们还久久不愿离去，依然沉浸在升国旗的气氛里，陶醉在天安门前的广场上。我将永远铭记着看升国旗的这一天！

武汉情结

从学生时代起，我就对武汉这座城市十分的向往。它位于江汉平原东部，长江中游与长江、汉水交汇处。属亚热带湿润季风气候，雨量充沛，日照充足，四季分明。

少年时代主要受大诗人李白那首“故人西辞黄鹤楼，烟花三月下扬州，孤帆远影碧空尽，唯见长江天际流”，以及李白在黄鹤楼中写下的“黄鹤楼中吹玉笛，江城五月落梅花”的诗句影响，十分想到黄鹤楼和武汉长江大桥看看这座江城的容貌；青年时代自认为有两次机会能去武汉，实现多年的美好愿望。第一次是在媒体上看到楚天经济广播电台和中国散文诗学会联合搞一次文艺作品征文活动，我立即寄了一首诗歌去了，时隔几个月，诗作被他们评为三等奖。原来准备在武汉召开颁奖会，邀请获奖作者参加，可是他们取消了这个颁奖仪式，把获奖证书和奖品寄到我家里来了；第二次是我年轻气盛，想考武汉大学中文系作家班学习。我写信联系了他们，他们把招生简章寄给了我，仔细看了招生简章，他们的要求条件十分苛刻，年龄已超过了两岁。两次的机会都没能实现，我也就在心中默默等待机会吧。但我没有灰心，脑海中还是时常惦念着那座自古就被称作“江城”的武汉。

时间过去了 30 多年，我已经到了中年，真是天赐良机，单位领导要我陪几位同志到武汉出差，我高兴得一夜不能入眠。

世界上第三大河长江及其最大的支流汉水横贯武汉市区，将武汉一分为三，形成了武昌、汉口、汉阳三镇隔江鼎立的格局。改革开放后的几十年，加之独特的地理环境，武汉桥梁众多。除了长江一桥，后来又新建了不少大桥，使之经济更加繁荣、交通更为便捷。武汉已经成为我国中部地区重要的综合性工业重镇，它正以现代化国际性城市的奕奕风采展现在世人面前。

这天早上我们驱车来到武汉，只见街道高楼林立，城市建设错落有致，家居环境与街道整体规划有机结合，形成了城市的独特风格。整个城市建筑充满活力的现代化韵味。

车过武汉大学校门前，感觉我来过这里深造，如今身临其境，倍感十分亲切。

来武汉一定要参观黄鹤楼。黄鹤楼以其悠久的历史，独特的建筑风格和深厚的文化底蕴而闻名，被誉为“天下江山第一楼”和“天下绝景”。历代文人墨客在此留下了很多著名诗篇，使得黄鹤楼提升了一定的文化影响力。当年李白等文人雅士，他们就站在此楼中眺望长江，吟诗作画，快乐似神仙。如今我眺望远处，看上去长江似玉带缠绕着远处的青山，形成了天水相接的优美意境。

此楼虽不高，但它毕竟是长江边的名楼。站在黄鹤楼上，极目远眺，长江一桥尽收眼底。桥上汽车从江南到江北来来往往，排列有序。站在楼上观赏着武昌、汉口、汉阳的风光，虽然远处只能隐隐约约看到，但此生第一次来武汉，要精心饱览这里的山光水色、人文景观、城市建筑。同行的人叫我，我才依依不舍地离去。

傍晚我们来到汉口江滩公园，这里是一个历史悠久的地区，曾经是武汉的商业和交通中心。在这里可以欣赏到壮丽的江景和城市天际线。天黑下来了，夜幕下的江滩公园人头攒动，灯光璀璨，夜色非常迷人，成为武汉市的标志性景点之一。在这里还可以休闲、散步、购物、观看音乐喷泉表演等。这里充满着武汉的独特魅力，让人流连忘返……

书报改变人生

喜爱上文学书籍和报纸，可以追溯到20世纪80年代初期。那时我在农村学校教书，找不到学习知识的途径，觉得枯燥无味，所以只得自己动脑筋寻找学习的书报。1980年元月开始，我在每月几十元的工资中，拿出一部分钱订书订报。当时还没成家，父母知道后，不但不批评我，还夸奖我这是在求上进，也积极支持我的做法。

一开始我订的是南京《青春》杂志、天津的《散文》月刊、合肥的《希望》杂志、江苏的《少年文艺》月刊；报纸有《中国青年报》、辽宁的《青年知识报》。这些杂志、报纸只要送到我手中，工作之余就专心阅读。譬如，《少年文艺》上刊登了散文、小说、故事、诗歌，我看后就爱不释手，常常把好的短文当作范文读给学生听，让他们从中汲取营养，提高写作能力。看到报纸副刊上的短文和诗歌，渐渐地我就萌发了自己也试着投稿的念头。

才写稿，先写新闻稿件练练笔，投给《芜湖日报》《大江晚报》《繁昌报》、芜湖人民广播电台、繁昌人民广播电台。稿件一篇篇被录用，还给稿费，所以写稿力量倍增。有一天心血来潮，也想试着写散文、诗歌。把写好的散文、诗歌战战兢兢投给《中国青年报》《青年知识报》副刊。稿件投出去后，心情是很着急的，就天天等啊盼啊，盼望邮递员送来信件。过了大概20天，还真的用稿子了。辽宁《青年知识报》寄来了样报，《求知》副刊刊发了我的两首诗歌。收到样报，心情十分的高兴、激动，更加调动了我的写作热情，只要有时间就钻到书报里看、想、也会去写。

国家改革开放的政策似春风拂面，如细雨沁人。全国的各大报刊，家乡的《芜湖日报》《大江晚报》《繁昌报》、芜湖人民广播电台、繁昌人民广播电台等开展了一系列征文活动，我多次参赛，并多次获奖。这样我的写作劲头更加高涨，后来为了拓宽阅读视野，我又扩大了订阅报刊的范围。刊物增加了《人民文学》《北京文学》《鸭绿江》《芒种》《奔流》《雨花》《散文选刊》《美文》《小小说》月刊等。报纸也增加了几份，如《文学报》《安徽青年报》《教师报》《作家生活报》等。家里开始堆起了报刊，心里感觉美滋滋沉甸甸的。

书中自有黄金屋，书中自有颜如玉。

看书看报，我觉得有很大的收获：通过不断地努力学习，我考取了国家教师资格证；多年来在省市报刊发表若干文章，部分散文、诗歌被选入散文、诗歌集；如愿加入了省市作家协会；青年时期，认真学习，工作出色，给人们留下了美好的印象。邻村的姑娘向我抛出了爱情的橄榄枝，结婚生子。后来又提干，加入了中国共产党。

通过多年的努力阅读、写作，精神上也充实了许多。现在虽然退休了，但是仍然订阅书报、继续写作。

衣带渐宽终不悔，为伊消得人憔悴！

去屯溪游玩

2005的初夏，几个朋友相邀去屯溪游玩。去的目的就是探寻这里旧时光的韵味，领略色香味俱浓的遗存。我的脑海里都浸润了屯溪这片土地的风貌和气息，因为屯溪很出名，身边好多人去拜访过。

屯溪景点有很多，屯溪老街、博物馆、新安江滨水旅游景区、程氏三宅、花山谜窟等。我们首先去看屯溪老街。老街坐落在黄山市屯溪区中心地段，镶嵌在青山绿水之间。北依风景奇绝的黄山，南伴终年如蓝的新安江，被誉为流动的“清明上河图”。距今已有数百年历史。老街全长1272米，精华部分853米，宽5至8米，是保存完整的，具有宋、明、清时代建筑风格的步行商业街，也是中国“全国重点文物保护单位”。

我们一边在老街上行走，一边拍照，还去看看店铺里的物品，有黄山毛尖、屯溪豆腐干、蟹壳黄烧饼、手工传统糕点、梅干菜扣肉馅烧饼等。再走进另一个店面，就能领略到精致的徽州木雕、剪纸、字画等。走在屯溪老街上，深感这个古街所蕴含的历史价值。这里曾是徽商云集，商业繁荣的标志性地点。如今古街上仍然保留着许多传统的店铺和作坊。从茶叶到文房四宝，从古玩到刺绣，各种传统的手工艺品和特色商品琳琅满目。这些店铺的门头招牌基本是名人专门题写，如启功、沈鹏等大家的墨宝随处可见，展现了古徽州深厚的文化底蕴。

屯溪老街旧时光韵味十足，两旁的古建筑让人驻足。这些建筑大多保留着明清时期的风格，木质结构，砖雕窗花，飞檐翘角，每一处细节都显露出古典美。漫步在这些古建筑间，我们仿佛能嗅到古建筑的味道，听到历史的深深呼吸声，那么也就自然感受到：“子在川上曰，逝者如斯夫。”

老街道狭窄幽深，街上的路面全是清一色的褐红色麻石板；街道两旁鳞次栉比的店铺错落有致，全为砖木结构，粉墙黛瓦；窗棂门楣有砖雕木刻，技艺精湛；屋与屋之间是具有徽州特色的高高马头墙，构成了徽派建筑群体美。

接着我们去参观了屯溪博物馆，这是老街唯一国家博物馆。2012 年，经改造为“屯溪老街社区博物馆”，为中国首批 5 家生态（社区）博物馆示范点之一。走进一楼展厅就能观赏到，珍贵藏品有国内最大的宋坑金星金晕砚板、春秋青铜器、金丝楠木徽州床。上到二楼就见到陈列有新安画派古字画，其中有黄宾虹、汪采白、金声等大家作品。我看后被大家的作品所吸引，很自然地感受着画派的无尽魅力。

还有一处在屯溪老街很出名的程氏三宅，吸引了很多游客去参观，我们也加入了参观队伍。程氏三宅，是明代民居的典范之作，为全国重点文物保护单位。在屯溪区柏树街，有三处明代古建筑，位于屯溪柏树东里巷 6 号、7 号、28 号。为明代成化年间礼部右侍郎程敏政所建，古宅古朴素雅却又拥有精美装饰，名“程氏三宅”。这座古宅，在内容和形式上都包含着徽州民居的恬淡、宁静和典雅，让参观者感受到古人的超脱豁然和不为世俗所羁绊的美好心境。

由于时间安排较紧迫，最后一处去花山谜窟游玩。花山谜窟风景区坐落在黄山市境内屯溪区与歙县交界处，是黄山山脉的延伸部分。花山谜窟为徽州的石窟遗址。点多面广，形态各异，规模之恢宏，气势之壮观。分布密集，特色鲜明，国内罕见，堪称中华一绝。

我们走进石窟内，顿觉到了另一方天地。石窟内众多的巨石和石雕，好似禽兽，如亭如榭，栩栩如生，被誉为一座古徽州石文化历史博物院。花山谜窟，真是千古之谜。这个“谜”字，它确实给人们留下了太多的谜团。首先它在沿新安江两岸 5 千米的群山中共有 36 座石窟，每座山头的石窟大小不一，在方圆 7 平方千米的山体中形成一个“空壳山”，每当电闪雷鸣时，强大的声波在石窟震荡回响，发出嗡嗡的轰鸣声，让人不寒而栗，谜团之一是这大小36座石窟，它们是洞洞相连呢？还是各成体系的呢？关于这石窟群，在历史上没有查到任何文字资料记载，后据专家从石窟内的钟乳石的沉积高度推算，石窟群开凿于晋代之前。

不管怎么说，古徽州的人还是很有智慧的，这么多的大石块，怎么开凿的？又是怎么运出去的？那时没有高科技，也没有大型机械，这都是谜团，也让人深思……

如今回想，在徽州一边看，一边品味着浓浓的徽州古韵，感觉到这片土地蕴含着十分丰富的历史文化内涵。

屯溪老街不仅是一条街道，它更是一段有声有色的历史。在这里，你不仅能体验到古色古香的街景，还能品尝到地道的黄山美食，是一个适合短途旅游的好去处。无论是独自旅行还是和家人朋友一起，这里会给你留下深刻且永远难忘的印象。

总而言之，站在屯溪老街这片土地上，我感慨万千。这个曾经繁华的商业重镇，如今虽然已经失去了往日的辉煌，但依然保留着丰富的历史文化遗产和独特的人文气息。在这里漫步时就能感到一种内心的宁静与满足，因为老街所承载的历史和文化价值会永远存在。

那天我们离开屯溪老街前，一行几人站在老街牌坊前合影留念，想把屯溪这古韵十足的老街永远留在我们的记忆里！

诗情画意游北海

初冬季节，艳阳高照，天气还是那么晴朗温暖。受朋友邀请，我拉着行李箱，乘着动车南下了。

动车风驰电掣，飞奔在祖国广袤的大地上。车窗外，祖国的山水，收割过的田园，还有远处的村庄，城市的建筑，如翻动色彩斑斓的画卷；动车恰似跳动的音符，弹奏出一曲曲优美的旋律！

我要去的是广西北部湾。

广西的北部湾，从地图上看，这片蓝色的海洋，安卧在南海西部的弧形臂弯里。这里曾是中国最早对外贸易的“海上丝绸之路”而尽显繁华。后来沿海的其他几座城市都上去了，而这里却成为沿海经济的“洼地”。

然而，这湾蛰眠多年的海域终不甘寂寞。随着中国—东盟自由贸易区加快建设，广西北部湾经济区，一个被称为中国沿海地区经济开放开发的新亮点喷薄而出。

我下车时出现在眼前的是一座干净、整洁、灯光璀璨的北海市。从内心感觉到这趟来得值，明天就可以到处看看开开眼界。

第二天上午我和朋友外出游玩，网约车把我们送到北部湾广场。广场四周高楼林立，绿树环绕。美丽神奇的广场，吸引了八方来客。广场中央喷泉水花四溅，三片贝壳和人兽雕像，不知不觉浮想联翩，仿佛觉得自己置身到仙境之中。朋友大声叫我，才醒悟过来……

下午我们到了北海银滩。北海素有“南珠之乡”，位于广西南端的北部湾畔。地处亚热带，阳光充沛，雨量充足，自然环境独特，海水温净碧透，浪软如毯，自净力强。气候温和，空气清新，四季鲜花盛开。空气中氧负离子的含量偏高。

北海这几年的不断发展，造就了一个浪漫的城市，风光旖旎，气候宜人，让人流连忘返。阳光、沙滩、海水打造了北海作为滨海旅游城市的品牌。如果说，温暖的阳光和洁净的海水在其他地方未必稀罕，那么有“天下第一滩”美誉的北海银滩毫无疑问是北海市一张叫得最响的“名片”。

听导游介绍，北海银滩的沙子均由高品位的石英砂堆积而成，在阳光的照耀下，洁白、细腻的沙滩会泛出银光，故称银滩。北海银滩以其“滩长平，沙细白、水温净、浪柔软、无鲨鱼”的特点，被誉为“天下第一滩”。北海银滩总面积约 38 平方千米，由西区、东区和海域沙滩组成，东西延绵约 24 千米，海滩宽度在 30—3000 米，陆地面积 12 平方千米，面积超过大连、烟台、青岛、厦门和北戴河海滨浴场沙滩的总和。

广西北部湾经济区包括南宁、北海、钦州、防城港四市所辖区域范围。同时还包括广西近海的沿边玉林、崇左两市的交通和物流。这里是我国西部沿海地区较便捷的出海通道，是我国走向东盟、走向世界的重要门户，是经济合作的重要桥梁和战略枢纽。

网约车载着我们返回了，这时阳光已西斜，建楼房的塔架随处可见，城市正在兴建中。在夕阳的照耀下城市熠熠生辉。车流向前涌动，洒水车刚喷洒过的街道干净整洁，绿化带里的花草发出阵阵芳香，沁人心脾。

我在车上陷入了沉思，觉得这座城市发展形势不可估量，不久的将来会更加繁华，更令人神往……

微山湖上

2020 年 12 月，繁昌县委组织部和县职教中心，组织我们去山东滕州考察农村土地流转，建设和谐幸福新农村，打造生态旅游先进村的做法与经验。

我们乘坐的是大巴车，从繁昌出发，过长江，越黄河，沿着合徐高速，只用了大半天的时间，便来到了齐鲁大地。

根据考察的日程安排，我们第二天上午考察了滕州市西岗镇农村土地流转的先进做法与经验，随后又参观了大宗村和谐新家园的建设和生态旅游村的现场。第二天下午，安排我们去看微山湖。我想，这下要认认真真地把湖中的芦苇荡、优美的生态植物、一望无垠的水面、捕鱼的艄公、湖边的落日拍下来，带回家乡绘声绘色地讲给孩子们听，让乡亲们仔细观赏微山湖的风景。

来到微山湖，遗憾的是冬季，这里的荷叶、芦苇以及那些衬托风景的水草，都已枯黄了。看不到春天里生机盎然的场面。要是春季来这里，风景是令人陶醉的，肯定是“舟行碧波上，人在画中游”的美景。但是，难得来一趟，还是拍了很多照片。

虽然是冬季，我们还是乘游船，畅游了微山湖。微山湖大得无边无际，远远望去天水相接。正好是晴天，我们看到了好多渔民在远处的夕阳下捕鱼。看到了野鸭、水鸟，在湖中躲躲闪闪，一会儿潜入水底，一会儿结伴嬉戏。微山湖芦苇多，这一丛，那一簇。大片小片的芦苇荡，形成了微山湖的道道屏障。

经介绍得知，微山湖又名南四湖，由微山、昭阳、独山、南阳四个彼此相连的湖泊组成，最大水面约1266平方千米，是我国较大的淡水湖。全湖像一条狭长的玉带，镶嵌在江苏和山东两省的交接处，这里被命名为“湿地红荷”风景区。104国道穿境而过；京杭大运河贯穿南北，是我国重要的黄金水道。这里物产丰富，向来有“日出斗金”的说法，湖内有各种鱼、虾类七八十种，水生植物40余种，水禽、鸟类达80余种，是名副其实的天然博物馆。

微山湖，风光秀丽，美丽而又神秘，自然而又洒脱，山、岛、森林、湖面、渔船、芦苇荡、荷花池，还有那醉人的落日夕阳，袅袅炊烟，等等，它们和谐统一地结合起来，构成了特有的美丽画面，是个天然的大公园。

微山湖，这里是著名的现代革命斗争纪念地。抗日战争时期，以微山湖根据地的“微湖大队”“运河支队”“铁道游击队”等革命武装，出没在千顷芦苇荡里，活跃于津浦铁路线上，创造了许多可歌可泣的英雄业绩。刘知侠的长篇小说《铁道游击队》就取材此地。一曲《弹起我心爱的土琵琶》使微山湖名扬天下。

微山湖，我心中的湖。听你是那样的静，看你是那样的美。夕阳正在西下，渔民在很远的湖面上撒网。我的感觉如慈母般宁静、安详。有机会我还将投入你的怀抱，尽情享受你给我带来的温馨与快乐！愿你更加美丽富饶！

繁昌北站

住在繁昌县城年纪大点的人，都知道繁昌北站。

去年突然听说北门火车站要拆迁了，我心里咯噔一下，久久不能平静。这里承载了繁昌人多年的梦想，在这里也发生过多少迎来送往的故事，给繁昌人民留下了很多美好的回忆。

火车站离我家只有几百米远，出于对繁昌北站的依恋，第二天清晨，我就去北站那条路看看。通往火车站的大道两边，长满了高大的法国梧桐树，遮天蔽日，很是幽静。再往前走，老火车站墙上的标志还是清晰可见。这时看看北站，老房子周围，冷冷清清，就像一个孤独的老人，毫无表情地站在那里，默默地回忆着往年那人来人往的热闹场面……我站在车站前，静静地看着操场边的大树还有那些熟悉的站牌、路标和那伸向很远地方的铁轨。

繁昌北站，建于 1969 年，是宁铜铁路上的车站。位于繁昌繁阳镇龙华路，隶属上海铁路局芜湖车务段管辖。

当年这里是通往南京上海的主要交通客运站，列车每天往返多趟，客流量很大。改革开放后，人们的思想有了很大的转变，动脑筋想办法，要出去闯荡一番，这样就能改变家里的生活现状。所以很多劳动大军乘坐列车涌入长三角的发达地区，怀着美好的理想，把腰包赚得鼓鼓的，买新车买新房。大家都知道，只有奋斗，才能带来幸福生活！

每到年关将至的时候，他们又兴高采烈地乘坐列车回到北站、回到家乡、回到温暖的家里。把一年的收成、喜悦、亲情、团圆带回了家。月台边、站前的小广场，大人、小孩，男男女女，老老少少，大包小包往家运，人来车往，场面非常的喜庆热闹。如果当时用相机拍下来，那是非常值得留念的场景，也是繁昌人民满满的幸福！

我曾经几次坐火车来到这里，第一次来这里是20世纪80年代初，一个吉祥的日子，我和爱人订婚日，坐火车去芜湖给她买新衣服及所需要的丝巾、毛线、鞋袜等物品，也是我终生难忘的日子；第二次坐火车来这里是和学校几位同事去南京游玩，去看中山陵、雨花台、夫子庙、秦淮河、长江大桥等。那时能出去游玩，也是一种美美的享受；另一次是三年前在芜湖火车站，坐火车去广西游玩，当列车经过繁昌北站的时候，没有停下，这时我在车上看着北站的站牌及熟悉的繁昌城，感想颇多，觉得心里有种酸酸的感觉。列车要是在北站停靠三分钟，也会有几位同乡人上车，这时我更能感受到北站及家乡的亲情与温暖……

随着生活的不断发展变化，城市铁路交通不断更新改造，交通工具的历次提速和宁安城际铁路繁昌西站的开通，繁昌北站已经退出历史舞台，停运多年。

更新原有北站面貌，挖掘繁昌文化，诉说繁昌古老的故事，展现繁昌风采，从而把北站及周边区域打造成特色文化商业街区，这是时代发展的需要，也是繁昌人民更美好的追求与祈盼！

锻炼

搬进城里居住，已经 20 多年了。没有了体力劳动，血压渐渐有点升高，应加强体育锻炼了。

请教有经验的医生，适当运动对身体健康很重要，主要是因为运动可以有效地消除一些忧虑的情绪，可以增加身体的活力，也有焕发精神的作用。同时运动可以有效地减少体内脂肪的堆积，消耗身体的热量，减少高血压或者是一些其他的心脑血管疾病的发生。

同时在运动的过程中，也可以增加心脏和大脑的供血情况，有利于促进血液在血管中流通更通畅。

我单位有一位同事，年龄将近 40 岁，体重 180 多斤，血压偏高，多次看医生，医生建议他吃降血压药还要加强锻炼，一点都不能马虎。所以他自从看了医生后，每天早上 5 点多起床，去城边一座小山上锻炼。山上有一座烈士陵园，陵园里有几百个台阶，是人们爬上爬下锻炼的好地方。他就沿着台阶，来回两趟上下奔跑，不管是酷暑还是寒冷天气，每天都是如此锻炼。

当然，每天早上锻炼的不止是他一个人，男男女女，年轻的、年老的都有。

加强锻炼，珍爱生命，是当今社会人们生活的极大进步，也是人们追求益寿延年的一剂良药。我在想恐怕每个人都在结合自身条件和居住条件，考虑如何加强身体锻炼，增强体质。这也是社会进入文明时代的整体进步。

我自己也有这方面的做法。随着年龄的增长，虽然身体不肥胖，没有任何毛病，可腿脚也不是十分灵便了。有的时候早上起床早了，晚上睡觉迟了，就觉得头晕眼花。这真正印证了那句老话，岁月不饶人啊。可是为了把革命工作干好，为了家庭幸福美满，我也得找一种锻炼身体的方法。每天早上五点半起床，下楼去冲几瓶开水。住在7楼，下楼上楼来回要爬250级台阶。然后，又下楼到一千米以外的南门菜市场买菜。有时候看上班时间来得及还和孩子到二楼平台上打打羽毛球。就这样每天早上上楼下楼得需要五六趟，上下台阶一千多级。同事有时候问我住这么高的楼层累不累？我很爽快地回答：“这是给我锻炼身体创造了良好的机会。”

我每天早上都这样坚持着，既锻炼了身体，又开阔了眼界，活跃了思维，同时也减轻了妻子的家务劳动。这就叫一举多得，何乐而不为呢？

生命在于运动，这是每个人都懂得的道理。晨起锻炼，不少同志还有更好的方法，譬如：打太极拳、打球、跑步、爬山等。但我总认为，你只要不睡懒觉，去选择一项健身活动，对自己肯定是有益而无害的。

人生不悲秋

当秋风秋雨拍打着大地上植物的时候，各种果实成熟了，结着果实的植物，摇着铃铛，祝福一年的收获。轻柔的秋风抚摸着飘零的落叶，人生又一个秋天来到了。

秋天，对少数的人来说可能是唱的悲歌，总觉得“日薄西山，气息奄奄”。可是有很多人不那样想，觉得地球造就了人间一年的四季轮回，这属于正常的自然现象。有了四季，一年才有各不相同的景色，每一个季节，都有不同的诱人之处。

春天里，百草萌发，姹紫嫣红，一切是那么生机盎然，催人奋进。而秋天虽是秋风扫落叶，但一切都归于成熟，给人们满满的获得感、快乐感。譬如人生到了秋季，已觉得自己成熟稳重多了，做任何事情都要经过三思而后行，不像年轻时，办起事来那么猛打猛闯，欠考虑。没有一点经验，有时还和别人发生争吵，甚至发生肢体冲突，造成不好的后果。

也许经历了春夏两个季节后，在软绵绵的收获季节里，有的人，是多么需要平静下来对一年进行认真总结和沉思啊！

是啊！冬天即将造访大地，寒流不断前来侵袭，晶莹剔透的雪花，将清洗人们的思绪，但人们已经早有心理准备。

在秋天那段沉甸甸的美好风景里，人们曾经灿烂过、壮丽过，也辉煌过。

总之，秋天是充满着诗情画意的，让人很留恋这个季节……

春江水暖又一年

听有经验的人常说，四季的风是不同的。春天刮东风，东风化雨山山翠，桃李枝头润芳菲；夏天刮南风，南风夜来人倍忙；秋天刮西风，西风落叶柿儿肥；冬天自然刮的是北风，北风吼叫着拂面而来，吹得人瑟瑟颤抖。北风不是浪漫的情调，凛冽的北风呼啸着，像一根根钢针，刺在人的脸上钻心的痛。并无情地抹去人间多姿多彩的斑斓颜色，万物凋零，大地缺乏盎然生机。

今年立春刚刚过去，暖阳普照大地。生机盎然的春天正扑面而来，它已准备敲开千家万户的门窗，邀请人们去看它娇艳美丽的模样。河水温蕴柔暖，河边水草慢慢探出头来，接受阳光的沐浴。很小的鱼苗子，已经三三两两在水草边快活地游荡。农家养的鹅鸭在河里互相追逐觅食、嬉戏，感受着大自然的恩赐；河边有很多石板条，几个少妇在用槌棒敲打着石板上的衣服，啪啪的清脆声音，留下诗句般优美的韵律，渲染了春天热闹的气氛！

五九六九河边看柳。人们三五结伴，十分喜欢在春风乍暖的时候来到河边探春，仔细观察，土壤中一种律动在微微萌发。事物发展有其必然的内在规律，季节转换也是如此。寒流不时来袭，但挡不住季节的萌发愿望，草木在悄悄自然萌动。春江水又暖，一年又一年，人们的思绪也在遥想。遥想古代一代代的诗人脍炙人口的佳句，朱熹的“等闲识得东风面，万紫千红总是春”，高鼎的“草长莺飞二月天，拂堤杨柳醉春烟。儿童散学归来早，忙趁东风放纸鸢。”还有韩愈的“天街小雨润如酥，草色遥看近却无。最是一年春好处，绝胜烟柳满皇都”。冯延巳的“风乍起，吹皱一池春水。”这些千古流传、令人爱不释手的优美诗句都是描写春天的景象，已传诵千年万年，让人久读不厌，令人陶醉其中！

是的，春天的风吹开了桃花，桃花犹如一片彩色的云霞，落在翠绿的田野，是那样的纯洁，那样的柔美，展示着她的风韵！白发苍苍的老爷爷送走了大地的严寒，春姑娘迈着轻盈的脚步来到了人间，人们展开双臂拥抱她的到来。很多踏青者，在柳林里细心地观察着，用手机拍照着，只见柳丝在微风中轻舞。但仔细看，整个柳树林已经绽放出丝丝新绿。春天已经融入大地的怀抱，和人们面对面真诚倾诉。几对夫妇带着儿女在河边的草地上放着风筝，蔚蓝的天空中出现了蝴蝶、蜻蜓、小蜜蜂。小朋友拽着风筝线飞快地奔跑，笑声欢闹声回荡在春风中。

沿着河边的柳林往前走，是一所重点高中，大门前红色字幕上写有“新学期、新气象、新起点、新征程”。这些激发人心、催人奋进的四组带有“新”的词汇，映入人们的眼帘。受人尊敬的教师就是春天里的温暖阳光；学生就是挺拔向上的小树苗。在阳光雨露的滋润下，茁壮成长！他们在这个春光明媚的环境下，已经呈现出蓄势待发的豪情状态。使我们看到了朝气蓬勃、充满生机的青年一代，在新的一年里，会百倍努力，不负时光不负爱，刻苦学习，勤奋工作，磨砺自己，以全新的姿态迎接新的挑战，在人生的征程上砥砺前行……

庐山恋

几十年前，农村还是放露天电影的年代，一天晚上，我在村前的大操场上，看了《庐山恋》这部电影。看后，心里一直不能平静下来，对庐山的美丽风景羡慕不已。我在学生时代，就想去见识那处在白云深处的庐山真面目。

2005 年秋天，我被调到政府机关工作，有一次去武汉出差，观赏了文人墨客都向往的黄鹤楼，随后又去了梦寐以求的江西庐山游玩。

车距庐山还有几十千米，我从车窗隐约看到黑黝黝的山脉，山连山，气势雄伟，高耸云端。车沿着盘山公路而上，我们观赏着庐山远处近处的风景。

宋代大诗人苏轼“不识庐山真面目，只缘身在此山中”，诗人即景说理，写出了游山的体会。庐山是多么的大，车在山上显得很渺小，我们的视线也被挡住了，远处的风光也看不到。

汽车在盘山公路慢慢地爬行，终于见到了一片开阔地。所有进入庐山旅游的客人，都要从此处购票才能入内。进入旅游区，我们找了一位导游，小导游口齿伶俐，能说会道，她说：“你们今天来到庐山是十分幸运的，晴空万里，到处清晰可见。庐山一年里就有三百天是烟雾迷蒙的天气，所以，想见识她的真面目真的是很不容易。”是啊，我们有生以来第一次到庐山来，看着青山绿水，见到庐山的真实面目是非常的庆幸。

在山的深处，只听见小鸟在远处歌唱，高高的峡谷边，溪水在山脉的发源处缓缓地流出来，汇聚在一起后，飞流直下。远看来来往往的缆车来回穿梭，好似那一只只山中的雄鹰，一会儿盘旋，一会儿扶摇直上。

要想把庐山所有的景点看个够，没有足够的时间是不行的。我们买了游览图，对照地图，有选择性地游览了庐山三叠泉、庐山老别墅、庐山会议会址、锦绣谷等。坐了缆车，既能节约时间，又不累，还观看了有名的庐山瀑布。

游老别墅的景区，如同翻开庐山历史画卷。看庐山会议会址，伟人们的音容笑貌，在高大的苍松翠柏林中呈现。看庐山瀑布想到了唐代大诗人李白“飞流直下三千尺，疑是银河落九天”的千古佳句……坐缆车观庐山，又仿佛是车行云层上，人在画中游。

庐山不但景色迷人，气候更是怡人，是避暑休闲的好去处。

香甜软绵桂花糕

桂花开放的季节，也是人们心灵很舒适愉悦的时刻。

蔚蓝的天空上飘着白云朵朵，阳光柔和地照着大地，微微的秋风下，满街、满小区里的桂花正在悄悄绽放，沁人心脾，甜甜的、淡淡的，处处弥漫着诱人的清香。桂花的张张笑脸给大街、小区增添了许许多多神韵和灵性，枝叶与细碎的花蕊，是那样的温馨、灵动。人们很自然地喜欢和它亲近，拍照、亲吻、采摘、抚摸。这也许就是花香惹人爱的缘故，令人遐想与陶醉！

老人小孩手提袋子，去采摘桂花。桂花的妙用很多，把它晒干后，可用来食用或泡茶，具有生津健胃，助消化，活血益气，化痰，止咳，平肝等功效。妻子看到有人采摘桂花，她也按捺不住喜悦的心情，突然来了灵感，她说："我去采一些新鲜桂花，做桂花糕给全家人尝尝，这样大家既尝了鲜，又显露了我的手艺。"我点头表示同意。

她去采桂花，我推开了窗户，尽情观赏，享受桂花给大家带来的许多美好！桂花香在小区的空气中弥漫，浸润着人们的心灵……满满的喜悦中，让我联想到了小的时候，农村离街上有三四千米的路程，我和伙伴们去街上玩，街头有卖热气腾腾的乌梅糕，香甜的气味闻到就馋。可是囊中羞涩，可望而不可即。回到家里我就和母亲说，好想吃乌梅糕。母亲沉默不语，想说的话，写在她脸上。过了几天，母亲把家里鸡下的蛋拿到街上卖了，买了几块乌梅糕回来，我终于如愿以偿！

桂花糕，在我国已有300多年的历史，需要米粉、糖和桂花蜜为原料制作而成。历史悠久，种类多样，香甜可口，老少皆宜，具有浓郁的桂花香。

妻子采来桂花，放在锅里稍稍炒了一下，好让香味更浓郁些。然后弄来糯米和籼米粉搭配好，把桂花放在米粉里掺水调匀。桂花糕放进容器之前，放点砂糖和蜂蜜。一切准备就绪，就把桂花糕放进蒸笼蒸了起来。大概蒸了20多分钟，香气外溢，满屋飘着清香。妻子说："桂花糕熟了。"全家人围拢过来，我迫不及待地揭开蒸笼，那米粉伴着桂花清香味，钻入鼻孔，馋的人口水往外流，想马上就吃到。刚出笼的桂花糕，一口咬下去，清香爽口，桂香浓郁。小孙子也吃得津津有味，吃完两块，笑眯眯地把碗递给我还要吃……

在这满屋飘着桂花香的气氛里，全家人抢吃着桂花糕，感觉其乐融融。我们都沉浸在幸福美好之中！

桂花糕，吃了还想吃，那滋味，终生难忘……

绣花女

凤凰岭这座大山，依着一条大河而生，山里有一群心灵手巧的姑娘，天生丽质、柔情似水。她们虽然没有高深的文化，没有太多的见识，可是她们从小练成了一套绣花手艺。

她们用一双纤细的手绣着青山、绿水、竹林小院、戏水的鸳鸯、翩翩起舞的蝴蝶、河里的艄公，还有像隽永小诗一样弯弯的月牙儿——石拱桥。她们常常扯蓝天作绣布，彩云当绸缎，千针万线绣啊绣，绣出山里人的生态美、人文美。大地上所有的生灵，都是她们绣花针下的诗句。一幅幅带有土色土香，又不失山里人韵味的绣品，被苏州的一位工艺品老板看中。

从此，她们的绣品出现在国内外市场，登上了大雅之堂。山里人致富有了绣品这条路子，面貌也就焕然一新，小洋楼如雨后春笋拔地而起，姑娘们的穿着也和城里的人一样时尚。她们的绣品走出了大山，人也纷纷嫁到了城市。

从此，凤凰岭变了，变成了人们旅游观光的景点。城里人也来这里写生作画，大山里的旅游业不断发展。鸟语花香，溪水欢畅，山里充满了生机活力。

萧军老师给我们上课

看着和萧军合影的照片，我自然而然地提笔写起萧军老师来。这算是对他老人家逝世一年多的怀念吧！

1985年7月，举办了第一期全国各地学员进京面授班，历时一个月，参加面授学员近700人。面授期间，著名作家韩少功、李陀、理由、郑万隆、刘绍棠等和人民大学、北京大学、北京师范学院的教授们为我们讲了小说、散文、诗歌、报告文学创作课。年事已高的名誉校长艾青，名誉教授萧军也冒着酷暑，欣然莅临，与同学们亲切交谈。萧军老师给我们讲了三个小时的课。他虽78岁高龄，但精力充沛，讲话很直率，声音洪亮。

讲课一开始，他就说："同学们，你们辛苦了！不远万里来取'经'，究竟能取多少很难说，但是这种学习精神是值得我们敬佩的。过去，唐僧到西天取经，他去了18年，诸位不需要18年，来一次总比不来强。每个人讲的不一定都有用，有用，你就听一听，没有用就当作东南西北风，从耳朵边过去就算了，我讲的课也是这样的。关于我的'荣誉'，我的'官衔'，诸位都清楚了，不必谈了。我是一个当兵的出身，没有什么文化修养。为什么要当作家？客观条件'逼'的，'挤'的，挤来挤去，就把我挤成了一个作家！现在不想当作家也不行了。大家提出了一些有关创作的问题，让我谈谈自己的体会和看法，有问必答，题目就叫'文学漫谈'吧。"

他给我们讲了他曲折的一生经历。讲了他的第一篇处女作《懦》的构思过程和轰动文坛的《八月的乡村》，以及《八月的乡村》的创作过程。他还无私地告诉我们："作家没有什么窍门，就是多读、多写、多观察。"他还告诉我们，他和鲁迅、萧红，在那个年代建立起的密切关系。

当同学们问萧军老师："您对萧红的印象如何？"萧老说："我们可以说是很好的，也有很坏的时候，吵起架来，谁也不相让。"萧老还说："她确实是一位很了不起的女作家。她是黑龙江呼兰区人，1938 年我们分开了，在一起生活了 6 年。1941 年太平洋战争爆发以后，萧红病逝在香港，她病逝前还坚持写作，死时不到 31 岁。萧红临终前四十多天，有一位东北作家骆宾基始终陪伴在她身边。骆先生写了一本《萧红小传》。"萧军老师要求我们以后抽时间看看。

讲课结束后，萧老给同学们提笔签名。最后著名老诗人艾青、萧军和同学们合影留念。

今天想起来，萧老师的音容笑貌还历历在目。萧老去了，但他的话始终刻在我的心中："选择了文学事业，就要作为终身事业。"

打牌

退休后，有了很多空余的时间，不少老同志互相邀着在一起打打牌，这样经常聚在一起，不仅增进了感情，也能打发退休后的空闲时间。打牌的种类分为好多种，在我们身边常玩的有斗地主、打光牌、打惯蛋等。我们玩的是“斗地主”。

在打牌的过程中，每个人打牌的习惯都不一样，有的保守、有的稳重、有的张扬、有的耍滑，明明自己牌好，却说不好，引诱别人使劲把底牌抄回家做地主。这样地主往往是打不开，失败的多，赢的少。

通过几年的打牌，我有了一定的经验。打牌和打麻将规律是一样的，手气好的那段时间，抓来的尽是好牌、大牌，怎么打就是怎么开牌；手气不好的那段时间，抓来的尽是孬牌、小牌，任你在打的过程中怎么拼搏，还是败下阵来。所以，我把握了一定的规律，那段时间要是牌怎么抓都不好，就在上面配配门子，只守不攻。要是牌好的那段时间，就要把握好机会，主动出击，做到屡战屡胜。这不是输赢多少硬币的问题，这是检验一个人成熟和稳重，在关键时刻能否很好地把握自己。

打牌手气不同，牌技不同，也有不同的牌局。有的人刚上场牌抓得非常好，接二连三的开了四五牌，于是就忘乎所以了，自己认定今天一定会赢；可他就没有料到，事情都会瞬息万变，别人暂时没有抓到好牌，并不代表别人今天手气就不行。牌桌上有这样一句口诀，叫作“上场风，下场空”。

我在多次打牌的过程中，遇到过类似的情况。我们四个人应该说打牌的技术差不多，108 张牌，在出牌的过程中，什么牌打出去了，什么牌没打出去几乎都记得。王五上场的牌抓得非常的好，接连赢了六把牌，也就信心满满，毫不虚心，说话的口气很硬，认为自己的牌技比别人高一等。我看在眼里，就觉得我该动动脑子了。到我洗牌的时候，我多洗了几次，他也没在意。果然，效果就是不一样。接下来他抓的牌，马上就变了。孬牌、小牌都被他抓去了，他脸上就表露出不高兴的样子。我当地主的时候，接连开了三把牌，坐我下首的李四也开了两把牌。坐在我上首的钱二也开了三把牌，这时王五是节节败退，他也沉默不语了。

打牌不计较成功与失败，但从王五的脸上能看出，他不服输。我们几个就随口说，明天再战。他也应答道："明天早点来，再战。"

其实，打牌也是有学问的，几个人要是水平不一样，配合不起来，脾气不好的人，打了几次，赌气就不打了，我也遇到过几次。在出牌的过程中，老张是地主，其他三人打他一个人，小方牌比较好，他已经发出信号出对子，另外两人应该积极配合小方发对子，这样才能把地主打败。可是老崔不是这样，该他出牌时，他打出三代两，就这么一出，地主家就要三代两。地主牌大了，别人要不起，这样地主就开牌了。接着又打了两把牌，老崔还是不配合，还是乱出，地主照样还是开牌。这时小方发火了，把牌一扔说："老崔你的牌技太差，不玩了。"老崔弄得是面红耳赤，不欢而散。

打牌和做人一样，能力有大小，学习有好差。不错，打牌是为了寻找快乐，打发时间，但是，要想把牌打好的确不容易。

打牌要想开心，输赢不是问题，关键是在一起要能配合起来，打出牌技，打出水平，那样大家在一起才能感到快乐开心。

长城断想

如果去北京，总要去长城游览一番。因为这是我们中华儿女智慧的结晶，是炎黄子孙的骄傲。

1985 年 7 月，我来到长城的时候，正下着小雨，似孟姜女的泪滴浸湿了所有旅游者的衣衫。阵阵秋风，枯草瑟瑟，塞外一片苍黄。

这时我站在长城上，看看块块方砖，风化为一层层灰色的齑粉，随着岁月飘散。眼前出现了古代劳动人民辛苦的情景，他们衣衫褴褛、蓬头垢面，不管是烈日炎炎的夏日，还是大雪纷飞的数九寒天，一块块大方砖，压在他们身上，一个个蹒跚而上……

看看这万里长城，好像看到千千万万个范喜良用饥饿、悲惨和心血垒起来的。又有多少个孟姜女在寻找自己的夫君，她们哭断了情肠。

啊！眼前的万里长城就是秦始皇的一根长鞭……

身残志坚的章桂香

认识章桂香是在今年“七一”社区支部召开党员表彰大会时，我们都被评为优秀党员。上主席台领证书的那一刻，看着她扶着椅子很吃力地走上来的。每个人把证书举在胸前合了影，又各自回到座位上，受到表彰的人心里都是甜蜜的。这时我对章桂香投去敬佩的目光，她毕竟是个残疾人……

章桂香，1972 年 12 月 2 日出生在安徽省芜湖市繁昌县城的一个干部家庭。真是命运多舛，她出生才 8 个月时，生病发热去医院打针，被医生打错了位，当时就有不好的反应，一家人焦急万分，经医院紧急抢救，才没有生命危险。后来她又被送到某部队军医治疗，尽管精心呵护，但还是导致她右腿下肢留下了残疾。这是对幼小生命沉重的打击，也给她幼小的心灵带来深深的创伤。

一棵正待发芽的竹子，被压在一块石头下，为了生存，它的根部虽然被压得弯弯曲曲了，但是到了春天它还是拼着全力沿着石缝，蓬勃向上地生长！

章桂香虽然残疾了，但她就像春天的翠竹一样，在石头下破土而出蓬勃向上，对生命充满了无限的希望。她在繁昌县城读完了小学、初中、高中。在学习过程中遇到了鲜为人知的困难。上学、放学，参加学校活动，她多么渴望和同学一样，自由行走、玩耍。她学习上是很刻苦的，每天起早朗诵，熬夜做作业，阅读《钢铁是怎样炼成的》等课外书。遇到书本上难以解答的问题，她总是和家里人商量，家里人想方设法去找老师请教帮助解决。老师给她解决了疑难问题，她高兴得似快乐的小鸟，好想蹦蹦跳跳起来。待到每学期考试，她的成绩都名列前茅。

天道酬勤。章桂香在繁昌一中高中毕业后，于1995年9月被南京艺术学院录取。南京艺术学院的发展史上曾出现一批大师的名字，如刘海粟、颜文梁、萧龙士等。她要在这画香浸润的学府里完成四年美术本科班学习，是多么的幸运和自豪。在这四年中，她专攻国画工笔。她之所以喜爱国画，因为国画历史悠久，博大精深。有的人画起来如行云流水，变化无穷丰富。工笔画，就是运用工整、细致、缜密的技法来描绘对象。这样的技法更适合心灵手巧的女孩追求。

她出生的那个年代虽然不富裕，自然环境也不是很好，但从小就受到革命家庭的熏陶，父亲曾在繁昌县委组织部工作，她也就传承了一颗爱党爱国的赤诚之心。虽然自己残疾了，但是还能在令人神往的艺术学院深造，感到自己有十分可贵的生存价值。在祖国的大家庭里，感到无比的温馨与快乐。故此她在心里默默想，一定要发挥自己的一技之长，对国家做出有价值的贡献！

大学毕业后，章桂香怀揣着美好的梦想，回到家乡繁昌谋划着要施展自己的理想抱负。她一边坚持绘画创作，一边寻找创业途径。经过一段时间的思索，她想：我身残志不残，于是立即牵头，经过多次商量，邀请了另外两个残疾人合资10多万元，在主城区“迎春路”租了个门面房，创办了“三人行”美术工作室，其目的：一是自主创业回报社会；另一个是为家乡人民传授美术绘画基础知识，培养绘画人才。“三人行”美术工作室创办9年来，应该说有了一定的成果，也令人赞叹。首先她收养了一个智障女孩9年多，女孩当时基本生活常识都不懂，更不能自理，生活无着落。因为女孩的母亲也有轻微精神疾病，她看到女孩可怜，就收养了下来。吃穿和日用品全是由“三人行”工作室提供。功夫不负有心人，在章桂香老师的精心教导、启发、关心下，女孩在生活上能逐渐自理。其次是在这9年多的时间里，有百余人来她的工作室学习美术绘画基础知识，奠定了绘画基础后，也有数名学生后来学有所成，分别被合肥、杭州等地美院录取。在授课之余，章桂香潜心绘画，她的强项是工笔古代仕女图，也多次有国画工笔作品参展和获奖。2006年8月，她的工笔作品荣获“安徽省纪念红军长征70周年双拥书画展”二等奖；2014年9月，她的国画工笔《荷女浣纱》作品荣获中国当代青年书画艺术人才奖；国画工笔作品《如沐春风》《高山流水觅知音》参加省级绘画比赛获得二等奖和优秀奖；2018年她在芜湖市百花戏剧院古筝表演《云水禅心》曲获得三等奖；2019年芜湖市青年绘画教师人才书画作品汇集出版，收集了她的工笔作品《高山流水觅知音》；同年繁昌政协举办人才绘画、书法结集出书活动，选用了她的工笔作品《如沐春风》仕女图。

一分耕耘，就有一分收获。她除了专攻国画工笔，还把古筝弹得引人入胜，使人感受到了中国传统文化的魅力。她也喜爱读书，2019年底，芜湖市残疾人联合会举办了一次读书达人比赛，章桂香不负众望，发挥出色获得了三等奖。

她在蓝丝带义工协会里做了20多年好人好事，无私奉献，关爱他人。她多次被评为优秀党员，推选为党代表、党小组长，又是社区的志愿者。只要社区有活动，她就积极参加。2022年章桂香被选举当上繁昌肢体协会主席。她在繁昌县残疾人眼里，是个信得过的名副其实大好人，又是个工作效率高、守信誉、才华出众、内外兼修的好老师。

来美术工作室学习的学生，都佩服章桂香老师，认为她和蔼可亲待人热心诚恳。多年来，她的工作室一直都是免费提供学生的绘画和写字用品。免费教学生练习钢笔字。她在绘画、写字教学上一丝不苟、兢兢业业、恪尽职守。

章桂香“三人行”工作室既传授美术绘画知识，又借助这个平台，组织爱心人士捐献衣物，做好人好事。还会提供经费，组织部分残疾人和爱心人士，开展传承红色革命精神和观光活动。有一次组织去中分村参观繁昌保卫战展示馆，听讲解员介绍谭震林副司令员率领繁昌人民抗击日寇的动人故事，然后又去马仁山庄风景区进行了观光活动。这次活动对残疾人来说是一次非常难得的机会，他们会终身铭记。

一个秋阳高照的上午，我来到章桂香的美术工作室。透过她那坚毅的眼神，就能看出她坚强与坚定的信心。看到她工作室里每幅画，充满了艺术氛围。仕女图栩栩如生，笔墨酣畅淋漓，艺术魅力浓郁，深深触动了我的心灵；山水画也十分的灵动，仿佛看到了大自然那奇妙的风光。她平时喜爱骑车去野外欣赏自然美景，捕捉有价值的素材，然后细细揣摩挖掘。纵观她的美术工作室，她的每幅画都能折射出人世间的真善美。富有感染力的美术工作室，开拓了人们的新视野。

她虽是残疾人，但是她心胸开阔，她的理想是超越既有的艺术观念，在这片沃土上拓展更新视野。努力使自己的国画工笔作品达到一定的艺术高度。她把艺术看得和生命同等重要，她要用毕生的精力，把美术绘画事业传承下去，使祖国国画事业发展得熠熠生辉！

栽秧

五月，水稻栽插的季节。一块块镜面似的水田，姑娘、小伙挑来秧苗，栽啊栽，栽下了一行行绿绿的诗。姑娘直起腰，咧开嘴，露出洁白的牙齿，唱起了栽秧歌："小哥哥，累不累？姑娘我在后面紧紧追。你莫急，你莫悔，上前在后都是为了咱们和和美美。"

姑娘弯下腰，又去栽。小伙擦了一下头上的汗，拿着秧把，好似熟练的画笔，横描、竖描，就出现了一幅浓浓的色彩图。远远看去，一个个栽秧的人，在水田里似一个个跳动的音符。

傍晚，农民们收工了，夕阳把余晖洒在田野上。他们挑着空筐，看向田野。呵！这一块块田，分明是一页页色彩斑斓的诗章……

初为人师

那年高考落榜，深感怀才不遇被世事处处捉弄，我的心情坏到了极点。

没想到秋季开学，家乡学校的校长和村支部书记慕名登门，请我这个“落第才子”到学校代课。一方面是碍于情面，同时也是极想干出一番事业，我点头答应了。

那是一座偏远乡村里想象不出简陋的小学校，校舍是20世纪50年代拆寺庙建成的。房檐低矮，光线不足，学生的课桌是用石头条子码起来的。除了校长是公办教师外，其余的都是民办代课教师。他们一边教书一边种田，工作情绪极不稳定。我来到学校的第一天，那些老师们都用一种异样的目光看着我，好像在说：“民办教师是兔子尾巴长不了，不如另找有出息的事情干。”听说我应聘了乡村民办教师，一位要好的朋友连夜赶来劝我说：“你应该立壮志，胸怀远大，用学习的知识，闯出一番大事业……把自己的美好青春葬送在这无名闭塞的山乡小学校，太不值得。”我听了他说的话，只是微微一笑。

上早操时，校长把我领到土台上，向老师和几百名学生介绍说：“这是新来的云老师，云老师在报纸和杂志上发表过不少文章，你们今后要认真听云老师上课！”学生们一双双闪闪发亮的眼睛在看着我，并齐声说：“云老师好！”我心里一阵潮涌，暗暗发誓一定拿出浑身解数教好这些农村孩子。

为了上好第一节课，这一夜我认真备课，把课文和参考书翻了足足有十几遍。第二天早上，上课铃一响，我的心咚咚直跳，走进教室的时候，几十双眼睛盯着我，我更是乱了方寸。此时校长和蔼的声音又在我耳边响起：“小云，上课时只要结合课文声情并茂地认真讲解，是会打动学生的。”我鼓足了勇气，首先向同学们问好，然后在黑板上写下了课文的题目，接着按备课的预设方案照本宣科。下课铃响了，我的课没有按时间要求讲完。总之这第一节课讲的是那么生硬，没有逻辑性，自己对自己很不满意。

此后，我一有空闲就向校长和老师们请教，并起早摸黑地备好课，也去听别的老师上课。课余时间找学生谈心，进行心灵沟通。第一学期统考，我所教的二年级，在全乡成绩名列前茅。我工作积极性更高了，后来我通过艰苦的努力，不但考取了国家教师资格证，还被评为“优秀园丁”，又被推荐担任了学校校长，一干就是 14 年。后来，看我办事认真稳重，还把我抽调到政府机关工作。

许多事已时过境迁，但我刚刚走上讲台的那段经历，现在想起来还是回味悠长……

执着耕耘

中学时代，我就对文学痴迷，有了独守孤灯寻求人生真谛的决心。

有好多朋友曾劝我洗手不干，说人生就那么短短的几十年，何苦自寻烦恼，不如吹吹牛、打打牌、喝喝酒，潇潇洒洒。是啊，人又为什么在这条逼仄和布满荆棘的路上挤呢？这大概就叫痴情吧！

和许许多多的文友比，我是幸运的一个。我有了工作有了家庭，时不时有作品见报。

夜深人静，万籁俱寂，一杯茶，一橱书，是我最忘情的时刻。透过纱窗，我看到鲁迅、张恨水、茅盾、罗曼·罗兰、托尔斯泰、泰戈尔、歌德、雪莱……他们的文章，在我心中产生了瑰丽遐想。我的灵魂里，有一股清新的风吹来，我心灵中有许多温柔和激动。

久而久之，我觉得有很多东西要写，有许多真情流露。我想把卖肉的老头写进散文，把卖花的少女融进诗歌，把勇于探索的年轻乡长带进有血有肉的小说……

当然，写作的痛苦是局外人很难理解的。有时伏在灯下几个小时，想写那篇文章，可就是不来灵感。沉沉午夜，别人睡意正浓，可我的泪在流淌，面对满天星斗，扪心自问，工夫用了多少？我自认为先天禀赋不好，不付出百倍千倍努力，怎么能写出像模像样的好文章呢？

我牢牢记住“功夫不负苦心人”这句浅显易懂的古话。所以只有踏踏实实地看书、练笔，与寂寞做伴。有时写作前看看书就会产生许多联想，这时我会铺开稿纸，袒露我的心迹，这样我会感到舒服和快乐，一篇篇文章也就一挥而就。

现在写多了也有了自己的经验，假如写不下去，就去看看书，散散步，看看电视什么的，决不去和一片空白较劲。

想当晚报记者

5 年前我到市里出差，去一位作家朋友家吃午饭，这位朋友认为我十分勤奋，又有一定灵气，经常发表文艺和新闻作品，故向我透露了芜湖要创办晚报的消息。他还十分关心地说："如果晚报招记者，我将极力推荐你来报社当记者。"

我回到繁昌，在乡政府一边工作，一边祈盼那位朋友极早告诉我筹办晚报的消息。过了十几天时间，朋友的电话终于打过来了，说老总们为了创办晚报到外地一些知名晚报社考察学习去了，回芜湖后马上着手要招考记者。

接到电话的第二天，我就到《芜湖日报》社找比较熟的几位记者了解创办晚报要招记者的可靠消息。报社的朋友也从内心里愿帮助我能参加招聘记者考试，更希望我能顺利进入报社。回到家里后我天天等报社的电话，晚上睡在床上想，如果能到江城芜湖当一名晚报记者，那该有多么光彩，我真正是如鱼得水。一个阳光明媚的早上，报社朋友打来电话，说报社会议定下了招考记者的规定，只招收市区的优秀人才，三县户口人员不准报考……

我的理想成了泡影，心里更像是打翻了五味瓶。

没有实现到晚报当记者的愿望，我想人总不能在一棵树上吊死，古人说：条条大路通罗马。我决定安心干好本职工作的同时，利用零碎时间勤奋写稿，向报刊投稿，当然更要积极向晚报投稿。5 年来我每年自费订了一份《大江晚报》，只要有好新闻稿件和文艺稿件都第一个投向它。几年来，我向晚报投的稿件采用率高达 98% 以上。另外我和《大江晚报》的记者朋友们还保持着正常联系，只要晚报要办的事，我都大力支持。在此期间，我联系了两家企业赞助，和《大江晚报》联手搞征文，这样既宣传了企业，也提高了《大江晚报》的知名度。

眨眼间，《大江晚报》创刊已经5周年了，其间发行的每一份散发着油墨香味的晚报我都收集着。我虽没能成为一名晚报记者，但对《大江晚报》的情感不会改变。

收藏《繁昌报》

我不爱抽烟喝酒，更不喜欢无故浪费宝贵的时间，去和别人喝酒吹牛或玩扑克麻将牌什么的。因为我是繁昌人，又爱好写作，所以对家乡有一份像模像样的报纸，格外偏爱。所以我心里早就有一个念头，把《繁昌报》一期期收藏起来。

1993 年《繁昌报》刚复刊，由于乡政府安排的住房紧张，全家人挤在 12 平方米的小屋里住着，还要烧菜做饭。妻子看我把书或报往家带，总是埋怨说家里面积太小，还要什么书呀报的。我生怕我不在家时，她把书报当作废纸卖给收破烂的，我就千叮咛万嘱咐，不要把书和《繁昌报》卖掉。为了保护好这些“宝贝”，我把一张张《繁昌报》整理好，整整齐齐放在女儿睡的棉被下面。一年下来我又一张张理好，把《繁昌报》捆起来放进橱里。

后来我工作调动了，分了一套住房，就专门腾出一间小房间，放书和报。每天下班回到家里我利用零碎时间把一张张《繁昌报》装订成册。几年下来我感到十分充实和快乐。特别是看到自己在《繁昌报》上刊发的一篇又一篇作品时，心里觉得比吃了蜜都要甜。

如今我还是深爱着每一期《繁昌报》，只要报纸一出来，那散发着油墨香味的报纸就吸引着我，无论工作多忙，总要把《繁昌报》从头到尾浏览一番。然后小心翼翼地把报纸收藏起来。我也希望有更多的作者、读者能喜欢《繁昌报》，大家都来呵护这份自己的报纸。

东岳泰山

去泰山游玩，已经有不少年头了，但心里还在惦记着这座名山。因为它有“五岳之首”“天下第一山”的美誉。古名岱山。泰山之所以出名，是因为几千年来，泰山成为历代帝王封禅祭天的神山，随着帝王封禅，泰山被神话了。佛道两家，文人名人纷至沓来，给泰山与泰安留下了众多名胜古迹。加之有数千年精神文化的渗透和不断渲染及人文景观的烘托，它是中华民族精神文化的缩影。

那年秋天，几个同事约好去东岳泰山游玩。车开到泰山下的停车场，购好门票就准备登山。在山下抬头仰望泰山，只见这座山气势磅礴、雄伟壮观。

从泰山的中天门开始登山，沿着蜿蜒的石阶一步一步往上爬，爬了大概 20 几分钟，一个个气喘吁吁，头上开始冒汗。我们几个人坐在台阶边喝了点水，然后继续开始攀爬。我边爬边停下观赏风景，山峰连绵起伏，庙宇深藏山中。只见悬崖峭壁的石头上，留有古今名人的书法。这些书法笔力劲健、骨力丰沛。

我们一鼓作气向上爬，终于到了十八盘。听游客说，十八盘是登泰山中最为险峻的一段山道，从下向上看，就似一道很陡的“天梯”。

站在台阶上，我忽然想起作家冯骥才泰山见闻式散文《挑山工》。这篇文章被选入全国高中、小学语文课本。我给学生上过这一课，现在还记忆犹新。文章记叙了作者登泰山时看到挑山工登山，走的路程比游人长，但速度并不比游人慢，从而悟出一个生活的哲理：做事不应该干干停停，三心二意，应该坚持不懈，才能达到自己想要的目的。

等我缓过神来，再看向上攀爬的游客，都小心翼翼，生怕有什么闪失。大家也爬得很吃力，有的上了岁数的老人拄着拐杖，家里的人还扶着，继续向上攀登，精神十分可嘉。这也是老人有坚定的意志和信念，激励着大家向上攀登，去玉皇庙朝拜。

十八盘爬过了，来到南天门。我们在“南天门”几个苍劲有力的大字边合影留念。再往上面爬，就到了玉皇顶。这里是泰山的主峰之巅，因峰顶有玉皇殿而得名。这里是历代帝王登封泰山时设坛祭天之处，也是登泰山、看日出的绝佳地。人们怀着一颗虔诚的心，在玉皇庙里上香祈福，以求全家人福寿安康。

历经百年沧桑的“五岳独尊”刻石位于泰山极顶。“五岳独尊”四个字是清朝光绪年间，由泰安府宗室玉构题书。也是泰山富有文化内涵的标志性景观之一。

我们站在这里，俯视周围的一切，看到群山连绵起伏，重峦叠嶂。薄云似轻纱不断在山间缠绕，看上去美不胜收；再看下面石阶上的游客，一个个似爬动的“小蚂蚁”，上上下下。来这里的人都想满足登上泰山玉皇顶的一颗美好心愿。

人们对泰山是十分的崇拜和敬重，在社会主义建设初期，就有“泰山压顶不弯腰”的革命战斗精神；“人固有一死，或重于泰山，或轻于鸿毛”，这句话就说明了泰山在人们心中的分量。自古就有不少人去泰山上祭祀、祈福活动，所有这些已延续了数千年，不曾中断。封禅是最高规格的祈福礼仪，也是祈求风调雨顺，国泰民安！

如今，每年每天有很多人去登泰山，其目的有两个：一个是观赏泰山雄伟壮观的自然风光；另一个是去登上泰山极顶朝拜玉皇庙，祈求国家繁荣，家庭幸福安康！

玩雪

提起小时候玩雪，玩的方式很多，回忆起来挺有意思。还是在生产队里的那段岁月，冬天雪下得很大，外出的路都被雪覆盖了。牛要喝热水，又不能去塘里挑水回家。我就灵机一动，用木桶在家的门前装了雪拎回家，把雪倒在锅里烧。等烧热了，雪就融化了变成了水，然后送给牛喝。

还有一次，几个小放牛娃，去牛屋送稻草给牛吃。几个小子就在牛屋前进行滚雪球比赛，也没什么奖励，就看谁的速度快，力气大。滚了 10 分钟左右，一个叫亮子的放牛娃，滚得雪球又大又圆。我滚的雪球比他的小一点，算是第二名吧。其他两个小娃子滚了一下就滚不动了，等于放弃了比赛。

后来家里买了照相机，每到下雪天，就领着孩子，去雪地寻找奇形怪状的风景拍照。这些照片保存下来，也是可贵的精神财富。也许是我出生在冰天雪地的缘故，和雪结下了不解之缘。小时候和乡村的伙伴们，在村子小巷子里打雪仗。分成两个组，一组在南门，一组在北门。每组都准备了几十个雪团，两边互砸。砸到人为赢家，砸不到人为输家。经过 20 分钟的激战，双方都砸中了目标，算是打了个平手。

顽皮的孩子们，浅浅的胶鞋全被雪灌得严严实实，每人只好用稻草把腿脚全绑起来，不管雪有多深，还是会到处乱跑，就这样，脚一点也感觉不到冷，全身都是热乎乎的。

随着年龄的增长，对雪景有了另一种钟爱方式。站在大自然面前总是感慨万千，那就干点喜爱雪的事情，让灵感去撞击乡村小巷那童年时代缥缈的梦想。我脱了外套，拾起丢了多年的铁铲，把门前厚厚的积雪堆起来，方便儿子、女儿、孙子来堆雪人。所做的一切，既让他们劳动，也要发挥他们的想象力，堆出不同形状、不同特点、不同姿势的雪人。堆起雪人后，还要进一步发挥自己的才智，给雪人安上眼睛、鼻子，还戴上帽子。完工后，全家人在雪人边拍照留念。

虽然天气很寒冷，但是扫雪和堆雪人也是在取暖。每个人身上都暖烘烘的，心里都美滋滋的。

这是我们全家人在白雪皑皑的大自然中尽情地玩雪。我也去拍摄到了雪的新奇、雪的壮丽、雪的浓浓诗意……

稻花香里说丰年　听取蛙声一片

——参观新港镇高标准化农田有感

2024 年 4 月，我有幸参加繁昌区作协采风团去新港镇采风。走进新港镇，就像翻开厚重历史的一页。在古老的历史章节里，见证着发展。 如今的新港镇人民在党的富民政策指引下，解放思想，勇于探索，凭着自己一双勤劳的双手，筑巢引凤。一家家企业纷纷来这里落户，一件件新生事物应运而生。新港镇人民秉承着不畏艰险、勇于创造的精神，通过几十年的改革开放，镇村面貌焕然一新。

大巴车在新建的宽敞柏油公路上行驶，我们来到了新港镇高标准农田边。放眼望去，展现在眼前的便是平平坦坦、宛如一片绿毯的麦田，这里就是设施配套完善、功能齐全、完工只有一年多时间的繁昌区新港镇高标准化建设农田。

新港原来也是繁昌区的农业乡镇，北临长江，水陆交通十分便捷，过去南来北往的客商云集此地，也给新港人民留下了一段难以忘怀的美好时光。

农田建设后期的管护负责人殷方荣向我介绍说："2021 年 10 月启动新港镇高标准农田建设项目，该项目位于新港镇新东村，10 月底开始启动。一期到 2022 年 2 月底前完成，总投资 1940 万元。主要建设项目有：平整土地、小田并大田、衬砌渠道、沟渠疏浚，新建高效节水灌溉站 1 座，节制闸 3 个，机耕桥 21 座，过路涵 107 座，进、排水口 130 座，新建生产机耕路 18 千米，农机作业覆盖面100%，高效节水灌溉、数字农田1000亩。为了举办2022年10月全国高标准农田建设现场会，2022年6月芜湖市农业农村局批复同意进行项目再提升，二期投资650余万元，对示范区内的高压杆线进行了迁移，田间主机耕路2.7千米进行了硬化达标（沥青铺设），部分小塘、小沟进行了回填，沟渠安装了仿木桩保护，对主要沟渠又取直、疏浚。”

听了他的介绍，我认真翻阅了高标准农田创建的详细资料，观看了田边的宣传展示牌，仔细了解了创建高标准农田的具体做法和特色要求。一二期总投资约2600万元，项目建设得到了国家农业农村部、省农业农村厅领导的高度重视。该项目治理面积7000亩（高效节水灌溉1000亩），其中高标农田批复投资1595万元，区财政超计划配套920万元（主要用于整治农田建设）。该项目以耕地质量提升为主要建设内容，实现了农田用水灌溉自如，农业生产机械化作业。

该标准化农田的建设是新港的一个亮点，也是芜湖市、繁昌区农业种植示范基地。

新港镇高标准农田的创建，在国家农业农村部和省农业农村厅领导的关心指导下，结合繁昌区实际，探索出高标准农田“四个+”模式（“四个+”的意思是在原来的基础上进行一次提升），即：

一是“高标准+”：打造标准农田。平整土地4200余亩，将原来的小田格建成8—15亩的标准水田，便于农机操作，节省农业生产成本。

二是“高标准智慧+”：打造数字农田。项目建设初期，采取公开招标形式，打包投资，引进优质企业，共同打造数字农田基地。通过感知一张图、监测一张网、管理一平台、操作一键通，实现农业生产耕种全过程数字化管理，达到减种、减水、减肥、减药、减人，增产、增收的“五减二增”。

三是“高标准绿色+”：打造生态良田。1. 投资105万元建设285立方沼液池，将区域内养殖场的粪污干湿分离后的沼液转运到沼液池进行二次厌氧发酵，通过田间给水管网按一定比例输送到农田，实现“农牧结合、种养循环”，运行肥水还田新模式，减少农药、化肥的使用量，保障粮食安全；2. 建设氮磷净化池塘，实施生态控制。将废弃农膜、农药包装物定点收集处置，实施物理防治；3. 打造益虫逃生通道，实施生物共治。

四是“高标准产业 +”：打造共富稻田。将高标准农田示范区全部扭转到党组织领办的合作社，与农业大户合作经营，组织引领，推广种植芜湖大米，目前示范区被芜湖市农业农村局命名为“芜湖大米”示范基地。

通过高标准农田实施建设，小田变大田，提高了农户扭转地租收入，平均每亩增加地租收入 200 元；通过示范基地的引领作用，带动其余农户农田的增产增收，为村集体、农户增加收入，达到了共同致富的目的。

民以食为天，泱泱大国，人口众多，种田人有着世代薪火相传的优秀品质、责任与担当。祖祖辈辈在粮种上不断更新探索，以求增加收入，富裕人民。

我的祖辈们都在农村种田，在 20 世纪六七十年代，由于缺少科学技术，缺少新品种换代，缺少田间管理技术等，对于田里的各种杂草及病虫害无法及时清除，严重影响了水稻的正常生长，使用的粮种都是老品种，这些品种植株较高，穗小、粒少、产量低，一般的水稻亩产量都在 300 至 400 公斤左右。他们迫于生计，一直在田里忙活，到了年终也只有微薄的收入。转年三四月，很多家庭没有粮食吃，就得靠红薯、野菜等度日。

“杂交水稻之父”袁隆平急人民之所急，想人民之所想。经过他多次在实验室、田间艰苦做试验、探索，终于培育出高产杂交水稻品种，随后在全国大面积推广种植，粮食产量大增。高产量的杂交水稻，造就了全人类的幸福，人民永远不会忘记他！

如今，创建高标准农田，冬季种小麦，小麦收割后，夏季又更好地在标准化农田里种植优质杂交水稻，人们不断探索着高标准农田的种植新模式，提高优质大米的产量。我在想，等到夏季稻浪翻滚、稻花飘香的时刻，站在这水乡泽国的千亩田园边，一边欣赏着绿油油的稻浪，闻着稻子散发出的迷人芳香，一边听着阵阵蛙鼓传出的悦耳声音，能否有处在人间仙境之感。

难怪，宋代词人辛弃疾在夏季的乡间里，观赏田园风光时，能写下那句流传千古的佳句：“稻花香里说丰年，听取蛙声一片”……

生活感悟

武汉黄鹤楼留念

秋钓

钓鱼，是一项修身养性、很高雅的活动，在我国从古到今，有不少人爱好此项活动。我在喜爱钓鱼朋友的影响下，爱好钓鱼已经有20多年的历史了。

我喜欢在姹紫嫣红的春天，或者枫叶红遍山野的秋天，在两三个朋友的陪伴下到野外去钓鱼。因为夏天太炎热，只要往池塘边一站，人就被烤得黑乎乎的，塘里的鱼也藏在深水处不愿咬钩。垂钓的最佳季节我认为在秋天，秋高气爽，水温适宜，鱼的活动量也大，加之大地上的庄稼、树上的野果都成熟了。有时熟了的树果被秋风一吹掉进池塘，被鱼儿很快给吃了。秋天，田野里、池塘边都散发着成熟的香味，鱼儿也长肥了长大了，它们在水中欢腾雀跃，到处觅食。

一个雨后的双休日秋晨，空气异常的清新，秋阳普照大地，田野边的野菊花开得十分烂漫，我和朋友约好，到离家十几里路水乡小镇的河边钓鱼。

钓鱼也像做其他工作一样，有很高的学问。了解不同鱼类的习性、栖息地、食性、活动规律等，还要选择不同的鱼饵、钓具以及钓位，提高钓鱼的成功率。钓鱼的老前辈们通过反复垂钓，最后总结出如下的经验："春钓浅（滩）、夏钓深（潭）、秋钓阴、冬钓阳"的基本原则。这一原则考虑的主要因素是：水温高低、水质优劣、水底地形、水位涨落。钓鱼爱好者领会其中深刻含义，对钓鱼是很有益处的。

垂钓在季节上也有不同的要求：春季（3—5月）是钓鱼的好时节，一般上午 8 点后出钓为宜。夏季（6—8 月）早晚凉爽，适宜钓鱼。秋季（9—11 月）上午 6—9 点是钓鱼的最佳时间。冬季（12 月）是钓鱼的淡季，上午 10 点—下午 3 点，可以找朝阳、水深的地方下钩，效果会好一些。

我和朋友在河边各自选了一个最佳位置，撒了饵料后有大概 20 分钟，我下的钩就开始鼓起了鱼泡，而且是大鱼鼓的泡泡。不出所料，鱼开始咬钩了，根据平时鱼咬钩的节奏以及浮子在水面表现的不同，我不慌不忙地向上一提，一条大青鱼上钩了。因为鱼在水里的力量是很大的，我不急着提上来，提着钓竿和它慢慢地在水里周旋。鱼经过几分钟的奋力挣扎，渐渐地游不动了，这时我快速把钓线提到河边，用网兜把鱼捞起来，然后拎起来一掂量，大概有七八斤重。这时朋友那边也传来喜讯，他接二连三地钓了几条大鳊鱼。

我们有了收获，感到十分满足，高兴地收起鱼竿驱车往回赶。

当然钓鱼也经常有空手归来的时候，特别是退休后，钓鱼是为了打发时间、静中取乐、修身养性、锻炼意志的一项有意义活动，而根本不在乎鱼钓多或钓少。

垂钓是我业余生活的一部分，在身体允许的情况下，今后将永远坚持下去。

陪酒

工作陪客人吃饭是很平常的事，但陪客人喝酒是最头痛的事。我是出了名最不擅长喝酒的人。

有一天下午，县委办公室里来了几位好朋友，都是八两至一斤以上的酒量，我作为东道主，必须安排几个大酒量的同事来陪客。满满当当的一桌菜齐了，朋友同事之间寒暄几句之后，开始你来我往地喝起来、吃起来了，经过时间不长的推杯换盏，一下就喝了五瓶白酒。客方来的几位朋友是兵来将挡，水来土掩。他们无论是语言表达，还是看脸色都是镇定自若，思维清晰，举止自如。而来陪客的几位同事，有的开始打退堂鼓了，发现对方酒量都不小，他们就不敢喝了。我只好亲自出马做工作说："来的都是稀客，一定要把酒陪好。"我抓起酒瓶又要拆酒，这时有人提意见说："要是你再打开酒，你要和大家一样平分喝。"大家一致赞同这个意见，我想既然几位客人来了，如果我不同意，就让大家扫兴了。宁愿伤身体，也不能伤感情。我只有强撑着表示同意喝。

我平时不能喝酒，这是在单位众所周知的，今天这样壮着胆子喝，目的是为大家助兴。经过了几个来回，一玻璃杯白酒下肚了，不到一刻钟，心里似火在燃烧，头脑胀痛眼前金花直冒。有一位同事看了我半信半疑地说："原来你能喝酒，一直未发现。"我只好耷拉着脑袋，靠在椅子上连连摆手。然后还强撑着你来我往喝了半杯。

8个人喝了11瓶白酒，这下就出现了不同的表现。有的开始讲酒话、讲粗话了；有的大声嚷嚷着还要开酒。我头脑这时还有点清醒，在默默地告诉自己，不能再喝了，如果再喝我会当场倒下去的。平心说我真的不能喝酒，以前在学校当老师时喝了点红酒就醉了，何况今天是度数较高的白酒。此时我扶着墙跑到外面叫服务员上了饭，想尽快结束这餐饭局。

办公室的工作人员，安排了车辆送我们回家。一路上我是迷迷糊糊的，他们说了些什么，一点不知道，只感到五脏六腑在撕扯，像要去见阎王了。

车开到县城我脸似白纸，心里难受极了，我不想吐在车上，想打开车窗，但是四肢无力，可是一秒钟也坚持不住了，“哇”的一声，全吐在车上了。有生以来第一次酒喝多了吐在车上，害驾驶员晚上还要去洗车场洗车，真感到不好意思。车开到我家小区门口，我爱人扶着我回到家。是否洗漱了我一点不知道，一直睡到第二天中午才醒，全身还是软软的，好像生了一场病。其他人没有吐，照常去单位上班，还能喝酒，真是令人佩服。这也是他们前世修来的福气。

后来同事、朋友才真正证实，我的的确确不能喝酒，在任何场合不是作秀。

腊月年味香

岁月轮回，时光匆匆，又到了腊月，年已经向我们大踏步走来了。城市的大街小巷，乡村的拐拐角角，人们都在忙着过年。家庭主妇抓住晴朗的好天气，洗被单洗衣服，把色彩斑斓的被子、衣服晒在阳台上、大门前，飘飘荡荡，像一首首歌颂新年的乐曲在弹奏、在飞扬！

男人们也没闲着，忙着购年货，给小孩买鞋买衣服，买气球买烟花等。不少外出打工的人，有的大包小包背着扛着；有的用摩托车绑着往家里赶；有的开着小汽车，后备厢里装得满满的年货。回家的路上到处是人和车，朝着年奔来。

现在的腊月和过去相比，各有不同风味。过去物品匮乏，到了腊月，除了做炒米糖、搓欢团、炸圆子，自家准备杀一只鸡或者杀一只鹅。养了猪的人家，也要杀猪。还要去街上买点粉丝、豆腐、葵花籽和烧菜的佐料花椒、肉桂、八角、丁香、小茴香籽等。反正都是为年在忙。

过去没有经济收入，买不起肉，很多人家养了猪。每到腊月二十七八，村子里东边猪叫，西边猪跑，好多人在追赶着猪，逮到了猪，几个男人抬着往杀猪凳上一按，杀猪的师傅一刀捅进猪喉咙，只听到猪哼了几声，四脚伸了几下就不动了。杀了猪的人家，肉吃不掉的就腌了晒咸肉，到了春耕大生产的时候，切成薄薄的咸肉片，放在饭锅里蒸着吃，香味扑鼻，吃了还想吃。过去没钱买球，几个小孩子十分的高兴，也不嫌脏，用嘴把猪尿泡吹大，然后几个小伙伴把猪尿泡当作球踢，在晒场上跑得汗流满面。

记得我的母亲和别人的母亲一样，特别到了腊月二十七八，白天忙洗衣服和洗被单，还要杀鸡、切肉、洗鱼、包饺子，等等，忙得一点都没时间歇。晚上还要把做来的新衣服给大家试穿，为全家人做的新鞋还没完工，必须要在年初一前加班做好。忙到凌晨三点公鸡打鸣才上床睡觉……

现在想想上辈的老人真的好辛苦，那时我们都是小孩，整天只知道去玩，到了吃饭的时间，还要大人喊才回家，一点都不会去搭把手。现在觉得对不起父母亲，内心总是感到十分惭愧和内疚。

改革开放 40 多年了，人们生活水平有了很大提高，上辈老人有的去世了，他们辛辛苦苦干了一辈子，没吃好的没穿好的就走了……

现在社会已经进入到了文明时代，生活条件比过去好了百倍，有的条件好的就到饭店订年夜饭；有的为了纪念传统里的年，还在家里烧菜，觉得这样更有过年的氛围。但现在蔬菜、熟食在超市里、菜市场到处都有，样样齐全，任你选购。不像过去食品、蔬菜数量少，都起早去买，迟了就买不到想要的菜。

到了农历二十八九，不管是城市还是农村，到处张灯结彩，人们喜气洋洋。就说三十晚上的年夜饭也发生了巨大变化，餐桌上荤菜类少了，营养搭配的膳食均衡了，绿色果蔬食品多了。全家人和和气气地围坐在一起吃年夜饭，三世同堂，共同品尝餐桌上的美食佳肴！

回家过年

年关将至，无论你在天涯海角，或是离家并不遥远，看到处处洋溢着的过年气氛，就会想到那温暖的家，就有一种归心似箭的感觉。

家，就像寒冷的冬天里拥有一盆通红的炭火，给你温暖与力量；家，是帆船去远方劳作归航的避风港湾。看到家，就感到舒畅愉快。她悬在你的思念之中，渗透在你的血液里，使你每时每刻都不能忘怀。

家，可以没有炫目的豪华家具，也可以没有亮丽的阳台，但必须窗明几净。窗，是家的眼睛，充满了温暖和爱意，盼望亲人回来团聚。

一个寒冷的冬夜，屋外刮着呼呼的北风，下着蒙蒙细雨，女儿在遥远的城市打来电话，说厂里这几天加班加点，是为了完成生产任务，然后放假让大家回家过年。我接电话时已经睡在暖暖的被窝里，内心感到家是多么的慈祥和温暖，而女儿晚上 10 点多钟才从厂里下班，到路边的电话亭打电话（那时手机还没普及），我心里感到十分酸楚和不安。我想她打电话给我，说明她已感到春节临近，有一种很快想回到家的感觉。这一夜我想了很多，也替所有的父母在想，孩子们在外辛苦，做父母的都盼望他们早点平安回家团聚。我的心情很不平静。我起床听着窗外的风和窗外的雨，在悄悄诉说着人世间，许许多多人为了生活，为了追求，为了与命运抗争，而离别亲人远去他乡的动人故事。

又是一个月朗星稀的夜晚，水乡小镇已是万家灯火，透过窗户能看到年关的景色，能听到年关来到的脚步声。乡邻们忙着做糖、购烟酒、鞭炮、瓜子和步步糕……这时我又想念女儿，就打了女儿的呼机，她说厂里明天就放假了。我听了这话，就像女儿已插上翅膀飞回家里，感到其乐融融。这一夜我美美地睡了一觉，第二天一大早，我就赶到车站去接女儿。哇！不出门真的不知道，回家过年的客车一辆接一辆，背着大包小包的人们匆匆往家赶，其目的只有一个，回家过个团团圆圆的年。然后在温暖的家里，思想和精神才会得到彻底的解脱和放松。

烟雨江南

春天，江南的雨就挂在树梢上，经不住几阵春风的邀约，绵绵甜甜的雨丝飘飘洒洒落了下来。

轻柔的春雨，淋湿了我支离破碎的记忆，思绪也似撒落一地的花瓣，拾起那段粉色的回忆，顿觉甜甜蜜蜜，总让人留恋春天的美好！一个生活在江南水乡的人，对江南的春雨总有一种特别的感受。“烟雨江南”的雨，似情感的倾诉，不经意间洋洋洒洒，滋润着万物，浸润着每个人的心田。一切具有生灵的植物，悄悄萌发，蓬勃生长。婀娜多姿的江南，一夜间便是繁花怒放，绿草如茵。

“天街小雨润如酥，草色遥看近却无。”

站在雨中品味着江南，杏花、柳枝、粉墙、黛瓦、酒旗、竹韵、油纸伞，是江南精美而又诗意的画面。若在外地，一想，一吟，心中便会生出赶赴江南遇知音的急切来。改革的春风吹来，造就了我国人民生活的幸福，就连阳光和春风都蓄满了深深的情感。踏青的游人触景生情，婉约风雅，对大自然充满了朴实真挚的爱。无际的田野衬托着烟雾缭绕的远山，心胸便亦跟着豁然了。

前几年，一个春暖花香的日子，和朋友结伴去徽州宏村游玩。下了车，天空也飘着丝丝细雨，但很快就雨过天晴了。走进宏村的村口，古色古香的美感扑面而来，令人目不暇接。在这里寻觅到了时光打磨过的痕迹，聆听到了创业时岁月从这里走过的声音。粉墙、黛瓦、马头墙、小桥、流水、人家、酒肆的生动画面，舒展在眼前。宏村是水墨画里的乡村，她是那样的风情横趣，夺人心魄。

“一生痴绝处，无梦到徽州。”宏村古韵悠深，从村落的雕梁画栋、古树参天、田园的农耕、桃花源的秀丽，水韵悠悠，表达出了一种极致……

江南的水都是灵动的，它流淌着一种静谧的乡音，更能品味出甜甜的家乡韵味！

我们的家乡，虽然没有宏村的古朴幽深，但也是水乡泽国的景致。春草漫漫，溪水荡漾。江南的春雨，迷迷茫茫，似蝉翼柔纱，轻轻地笼罩田野、村庄、河流、山川；有时伴着春风，哼着小曲，淅淅沥沥，飞花溅玉，给人一种心灵抚慰的快感……

当江南姹紫嫣红，莺歌燕舞时，风乍起，吹皱了一塘春水，美感在人的眼帘中久久荡漾。美是千篇一律的。那天，站在峨桥浮山头上，俯视响水涧的龟山村，宛如“舟行碧波上，人在画中游”的绝美境界。小河弯弯，星罗棋布，油菜花田，错落有致夹在水中央，梦里水乡令人流连。游人一步一步丈量着春的美景。杏花伴着春雨，傍晚芳草又遇到斜阳。

“人人尽说江南好，游人只合江南老。春水碧于天，画船听雨眠。垆边人似月，皓腕凝霜雪。未老莫还乡，还乡须断肠。”唐代诗人韦庄，畅游江南时，有感而发。全诗描写了江南水乡的风光和人物美，表现出诗人对江南的依恋。诗人想长住江南，有美景和美人相伴，生活才觉得有意韵和幸福美满。倘若走了，见不到这美景和美人就会愁肠寸断，很快就会衰老了。

江南有太多太多的美好，千万年的时光中，经历了无数的沧桑巨变。这些年，人民用勤劳和智慧的双手，办起了工厂，开辟了农庄、旅游业、农家乐，发展了养殖业和种植业。很多农村进行了美好乡村建设，改善了宜居环境，过上了小康生活。

烟雨江南，朦胧而又淡雅。古韵浓厚，而又不失成熟丰腴。神秘、庄重，透出一股馨香。小河弯弯、流水潺潺，老树、古藤、樱花、桃花、海棠、油菜花等竞相绽放。还有一群嬉戏的儿童互相追逐，一切显得生机盎然。

江南，就是一幅多姿多彩的山水画。

兰花

16 年前，去朋友家做客。刚走进客厅就闻到一股浓郁的兰花香，让人感到神清气爽。仔细观赏两盆兰花，花叶墨绿墨绿的，向上伸展着，显得精神抖擞。每盆兰花的茎部叶片中间各开出了一朵花。颜色是粉红色的，名叫蕙兰，是花市上的名品。

朋友看我对兰花感兴趣，就指着他家的花盆介绍起来："蕙兰叶长碧绿，花姿粗犷，豪放壮丽，是世界著名的'兰花新星'。它的植株和花朵分为大型和中小型，我家这两盆属于中型。花朵硕大，有黄、白、绿、红、粉红及复色等多种颜色，色彩鲜艳，异彩纷呈。"听完他的介绍，我佩服他对兰花的了解与珍爱。

我们坐下来一边喝茶，一边聊天。过了一会儿，他去厨房里配合爱人准备中餐了，我仔细观察他家客厅的摆设。可以看出朋友的文化修养颇深，他家客厅里放着两盆蕙兰，茶几上放了一盆文竹，墙上挂着几幅字和山水画，给家里更增添了儒雅的情趣。正沉浸在观赏之中，朋友叫我说："吃饭了。"

从朋友家吃过饭回来后，我就打开电脑查看，兰花种类很多，有春兰、墨兰、蕙兰、建兰、寒兰、蝴蝶兰、豆瓣兰、卡特兰、大根兰和送春兰等十余种。这些兰花的花色都十分美丽，并且株型修长挺拔，带有一股高洁、清雅的意境，受到很多爱兰人的推崇。

朋友家养着蕙兰，我就特意看了蕙兰。蕙兰的寓意为坚贞、高雅、宽容和善良；具有高洁、优雅和淡泊的品质；象征着祥和、无私、善良和宽容的优秀精神。可见朋友养蕙兰的深刻含意。因为他有头脑，爱思考，喜爱读书，求知欲望强烈，常常有独到的见解，与人交谈娓娓道来，还引经据典，是个非常执着、坚定的男人。他待人也十分热情诚恳，心地善良，具有与人为善的旷达胸怀。茶几上摆放的这盆文竹，它象征着婚姻幸福甜蜜、爱情天长地久，也代表着朋友之间友谊的长久。

其实，很早之前我就钟爱兰花，加之受到好朋友的影响，就想选择两个喜爱的兰花品种养在家里。于是我多次去卖花的市场，寻找喜爱的春兰、建兰。在家里养两种兰草花，既是修身养性，又可以把两盆兰花进行比较，不断提高我的鉴别力和观赏力。看谁先开花，谁开的花好看。经过四个多月的精心寻找，跑了三家花木苗圃培育基地，终于找到了理想的春兰、建兰。花了 200 多元买回家，当作心爱的宝贝养起来。

春兰是一种历史悠久、深受人们喜爱的兰花品种，整个植株较为小巧玲珑，多开绿色和淡黄色的花朵。春兰所开的花带有一股幽香，并且其叶姿十分优美，象征着人世间的一些美好事物，代表着清幽雅淡、高洁的品性。

建兰寓意是耿直、自律、福禄、富贵，它象征着高洁的君子，也代表着高雅、淡泊。可以把建兰送给朋友，用来代表正直、直爽的性格，或者将建兰送给大富大贵的人，用来表达富贵常在、腰缠万贯的豪华生活。

建兰植株强健，根茎粗壮。盆栽放在庭院或客厅里，花繁叶茂，气魄非凡。若栽在高腰筒盆里，长长的叶片苍峻挺拔，神采奕奕，让人十分的爱恋。

建兰会开出色泽变化较大的带有馨香的花朵，花色多为浅黄绿色，带有紫斑。它还具有较高的药用价值和园艺价值，同时还有止咳化痰、滋阴养肺、活血、止痛的价值。

我每天下班回到家里，首先就去看看两盆兰花，看看是否有新叶长出来，是否有开花的迹象？根据不同的时间、不同的季节，也要精心地给它换盆，加营养土；还给它们施肥、治虫、浇水。有时把它们搬到阳台上晒晒太阳，接受阳光雨露的滋润；有时天冷了，把它放在卧室或者客厅，天天和家里人和睦相处。

一个春光明媚的早上，两盆兰花让人惊喜万分。一盆悄悄地长出了花枝，另一盆在花叶的茎部边也冒出了一点花的嫩芽。功夫不负苦心人，有了一束花开，心情豁然开朗。

通过数年的精心培育，两盆兰花每年都要开一至两次，一次在春季三至四月里，另一次在秋至冬季。每当开花时，只要走进家里，就能感受到它那股浓郁芬芳的花香，让全家人心情十分的愉悦，生活快乐无比！

诗意扬州

自古以来，扬州是个让人羡慕的地方，它是一本古老的诗集，从古代翻到今天，仍然叫人回味无穷、爱不释手。

扬州之所以出名，在我小的时候，就听大人说扬州有“八怪”。这“八怪”个个高深莫测，翻手为云、覆手为雨，所以十分令人敬佩。另一方面是说扬州出美女，美女美的自然，美的天生丽质。我来到扬州欣赏后认为，其实扬州很诗意，步入扬州街道，绿树成行，一回头，碰着唐诗，一转身又陷入宋词。满街流淌着美的意境，一首首隽永的诗从大街小巷美女的裙衫中香喷喷地飘出来；从色调分明、曲线优美的美女身段中飘出来；从那瀑布般的乌黑长发中飘出来。

扬州是唐代大诗人李白、杜牧笔下曾描绘的地方；扬州又是散文名家朱自清的故乡。他在《我是扬州人》这篇文章里写道：“扬州真像有些人说的，不折不扣是个有名的地方。不用远说，李斗《扬州画舫录》里的扬州就够羡慕的。”

扬州就是一颗熠熠生辉的珍珠，护城河宛若一根缎带，紧紧地围绕着扬州城。多少文人墨客驻足这里，留下锦绣诗文。

我们只是扬州的一名匆匆过客，和你相聚只是一面之缘。但愿你的纯洁美丽，常留在人们的心中！

与人为善心地宽

人的一生，交三五个志趣相投的知心朋友，这是有益于身心健康的好事情。

退休闲下来了，多做开心事，共见日月长。邀几个好友在一起，泡一壶碧螺春，围坐在春暖花开的小院里圆桌边，嗑着瓜子，品着人生的过往，诉说着子孙渐渐长大的艰辛经历。幸福的日子挂在每个人的脸上，甜蜜浸润在心间。你说一句我说一句，笑声不断。日子怎么打发才有意义？好友们各抒己见，最后得出的结论是，找几项愉悦身心健康的活动，去打发往后快乐的时光。

交上好的朋友，是一生的精神享受。朋友中，有的喜爱垂钓，有的喜爱画画，有的喜爱摄影，有的喜爱写作，有的喜爱养花种菜……各有所长，默默在潜心追求在探索，显得十分的充实、快乐。

一日，几个好友约好去乡村农庄，一个垂钓，一个拍照，一个寻找写作素材。各自都沉浸在幸福和快乐之中。到了中午，就在农庄的酒店点上几个农家土菜，一起把酒言欢共叙情长。

又一个秋高气爽的天气，几个好友邀约去几日游。韶山、张家界、庐山、九寨沟、遵义。白天登高赏景，乐此不疲。晚上在小酒馆里喝几杯当地特色老酒，觉得十分痛快。回到旅馆七嘴八舌谈感受，打牌吹牛，直至疲惫不堪各自才进入甜美的梦乡。

隆冬时节，屋外大雪纷飞，约好的几个知己来到小区边的四川佬烧烤店，点了烤羊肉，一边喝着酒，一边唠着家常。外面的雪越下越大，他们还是感觉到这样的日子很和谐很温暖!

朋友也不光是游玩喝酒，个别人也会遇到意想不到的暂时困难。不管是谁，都会搭把手，500 元、1000 元、5000 元，不会嫌弃多少，就能感觉到情深意更浓。送人玫瑰，手有余香!

生活中不管是邻居，还是路过碰到的熟人，见了面，都要打打招呼，互相问好。这样能体现出社会和谐的一面。与此同时，在平日的生活中，我也发现少数亲朋好友，不坦诚相待，心胸狭窄，还互相嫉妒，要各种阴谋手段，造成一定的心理伤害。为芝麻粒子小事，斤斤计较，说不愉快的话，然后就翻脸不认人；还有的朋友为了经济周转借另一个朋友几千块钱，久拖不还，又说不出不还钱的原因。钱是好东西，但是情谊比金钱更珍贵。结果他们就发展到老死不相往来的地步。

做人难，难做人。以心换心，互相关爱。做人要想完美无缺，达到最好境界的确很难。在我人生的路上，我认为，与人为善是这个社会的需要，也是发展的需要。有几个朋友以前帮助过我，我心里真诚地一直惦记着他们，总想有个报答的机会，以慰藉我多年的心中愿望。做人不能忘恩负义，过河拆桥，要做个有良心的人。只有这样朋友才信任你，帮助你。受人滴水之恩，当涌泉相报。朋友知道你是个知恩图报的人，才愿意和你深交，你才能交到真正的知心朋友。

交朋友要想交得长久，心胸一定要开阔，要相互包容，求同存异，不拘小节。还要经常进行心与心的碰撞，相互沟通交流感情。只有这样朋友之间友谊之花才会常开。

与人为善心地宽的含义既简单，又是那么深刻!

书香伴人生

在这个纷繁杂扰、价值观更加多元化的环境下，一个人能静下来慢慢潜心阅读、思考、品味书的芳香与人类智慧的结晶，是一种至高无上的享受。著名作家高尔基说："书籍是人类进步的阶梯。"社会要进步，要发展，要更加富强，读书还是至关重要的一个环节。古人说："书中自有黄金屋，书中自有颜如玉。"这句话包含了很深刻的读书、生活、做人的哲理。

每当我翻阅书卷时，纸张上墨香承载的意境，立刻在我的脑海中形成异彩纷呈、波澜壮阔的精美画卷。读书，需要用心寻找属于自己的那片绚丽天空，品味美好，拓展视野，安抚心灵；读书就是一种幸福在内心深处流动和蔓延的感觉。云卷云舒，旷达开朗。

画家凡·高在一封家书中，写过这样一段话："人在这个世界上生活不只是为了快乐，他不仅要变得简单诚实，还要意识到人类的伟大之处，以此来获得高尚的情操并超越拖累每个人的庸俗之气。"虽然他是以一个画家的至高思想境界而言的，但对于有一定文化素养的人，一个真正热爱生活的人来说，有很大的启发作用。生活不仅只拘于眼前的苟且，还有诗和远方的田野……这田野里有花香、有果实、有书香，还有那心存致远放飞的梦想！人们物质的追求一旦满足后，我相信就会自然而然地寻找精神的家园。一本好书，它用独特的语言教我们如何生活、爱这个五彩缤纷的世界。能和这些带着体温正能量的书籍为伴，也感到十分的惬意与美好。

读书，还能够让人明白很多事理，悟透很多道理，精神得到洗礼，生命得到润泽升华；读书使人更加聪颖、敏锐、温文尔雅！读书的人和不读书的人是有区别的，一个饱读诗书的人，其言行举止一定温文儒雅。那些流淌在血液里的文字，经长时间的酝酿幻化，自内而外散发着一种如兰的芳香与气质，即人们常说的“腹有诗书气自华”。

我这一生，与书结下了不解之缘，时刻与书为伴。出生在饥饿年代，住的是草房土墙，就靠父母挣工分糊口，没钱买书。可望而不可即，想到那时苦难岁月，心里阵阵酸楚。条件稍好点的小伙伴买来一本小人书，抢着看、借着看。我用手扳着指头，算着月份，好不容易盼到过年了，我和哥哥才有了点压岁钱，我们俩把钱凑在一起，迫不及待地跑到街上买来几本小人书：《岳飞》《地道战》《铁道游击队》《刘胡兰》《鸡毛信》《罗盛教》《邱少云》等。这些英雄的名字和事迹一直在我脑海里闪现，伴着我童年、少年努力前行。后来上了中学，环境改变了。学校图书室有很多书，中外名著，琳琅满目。《红楼梦》《三国演义》《水浒传》《封神演义》《史记》《钢铁是怎样炼成的》《战争与和平》《安娜·卡列尼娜》《巴黎圣母院》《童年》等。我像饥饿的人扑到面包上，贪婪地阅读起来，被书里的人物、情节深深吸引。畅游在书的海洋里，是无比的快乐幸福，忘了吃饭忘了回家。图书管理员大吼小叫训斥我，我才从书的情节里醒悟过来，发现天色已晚了，只有跑步往家赶。

书籍改变了我一生的命运。它既丰富了我的知识，又带着我走进了未知的领域，触摸到了社会错综复杂的人际关系，也是我初涉世面、认识世界的第一窗口，更是人生进步的阶梯。读书使我变得悲悯向上，具有远大抱负和人文情怀。我高中毕业后，回到农村，村党支部领导和学校校长了解我爱读书，爱写文章，有抱负且积极向上，对人彬彬有礼，肚子里有点货，就推荐我当了一名民办教师。看着领导、乡亲们的信任与期盼的目光，我暗下决心，是金子就会发出璀璨的光芒，不能辜负大家的殷切希望！

要给学生一碗水，教师要有一桶水。没有高深的文化知识，怎能教出有知识、有修养、有品位的优秀学生？我一边教书，一边自学，先后报名参加了宣城师范教学进修班、文学创作函授班的学习，以此来丰富内涵，提升自己的修养。1985年暑假，我只身一人自费去北京参加了北京人文函授大学文学创作班学习。当面聆听了前辈作家、诗人艾青、萧军、刘绍棠、韩少功、郑万隆、李陀及人民大学、北京大学、北京师范学院的教授们为我们讲的课。他们结合自己的创作，深入浅出，讲小说、散文、诗歌、杂文、随笔等创作技巧与经验。来自祖国各地去取“经”的青年人，听得投入，记录仔细。一个个抱着真诚求学的火热心，夜间在灯下苦读，构思诗文，反复推敲人物形象、语言、诗句。第二天就向作家、教授们请教诗文意境与创作手法及小说创作情节，人物刻画等疑难问题，老师们都详细地作了解答……

天道酬勤。我教书之余，看书，写作，做笔记。晚上睡觉前，养成了躺在床上看几页书的习惯，困了，书就陪在身边进入甜甜的梦乡。有一次妻子生病住院，我去陪护，在病房，我带了《红旗谱》《野火春风斗古城》看，从天黑看到第二天天亮，一晚没睡。白天打了个瞌睡，第二天晚上继续接着看。到外地出差或去旅游，包里都要放本书，在车上翻看，在旅馆阅读。内容波澜壮阔也好，平平淡淡也罢，只要感觉心情愉悦，不寂寞不孤单就好。经常去镇里开教育工作会，会前有点零碎时间，我也要从口袋里拿出报纸来，阅读副刊上的短篇小说、散文、诗歌、随笔。珍惜分分秒秒，与故事情节谈心、交流，有时还产生诸多联想。这样感觉挺好，生活有滋有味，有满满的获得感、幸福感！

书是无言的，但它是有灵性的，也包含着无比深沉的爱。你越爱它，便越能发现它的内在智慧，我在无数个夜晚里，在书中找到了生命的韧劲与执着！由于我勤奋读书，刻苦写作，先后在全国省市报刊发表文章，还多次获奖。同事、朋友投来羡慕的眼光。终于，老天爷赐予我一个良机，1986年底，国家有政策，民办教师可以通过考试，转为国家教师。我有了施展自己才能的机会，通过考试，第一批顺利地考取了国家教师资格证。

这时政府机关正缺少写作的人，领导看重我，就把我调到政府机关工作。我看着熟悉的校园，情同手足的同事，一个个天真无邪的学生，恋恋不舍地告别了经历了14年的教师岗位。到了机关后，我从事文秘，宣传工作。得心应手的工作，更能发挥我的长处。我勤奋读书，笔耕不辍。也多次被评为市县优秀通讯员、优秀党员、优秀党务工作者。这些成绩的取得，都是书籍赐予我的幸运光环与荣耀！

人到了老年，很多东西觉得淡然，但读书还是不可或缺。书香是人类文明的标记。当你打开了书卷，那便是你智慧与文明的开端。人们的知识，人们的智慧，有了书才有多姿多彩的记录，才得以传千古，惠及子孙。容颜随着岁月更替是易老的，只有内在的气质不因岁月的流逝而削减。有位作家说“读书使人不老”。知识丰富、思想充实的人往往对生活充满着美好的希望，因而他们的心永远是年轻的。

知识渊博的季羡林老先生曾说过：“我一生没敢偷过懒，如果恰巧有一天，我没有读书或者写作，我在夜间往往辗转反侧难以入睡，责怪自己虚度一天。”老先生这样珍惜时光，我们生活在丰衣足食的幸福年代，又有什么理由虚度时光呢？我虽然退休了，但是还常常去书店看看、翻翻，买几本喜爱的书。去旧书摊淘淘别人不珍爱的古书。

拎着一袋书回到家里的书房，翻开一本散发着油墨清香的好书，就觉得，书香伴人生，这是一生最美好的快乐！

感受月亮

千百年来，人们对月亮的感受是颇深的。唐朝诗人徐凝，曾经无限深情地赞叹："天下三分明月夜，二分无赖是扬州。"这是诗人对扬州月夜的赞美。但要以我个人的感觉，在寂寞的乡村，夜晚感受月亮，毫不比古扬州的月亮逊色。

登上了乡村小楼楼顶，凉风习习。仰视长天浩浩渺渺，白云缕缕从月亮身边擦身而过。俯视大地，漫漫瀚瀚，乡间房舍、树木茂盛。在乡村学校教书的时候，经常要求学生背诵唐诗宋词中描写月亮的诗句，了解其中的深刻含义。月亮的清辉如琼浆玉液，香醇醉人。浓烈真挚的诗句至今不能忘怀。"举杯邀明月，对影成三人""今宵酒醒何处，杨柳岸，晓风残月"，李白还有一句诗"且就洞庭赊月色，将船买酒白云边"道尽了古人饮酒赏月的人间快活风流。用月亮寄托着文人心中的相思离别、悲欢离合的诗句更是比比皆是：宋代张先《天仙子》的"云破月来花弄影"、晏殊《寓意》中的"梨花院落溶溶月，柳絮池塘淡淡风"等写尽了月光美景，成为千古绝唱。杜甫的"露是今夜白，月是故乡明"，苏东坡的"人有悲欢离合，月有阴晴圆缺，此事古难全"更是道出了离愁别绪。

人生在歌声、掌声和风风雨雨中又度过了几十年。人虽变得人老珠黄，可明月始终朗照乾坤，一点不失她那花容月貌。

一到有月的夜晚，我总是想尽办法找机会到月光下"沐浴"一番。看看月下的景色，听听野外的秋虫唧唧咕咕的叫声，感受这赏心悦目的快乐境界。

在我人生最得意最青春的时光中，记得有一年中秋，下着蒙蒙细雨，我觉得十分遗憾。要是有明月朗照，大地一片银光该是多么畅快。无奈，全家人只好呆呆地坐在家里，很专注地听着雨声，巴望着雨快点停下来，从云缝里露出月亮的脸庞。可是那场雨滴滴答答下了整整一夜，全家人没有赏月，这一夜觉也没有睡好，总觉得缺少了什么。

又一个晴朗的夜晚，屋内停电了，窗外的月亮毫不吝惜地把清辉洒满大地，也照进了我家的窗内。我心情非常愉悦，感受到月亮善解人意，同时也会理解一个爱月人的虔诚之心。

晒秋

20世纪80年代，我在家乡教书时，有一首儿歌在我耳边时常响起。“秋天到秋天到，地里庄稼长得好。棉花朵朵白，大豆粒粒饱。高粱涨红了脸，稻子笑弯了腰……”这首儿歌，孩子们背得滚瓜烂熟，儿歌的内容是家乡秋天丰收的真实写照。几十年来，只要到了秋天，很自然的在我心里就有着丰收的喜悦之感！

秋阳千里，万里山河。稻浪翻滚，瓜果飘香。这片香喷喷的广袤田野，养育了一代又一代善良、纯朴、勤劳的人民。秋的原野，犹如一幅优美的画卷！

日前，朋友相邀驱车去了一趟皖南千年古村——安徽省黄山市徽州区呈坎八卦村，村里的永兴湖广场上，村民将收获归仓的玉米、黄豆、稻谷、荞麦、南瓜、红薯和红辣椒等果实，晾晒在村中的晒场上，或者房前屋后的晒架上。晒场边的农舍，秦砖汉瓦马头墙，相互映衬，这场景如诗如画，给人满满的快感和无限的遐想。

晒秋，是皖南地区普遍存在的生产生活现象。皖南气候潮湿，为了更好地保存农作物，每年秋季，村民都会抓住晴好天气，将刚刚收获的农作物晾晒在晒场上。村民还将五颜六色的果实，拼出“国泰民安，风调雨顺”的字样，以农民纯朴特有的方式，向祖国表达幸福美好的祝愿。丰收的图案，生动的晒秋场景，成为秋天里一道美丽的风景线。

据了解，呈坎晒秋的习俗已经延续了数百年。现在，正值乡村振兴之际，要把握良好机遇开发旅游业。美好乡村规划布局得当，会吸引各地的游客来打卡。人们更想来到现场感受晒秋的场景，这也是一种美好生活的享受；更是传统民族文化的延续。晒秋的习俗，我国很多地方有不同的表达方式。去过江西婺源篁岭的游客，那的晒秋图花样更是繁多，色彩纷呈。房前屋后，乃至房顶上、屋檐边，都晒了黄黄的、红红的农产品。更是诗中有画，画中有诗，达到相得益彰的美妙境界！

小的时候，记得父母和家乡人一样，忙着秋收。村里有一百多户人家，家家门前的晒场上，稻子、红薯、黄豆、红豆、芝麻、花生、柿子；竹匾里晒了棉花，墙根边放了几个大南瓜。这是他们劳作一年的收成，晒干后放在家里慢慢享用。父亲还把晒干的红薯储藏在地窖里面，用稻草盖得严严实实的，能吃到第二年开春。屋檐下面，吊着玉米、柿子，还有扁豆、丝瓜、葫芦种子等。母亲把晒干的棉花秆、豆秆、高粱秆，用刀切得短短的，捆起来放在厕所里。厨房里也堆得满满的，等风雨雪来了，就不愁做饭的柴火了。

晒秋，就是展现一年农民心中沉甸甸的收获。

教育子孙多勤俭

经受过艰难困苦的人，就会感悟到，人的一生真的很不容易，所以在不断前行的路上，更要珍惜今天的幸福生活。

从古到今很多事例告诉我们，一个没有勤俭节约、艰苦奋斗精神作支撑的国家是难以繁荣昌盛的；一个没有勤俭节约的社会是难以长治久安的；同样，一个没有勤俭、艰苦奋斗精神作支撑的家庭是难以长久幸福快乐的。

懂得勤俭，也是一种思想境界的升华。

勤俭，意思是勤劳节俭。出处：1.《警世通言·桂员外途穷忏悔》：“为人谨厚志诚，治家勤俭，不肯忘费一钱。”2. 苏轼《乳母任氏墓志铭》：“工巧勤俭，至老不衰”。节约是一种美德，是一种智慧，在我们日常生活中更应该成为一种习惯。

老伴和我说了几次，她把饭菜做好了，叫大家吃饭，儿子看餐桌上没有合口味的荤菜和素菜，就没怎么吃。还有一次，他们又看餐桌上没有合口味的菜，应付着吃了一点点。老伴做的饭菜剩了很多，就浪费掉了。儿子平日大把大把地花钱，衣服和鞋子买了没穿多少天，又开始买新的。这些信息传入我的耳朵里，我就找了个适当的时间，看大家都在家里，就教育他们说：“和你们说个事，也别生气。现在社会进步了，我们家生活是比过去好多了，但是不能忘本。节俭也是一种美德，不要轻易忘记节俭。人世间最好的活法，是细水长流。短暂的快乐易得，长久的幸福生活难求。生命的溪流不需要多么澎湃，只有每日静静地流淌，就感到快乐满足。”短短的几句话，让他们去理解、消化。

不管他们能听进去多少，肯定能起到潜移默化的作用。这样的现象已经在社会上存在很多，就应该引起每个家庭的重视。社会是进步了、富裕了，如果全国每天都这样浪费，计算起来就怕的惊人。

从小家庭管起来，经常提醒儿孙们，花钱要得当。家里日常生活开支要适当，吃饭做到荤素搭配几个菜就行，吃饱吃好就行，别浪费；有时在外面饭店吃饭，点菜也要控制，够吃就行。倘若吃不掉，就要打包带回家。要从思想上崇尚俭朴，以勤俭节约为荣，铺张浪费为耻。

在岁月的长河里，人们生活的节奏把握好了，就如同行走在林间小道，每一步都踏在绿色的旋律上，感受大自然的呼吸，享受生活的每一个瞬间。生活并非追求华丽和刺激，而是贵在细水长流。拥有了一份事业就要珍惜，勤奋地干，人的一生，就要不断打拼、不懈的追求。在各种艰难困苦的挑战下，要永存信念，等待一树花开的美好日子。

商品经济社会，诱惑很多，一个人要想进步，就要克制自己的物质欲望，就要能够约束自己的行为。不贪图享乐，不需要追求过多名利和物质。勤俭过日子，细水长流，身心健康，活得坦然自在。物质丰盈是每个人幸福生活的标准，但是太过了就是奢华。人生贵在简约朴素，顺其自然，节俭往往会让你灵魂安逸。

要想日子过得细水长流，靠的是人的品质。静以修身，俭以养德。这样就有好的思想境界，人没有好的思想和境界，就过不了节俭生活的那道关。

阳台

新春佳节，是全家人喜庆团圆的日子。从农村刚刚搬进繁昌县城里，觉得自己已是城里的一员，这是过去做梦也不敢想的事。在城里过第一个新年，总感觉这城里好是好，就是年味没有农村那么浓。

首先，过年城里禁止放鞭炮，街上玩的人也很少，估计人都在家里忙吃的。而农村没有禁放，每家按习惯过年三天可以放放鞭炮，小孩在大人陪伴下，放鞭炮、烟花、摔炮、仙女棒、电光花等，这样能衬托过年的浓浓气氛；晚上城里也有少数小孩放烟花，但比起农村就少多了。

农村各地都有自己独特的民风民俗。过年还玩板龙灯，大人小孩出来看龙灯，更是热闹非凡。特别是晚上，无数个红彤彤的板龙灯连接而成，成为一条很长的“巨龙”。操场上，硕大的烟花在空中绽放，给整个夜空增添了光彩。我在小的时候，玩板龙灯玩到夜很深，一点不觉得累，感到十分的有趣，更没有睡意。

在城里，我家住在高层，幸亏有这宽敞明亮的阳台，才使我能俯视外面的一切。站在阳台上，看看小区里的高楼一栋挨着一栋，很有节奏感和画家眼里的立体感。

我只好利用过年清静的好时机，坐在阳台上品味年和书本的味道！一边嗑着瓜子，一边看易卜生的《玩偶之家》、王安忆的《长恨歌》。过了两天，又掉过头来调剂下口味，品读朱自清的散文《春》《背影》。朱先生的散文特点情景交融，刻画意境，文质并茂，富有情怀，用词精巧，缜密恰当。

坐累了，起身轻轻地朗诵徐志摩的诗《再别康桥》：“轻轻的我走了，正如我轻轻的来；我轻轻地招手，作别西天的云彩。那河畔的金柳，是夕阳中的新娘；波光里的艳影，在我的心头荡漾……”脍炙人口的诗篇，真挚、浓郁、隽永，令人遐想联翩。

沿着几位名家的名著思维，去寻觅创作灵感。我坐在书房里写散文。不知过了多久，写着写着一切都沉浸在诗的境界里。感觉坐累了，站起来伸伸胳膊蹬蹬腿，又捶捶腰。很自然地走到阳台上呼吸新鲜空气，眺望远方云雾缭绕的山峦，仰望高楼顶上振翅纷飞的鸽群。在阳台上原地踱着步，这也是锻炼最为简单的方法。

这时我定睛一看，从阳台的花盆里看见了春天的信息。一盆海棠花正在含苞待放。春天正向我们走来。不需去野地河边领略春天的风光，我家这阳台也就浓缩了外面的春天！

时光一天一天地流逝，阳台上有我亲手栽种的花草：红蜡梅开得粉嘟嘟的、茶花红得娇艳。天气再暖和一些就会引来小蜜蜂，不停地“亲吻”花蕊；芍药生怕春天冷落了它，也悄悄露出来许多嫩芽；天竺显现出俏丽的身影站在阳台西边，朝春天点头微笑；仙人掌、宝石花、紫罗兰、兰花等在静静酝酿开花的时间。虽然季节未到，它们现在没开花，但它们都毫不逊色，个个风姿绰约，在春天温暖阳光的照耀下，个个精神饱满。再过一阵，都会接二连三地心花怒放，把绚丽多姿的美献给人们观赏。

“春有百花秋有月，夏有凉风冬有雪。”阳台虽没有百种花，骄傲的是有几种名花代表，我心里已经感觉到芳香四溢。

小小阳台虽然只有 10 平方米，却显示出春意盎然的信息！

我留恋这个阳台，在这里就能感觉舒心愉悦。阳光普照的时候，陪孙子在这里做作业，也可以朗诵阅读，晒晒太阳。

春天花儿竞相开放，这里散发着馨香；炎热的夏天晚上，吹吹沁人心脾的凉风。仰望天空，牛郎和织女在星河边相会；秋天的夜晚，看看一闪一闪的萤火虫，再望望天上弯弯的月亮；隆冬时节，窗外飘飘洒洒的雪花，一片迷蒙，仿佛置身在世外桃源……

找回感觉

这几年没有文字见报，我心里一直不安。自搬进城里居住，喧哗的人声，轰轰的车声和五颜六色的霓虹灯光，环境变了，变得我坐卧不安，想好文章的题目、情节，可就是心定不下来。想找回在乡村那宁静的感觉，就是拉不回那思绪。我的写作特点就是爱静，只有静我才会文思潮涌，才会滔滔不绝地写下去。

前几天有一位文友发短信给我："当官了怎么看不到你的文章了？"其实这位文友不知我在政府任什么职位。我只是一个普普通通的人民公仆，整天忙于公务，有一段时间把写作的好时光都丢在高安至繁昌的公交车上，等车搭车来往穿梭，晚上回到家就很难找回写文章的感觉。也许我这人没什么出息，经常站在高高的七楼上看着窗外发呆。脑子里回想的是乡间田野，春天百花盛开，到处散发着迷人的香味；夏天左邻右舍搬出凉床摇着蒲扇在稻场乘凉，看着天上的星星，听着野外虫子的唧唧声，那样的乡味特浓；秋天庄稼成熟了，空气里都香喷喷的，心中充满了丰收喜悦的感觉；冬天更是到处银装素裹，天苍苍野茫茫的一片银白，诗情画意尽在其中……而城里，除了高高的楼房，还是楼房，显得十分拥挤，有着叫人透不过气来的感觉。

人不能没有理想没有意志，倘若爱上网玩游戏或其他什么爱好，那就什么事都干不成了。古人说"玩物丧志"，这就是真理，千真万确的真理！

去年春节，芜湖知名作家冯慧莲老师写明信片鼓励我："诗家利器驰声久！”我一直压在书桌台板下。我知道这是冯老师给我真诚的鼓励，她知道我喜欢写短而快的散文、诗歌。在这里我从内心深处说一声：我的老师、文友、朋友，我找回我的写作感觉了，我终于回到了你们写作的队伍中来了。

找回感觉，我很快乐。这个感觉是我利用星期天或早晚的时间，骑自行车到县城乡间野外拾回来的，到农村去重新体验乡间生活，看乡间的百花盛开，听知了青蛙的阵阵鸣叫，闻泥土的阵阵芬芳……现在我又能像以前一样，坐在灯下看你们发表的文章，体会到你们耕耘在字里行间的快乐。

你们快乐，你们文字散发着油墨香味；我快乐，我找回了文学力量的感觉！但愿这感觉永远陪伴我在高高的七楼上潜心阅读，踏浪躬耕。

雪花

家乡又下雪了，纷纷扬扬的雪花，像柳絮轻歌曼舞；像杨花，飘啊摇啊，慢慢地落在树上、房子上、路上、田野里……

天空迷蒙，变成灰白的一片，大地银装素裹，分外妖娆。孩子们跳着笑着，伸出白胖胖的小手接那雪花。捧在手里瞧啊，伸出舌头舔着晶莹的雪花。大人们可没有这个兴致，在大雪中都急急地赶路，甚至躲进暖烘烘的被窝里。

我站在窗前，透过玻璃望着眼前一望无垠的雪景，不由得诗兴大发，出口成章："飞舞杨花万点白，风洒柳絮满江山。"虽不是好诗，但也是费了一番心血的。

外面的雪越下越大，山上的老松树像一个披着白纱巾的亭亭玉立的姑娘，看上去很妩媚。雪纷纷扬扬地下着，我的思绪也张开了翅膀。我想，雪花真美，有多少诗人、作家、画家钟情它、赞美它，它是那样纯洁、高雅。它更是团结的象征。你看，一片片雪花，是那样微小，那样纤弱。可是，万万千千的雪花汇聚在一起，居然覆盖了山川原野，城市乡村。这就是团结的力量。

眼前的雪花好像变成了一支浩浩荡荡的人民大军，前进着、汇聚着。

公园见闻

公园休息亭的长椅上坐满了游客。也许是接近吃午饭的时候，姑娘有点饿了，她随手从旅行袋里拿出一个纸包和鸡蛋。姑娘剥了个鸡蛋，撕开纸包，拿出面包，又随手打开一瓶汽水，然后慢条斯理地将蛋壳和碎纸一齐扔在脚下，便津津有味地吃起来。

这一切都被坐在对面长椅上一个约莫 4 岁的小女孩看在眼里。她几次想挣脱爸爸的手，都被爸爸拉住了，并小声说："你不是刚吃过饭吗？怎么看到阿姨吃东西你就馋了？"小姑娘也没说什么……

趁她爸爸不注意时，她几步就跑到姑娘面前。姑娘以为小孩饿了就急忙递过来一个鸡蛋。只见小姑娘左手叉腰，右手指着姑娘脚下的蛋皮和碎纸说："阿姨，幼儿园的老师说，随便扔东西不是好孩子！"

坐在长椅上的其他游客顿时一阵哄笑。一位老大爷拉着小女孩的手问："乖孩子，你叫什么名字？"

"倍倍。"小女孩天真地回答。

"这名字取得真好。"

那姑娘羞红了脸，慢慢地蹲下去，捡着蛋皮和碎纸……

农历六月

农历六月，是个充满诱惑的月份。

六月在诗人的眼里，到处是诗眼，美的意境和灵感亲吻，一首首隽永的诗从大街上女人裙衫中香喷喷地飘出来；从色调分明，曲线优美的女人身段中飘出来；从那乌黑的发丝间飘出来；从年轻人充满活力伴着男子的汗味中飘出来……

六月很富庶。透明的水衬着蓝蓝的天，为田园风光精心地梳妆打扮。大地的每一个细节都按捺不住自己的激情，把心思写进了透明如蝉翅的六月嫩绿之中。因为它们正在孕育着一个硕果累累的季节，将给人们带来的是富足和幸福。

夜晚，凉风习习，萤火虫用透明的身体为对对恋人走上情意绵绵的舞台，而大开“绿灯”。声声蛙鸣为他们奏着小提琴，年轻人沉浸在六月酥软的怀抱之中。

朗朗的月亮为六月增加了透明度，使大地上的少男少女脸在发烧，青春更加骚动。男人们用一双双火热的眼睛，向六月里的透明女人投来一见倾心，女人缠着薄薄的裙子羞羞答答，在自己男人的保护下，度过这既令人神往，又叫人提心吊胆的透明六月。

花拖鞋

乡下人的生活条件好了，心中就有了花花绿绿的念头。就是穿鞋子也要追求舒适潇洒，除了有城里人穿的各式皮鞋、运动鞋、旅游鞋和夏天的拖鞋外，女人们还从街上买回泡沫鞋底和五颜六色的丝线。等到秋收过后的农闲时节，她们就三五成群地在一起绣着花拖鞋。姑娘少妇们，把一片忠贞和甜蜜绣在了拖鞋上盛开的并蒂莲里和翩翩起舞的蝴蝶上，有时，她们还会把那些令人脸红耳热的字眼，用曲曲弯弯的外文字母绣出来，又好看，又情意缠绵地含蓄。

这一双双色彩艳丽的花拖鞋，不像夏天人们穿的塑料鞋泡沫鞋那么硬邦邦的，而是轻松自如，结实耐用。初秋季节，她们就穿着这种美观、干净、松软、富有乡村特色的花拖鞋，沿着干干净净的路面，走东家串西家，走大道穿小巷，去塘边洗衣，去菜园摘菜……

看她们的行动是多么洒脱大方，她们脸上的表情是多么甜甜蜜蜜，她们的身姿是多么袅袅娜娜，而她们黑亮幽深的眼睛里，藏着多少对美好生活的灼灼向往和憧憬。

秘密

秘密是一本很深奥的书，有很高悟性的人才能领会其中的深刻含义。平庸之辈只能把这本书当作普通书来读，读后不解其中之意。

秘密本来就是一件很神圣的事，要守住秘密，还要有很高的造诣。别人托付给你的事，你就要认真推敲字字句句的分量，让它沉到心灵的深处。秘密是一张洁白的纸，如果你发挥聪明才智去巧妙地构思，绘出一张美丽的图画，那么秘密就呈现在诗情画意之中。

若你在洁白的纸上不明事理地胡乱涂鸦，就等于泄露了别人的秘密，你也就违背了自己的诺言，失去别人托付给你的那份用金钱买不来的情谊……

剪贴的乐趣

人各有志，也各有各的爱好。我不爱抽烟喝酒，更不喜欢用宝贵的时间去和别人吹牛或玩扑克麻将牌什么的。

我常常把零零碎碎的时光用在剪贴报刊上，多年来始终未间断，无论多么忙，还是要抽点时间沉浸在这剪贴的快乐之中。每每下班回到家里，首先就要翻翻剪贴本。只有这样，我才感到充实和快乐，上班时那紧张的神经，很快就得到了松弛。

多年过去了，我案头上已有十几本剪贴本，这些剪贴的文章，有名家的也有我熟悉老师的，还有文学新秀的。剪贴本内容十分广泛，我把它们分门别类进行剪贴。翻开这些文章一读，仿佛自己来到新疆天池，一睹其秀丽的神韵；仿佛来到云雾中的庐山，走进重重山峦，采尽遍地黄花；仿佛来到新安江水电站仙境般的千岛湖，但见一湾湾如诗的水影，一岭岭如画的山峦……一回头，遇见唐诗，一转身，陷入宋词……

我敢说，这一生我会在剪贴这块乐园里寻到乐趣，这剪剪贴贴就像一位农民在田野播种、耕耘，等到庄稼成熟了，就会感到丰收的快乐！

寂静的秋野

乡间的秋天，天空是这般的明净，这般的深邃高远。秋风掠过，仿佛大地上的一草一木，都有诉说不尽的绵绵情丝。

记得20年前的那个秋天，夕阳西下，柔和的秋阳抚慰着我们刚刚萌发的感情，我和她坐在长满狗尾草的野地里，读着对方甜蜜的脸蛋，澄澈的心灵。以及秋的丰盈、温馨和寂静。我们手里各自还不停地在抚弄着长得毛茸茸的狗尾草，而后她用狗尾草编了一个小圆圈顽皮地套在头上。

当夜幕降临时，我和她手拉着手奔跑在秋野，我们的笑声融进了浓浓的暮霭之中……

今年秋天，我独自一人来到秋的原野，感到脚下的土地是那么的苍凉，狗尾草在秋风中寂寞地摇曳。

人越是到了成熟的年龄，越是对过去的美好往事有所回忆。如今她已经居住在大都市，是否还记得那个美好的秋天呢？我想她肯定站在阳台上默默地眺望远方乡间的秋天，一定会思念远方的朋友。

为了了却她的思乡之情，我决定在信中夹几根狗尾草给她，让她感受到乡间的秋野还是那么美丽，还是那么寂静。

春雨中的遐想

立春刚过，大地开始万物复苏，一天接一天的春雨总是缠缠绵绵，滋润着草木、庄稼，也滋润着人们饥渴的心田。春雨是催人劳作和激发灵感的一壶美酒，农民开始到田园中给碧绿的菜苗、麦苗施肥；诗人站在春雨中推敲意境深远的诗句；画家在迷蒙的自然中点墨成金，画作如行云流水，让人陶醉其中……还有这春雨最容易勾起人多愁善感的怀旧。

本不想怀旧，让过去的事永远成为历史，可我不行，春雨偏偏作弄人，非要我站在淅沥的春雨中回想陈年往事。这也许是太珍惜大好时光的缘故，因为我们有抱负有美好憧憬的人都感叹青春易逝，流年似水。记得20岁那年，我和一位好友在百草萌芽的乡间小学外面，面对大自然的雨景，抒发青春年少一定要报效祖国的决心。如今20年过去了，我又站在迷蒙的春雨中在思在想，当年的豪言壮语是否兑现？我可以感到骄傲的是，那位好友在乡间小学教了6年书，一边和我比工作成绩一边坚持自学。当时我是学校校长，他是位骨干教师，我俩教出的学生成绩在全镇都名列前茅，受到领导的多次表扬和学生家长的称赞。后来由于他的勤奋努力，考取了武汉大学中文系，毕业后正值我国改革开放，他凭着学识、胆识、血气方刚的青春体魄，只身闯海南去了。现在他已成为一个公司的董事长，真正是腰缠万贯的富翁。

我虽然现在不是富翁，但我也富有。我还似当年一样，富有上进心，干一行爱一行。工作之余爱看书学习，几十年的农村工作使我开阔了视野，增长了书本上学不到的许多知识，体验到了人世间酸甜苦辣的味道；另一个富有是家里书报多了几箱几车，觉得精神十分充实。看书阅报之后，我感到最大的富有和骄傲的是祖辈不识字，而我能用一支笔抒发人世间的情感，歌颂改革开放的先进人物，鞭挞社会上的势利小人，为平民百姓抱不平。如今我学完了本科课程，百余篇文章见诸全国省市报端，而且接二连三获奖。取得的这些成绩，我并未感到满足，我仍然珍爱生命的分分秒秒，为人民多办实事，用笔写出更多更美的文字，给人生留下一道美丽的风景线。

写完以上文字之后，已是晚上 12 点多钟，窗外的春雨又在淅淅沥沥地下，我想，春雨给明天的大地带来的是勃勃生机，它很神秘地敲醒了人们沉睡了一冬的头脑，催促人们一定要抓住春天的大好时光，去播种耕耘，达到春华秋实的效果。

多办实事心无愧

我在乡镇工作时，被调整到社会事务这块，从事民政工作，心里觉得去为需要帮助的人服务，很乐意，也很开心。党员干部就是要心系百姓。

作为一名民政工作者，在世纪之交的关键时刻，要想牢牢地把握好这个机遇，如何把民政工作推上一个新台阶，让我揣摩了好几天。我认为首先要有了解乡情、脚踏实地、吃苦耐劳的工作作风。给百姓要办的事，记在本子上，每天上班时，拿出来看看，心里装着人民。这个乡是个有三万多人口的农业大乡，民政工作涉及千家万户，不但要做好拥军优属、结婚离婚、调解、扶贫助困等项工作，还要协助做好乡里的诸多中心工作。要想把以上工作抓出一定成效，不花点功夫是不行的。一名民政工作人员，要明确工作性质，协调好诸多工作关系，分清轻重缓急，脚踏实地认真工作，以高度的责任感、使命感、紧迫感和科学进取精神，把党的温暖送到全乡那些困难户、孤寡老人手中。他们才是最可爱的人。民政工作做得扎扎实实了，领导才放心，人民群众才会满意。

其次是在这个部门工作，不能脱离息息相关的工作对象，心里要装着每个人的诉求，有一颗全心全意为人民服务的心。民政工作是我党的一项传统工作，民政部门是党和政府联系人民群众的桥梁和纽带。民政工作对象是社会上困难的群体和最可爱的人。

民政工作要求高、难度大、政治敏锐性强。民政部门要把实事办好，把好事办实，履行好自身的职能作用，就必须有群众意识、公仆意识、服务意识和超前意识。要想人民群众之所想，急人民群众之所急，努力树立文明、务实、高效的民政工作者新形象。只有这样我才问心无愧。

两次登黄山

黄山，在安徽省的黄山市。它以奇松、怪石、云海、温泉、冬雪“五绝”著称于世，拥有“天下第一奇山”之美誉。

“五岳归来不看山，黄山归来不看岳”，这是游人对黄山的最高评价。

去过黄山的人，总是感到它既令人喜爱，又险象环生。但是人们就要怀着一种探险的精神，非得去领略它的奇妙风光。

我去过黄山两次，第一次去是20世纪80年代初，第二次去是近期。当然两次去的登山线路和看到的风景是截然不同的。

记得第一次去黄山，还是我在学校教书的时候。几位老师邀着要去黄山旅游，他们说：“好多外地人在很远的地方来黄山玩，我们在本省离得近，不去玩就是一种遗憾。”说得也是，那就去玩玩。那时交通不是很便捷，我们提前买好票，从繁昌汽车站坐车到黄山脚下的屯溪。到了这里已快到中午了，大家商量就在这里吃午饭，然后就在屯溪玩玩，住一夜，明天起早登山。

第二天，我们起早吃了早餐，来到黄山脚下的汤口镇，开始登山。那时还没有多少导游，再说请导游领路是要付费的，我们抱着节约心理，就自己出发了。爬着爬着，前面没路了。原来这条路还刚刚开发，更不是连接登山的路，是条断头路。我们几个人想，既然爬了很长的一段路程了，那就继续爬山上的陡坡，过了这个山头去找游人多的老路。又爬了十几分钟，这时赶巧遇到了一位环卫工，他热情地给我们指路。走近道那就近了很多。经过了20多分钟，我们终于来到了“人字”瀑边，这才是上天都峰的路。想想我们几个老师平时很少出门，来到这里，就像刘姥姥进了大观园。

本想多看几个景点，这里走错路，把时间给耽搁了。那我们只能去爬天都峰了。都说来黄山“不到天都峰，白来黄山一场空”。但是去天都峰，有两条道上去，一条是玉屏楼，一条是慈光庵。我们错走的就在慈光庵这边。那时索道还没开放，我们就徒步走到半山寺入山。

去天都峰要经过鲫鱼背，这里是整个黄山最险要的地方，仅一人多宽的山脊小路，两旁都是万丈峭壁深渊，可想而知，古代两边没有修护栏的时候，会是多么的惊险！如遇到风吹云涌，仿佛山摇石动，每位游客到此都战战兢兢。我们学校的几位老师，有一位年龄大点的，到了鲫鱼背我们都大胆地走过去了，可是他不敢过去，我说：“你只顾朝前走，别看两边。”他还是不敢走过来。他只好蹲下身子，手扶着两边铁索，慢慢地移动脚步，吓出一身冷汗才算过来了。

天都峰，险峭峻奇，是黄山群峰之中最为雄伟壮观，以奇险著称，堪称“黄山第一峰”，游客来这里就是来观景探险的。从天都峰峰脚，手扶铁索栏杆，沿“天梯”攀登 1564 级台阶，即到海拔 1770 米处的石矼，这里是登上峰顶的必经之处。大家大概走了两个多小时才到主峰天都峰。站在主峰上，眺望黄山的风光，云山相接，茫茫苍苍。俯瞰群山，千峰竞秀，到处风光旖旎。

由于时间的关系，我们赶下山已是傍晚。只好乘车回家（来时购买了返程的车票）。大家在车上都觉得只看了天都峰一个景点，没有达到预期的目的，心里有些失落。我就安慰说：“下次我们再来，好好玩几天。”

第二次我来黄山旅游，就轻车熟路了（原来在学校的几位同事没来，相信他们也会再来的），事先做好了行程安排。第一天中午到黄山，我们吃过午饭，稍作休息，就去半山寺找了住处住下，准备明早登山。第二天一大早，我们吃了早餐步行 20 多分钟去玉屏楼看日出。玉屏景区有迎客松、陪客松、玉屏睡佛、孔雀戏莲花、莲花峰、百步云梯、一线天。我们边看边拍照，弥补上一次的遗憾。

吃过午饭，我们来到光明顶，看猴子观海、散花坞、梦笔生花等。看过后我们又乘索道、乘坐大巴下山，吃饭住宿，安排第三天的行程。

清早，我们直接从慈光庵站搭乘玉屏索道到玉屏站再到老道口登山。我一边拾级而上，一边观赏风景。买了导游图，准备去看莲花峰，去莲花峰方向有左右两条路，左走一线天，右走鳌鱼洞。莲花峰，海拔 1864.7 米，是黄山最高峰。后来莲花沟开辟 500 米登山新道，由蹬道、栈桥、观景台等组成。在去莲花峰的沿途，风光奇绝，峭壁有鬼斧神工的造型，难怪人们都来这里探险观景。莲花峰因主峰突兀，小峰簇拥，俨如新莲初开，仰天怒放，故称“莲花峰”。

一别黄山 29 年，这次来黄山还是要去拜访天都峰，它是黄山三大主峰之一（莲花峰、光明顶、天都峰）。古称“群仙所都”，意为天上都会，古取名“天都峰”。这次上了天都峰，除了观赏风景，还拍照，拍摄了视频，留作以后和家人仔细地品味。

这次来黄山，总算满足了自己的愿望，看了“奇松、怪石、云海、温泉”。黄山奇特的风景错落有致，妙然天成。我分别和奇松迎客松、望客松、送客松及天都峰、莲花峰、光明顶，诸多怪石合影留念。这是心灵上的满足，也是多年的美好祈盼！

香露浸酸梅

《红楼梦》第三十四回说宝玉挨打后，要吃酸梅汤，这酸梅汤在清代时已是夏令解暑止渴的美味饮料。在盛夏时节，喝上一杯冰酸梅汤，顿觉沁肺凉爽。

酸梅汤的制作和饮用，在我国历史久远，有一种说法，元末明初南方瘟疫流行，一些人便用乌梅、冰糖入药治病，后来由南方传到北京等地，成为人们重要饮料之一。“信远斋”制作的酸梅汤成为宫廷饮料，有“清官异宝御制乌梅汤”之称，还在1919年巴拿马国际博览会上获得金质奖章。

在清代年间，每到夏日在街头卖酸梅汤者，将冰块浸入梅汤里，用铜碗相击，发出响声，儿童闻声竞相购饮。清人歌咏酸梅汤的《竹枝词》颇多，如“冰盏叮咚响满街，玫瑰香露浸酸梅”“更有梅汤新月样，听他冰盏击双双”“炎伏更无虞暑热，夜敲铜盏卖梅汤”，等等。

夏天自制酸梅汤也是很有趣的，又十分的经济。取乌梅若干（中药店有售），洗净去核，加水煮沸30分钟左右，滤去渣子，加入白糖搅匀，调以少量玫瑰露或桂花露，放凉后即可饮用，若放在冰箱内，饮时取出，更为清凉爽口。

洪水无情人间有爱

2021年7月17日，河南郑州发生特大暴雨，给国家和人民财产造成重大损失，全国人民心里都十分沉痛。这次特大暴雨造成的伤亡损失，留给人们的是深深的反思。通过这次惨痛的教训，我作为一个普普通通的共产党员，心里有个设想：郑州也好，其他城市也罢，水利基础设施一定要建设好、完善好，遇到特大暴雨及时能排得出，不受阻，也是对人民生命和财产负责。

郑州这次洪灾，警示大家，无论哪座城市，在市政建设中，专家和水利技术人员，要大手笔、精心设计、周密安排。水利设施，要实打实，不能搞花架子，更不能出现豆腐渣工程。必须要有大局意识，忧患意识，倘若遇到百年一遇的特大洪水，能否应付得了？这是摆在水利专家面前的重要课题。要确保城里水能及时排得出、低洼地段无积水，人民生命财产才有可靠的保障。所以我作为一个普通市民提出不成熟的建议，也是在关爱、在思考防灾减灾等诸多问题。我不是杞人忧天，只是在呼吁。

水，是人们的生命之源，是人类必需的物质之一。治理的好就平安无事，否则就会泛滥成灾。

从事水利工作的专家和技术人员都十分辛苦，但每年要对全市城市建设中的水利设施，防洪墙和已建好的泵站、排洪涵闸、区街地下停车场的泄洪管道等进行一次仔细排查，发现工程质量不达标等问题要及时处置，不能拖拉和瞒报；更不能敷衍塞责，走走过场。

还要精心组织排水部门的工作人员再次利用下大雨时间，去车站、码头、街区实地查看，雨水能否及时排得出，流得走，低洼处是否有积水。如果下一般的大雨，水都难以流走，或有很多处积水，这样既对环境有影响，又怎能经受住特大暴雨侵袭呢？这都是人命关天的大事，必须要有强大的责任心去担当、作为。

最近下大雨，我特意去我住的城市街上看看，随意就发现有几条街区，路边下水不流畅，坑洼不平处就有积水。市里其他地方怎么样？我没有仔细考察。只有水利和市政建设行家，全面勘查才知道，有排水不畅的街区怎么处理，他们才有发言权。如果不及时解决存在的问题，一旦下特大暴雨，造成重大损失，领导还有专家、技术人员，怎么能向人民有个满意的交代？难道就用雨太大，人力无法抗拒来搪塞过关吗？只要有想人民之所想、急人民之所急的心，能及时解决的问题，一定要千方百计解决好。人民心里有杆秤，好坏分得清清楚楚。干群齐心协力战胜天灾，共同打造安全宜居优美的城市环境。只有大家凝心聚力，改善防洪排涝条件，就不会有多大损失，甚至没有损失。

“天有不测风云，人有旦夕祸福。”洪水无情，人间有爱。洪水发生在哪里，抢险队员、解放军指战员、志愿者、医务工作者就出现在哪里，抢险物资就不断运送，体现了国家义不容辞的责任与担当。

河南郑州下特大暴雨也是偶然的，谁也没有预料到。所以我们祈盼中华大地年年风调雨顺，人民幸福安康。可是人人也要有防范自然灾害的思想意识，不能有高枕无忧的麻痹思想。这是良言，更是普通公民的深深爱意！

雷锋精神

每年的3月5日是学雷锋的纪念日。在1963年3月5日，毛泽东主席在《人民日报》上为因公而牺牲的英雄战士雷锋同志发表题词：“向雷锋同志学习”。从此以后，为了学习他身上强大的精神力量，全国人民广泛开展“学习雷锋”的活动。

在我们祖国大地上，“雷锋”二字早已成为热心助人，无私奉献的代名词。他虽英年早逝，但在他有限的时间里，让他的人生散发出璀璨的光芒。曾经和雷锋在一起当兵的战友说：“雷锋出差一千里，好事做了一火车。”

“人的生命是有限的，可是，为人民服务是无限的，我要把有限的生命，投入到无限的为人民服务中去”。雷锋同志如是说。他的话一直萦绕在我们耳边。

“三月春风处处暖，文明实践我行动。”2024年3月5日是纪念毛泽东主席题词“向雷锋同志学习”61周年，祖国各地开展了很多有意义的活动。一些志愿者走进校园，开展“扬雷锋精神，展文明新风”志愿服务活动。志愿者用通俗易懂的语言，讲解雷锋同志生平事迹，深刻认识雷锋精神的内涵。我所在的机关工会、共青团、妇联牵头，组织热心为民的社区志愿者十多人，走进镇敬老院，开展义诊，给老人检查身体，帮助老人打扫环境卫生，洗衣、洗被子、洗窗帘、擦玻璃窗，给老人理发等志愿服务活动，学习和践行雷锋精神。雷锋精神就像初春里的一把火，温暖到无数人。善良传递，热度不减。

我受到雷锋精神的影响，在一生中也做过许许多多不起眼的好事。几十年过去了，如今想起来，也觉得是雷锋精神的具体体现，很有回味意义。列举当年做的几个事例：其一是，在我上小学五年级的时候，老师天天讲要学习雷锋，多做好人好事。在一个星期六的上午，我带领班级里的十几名同学，悄悄地去帮助生产队割麦子，割到中午，一个个热得汗流浃背，被生产队长发现了，进行了一番表扬，学校也给予表彰。其二是，在上中学时，别人放学回家了，我和另外两个同学留下来出黑板报。虽然简单，但是必须要提前组稿，还要把定下来的稿件给班主任老师审阅。审阅通过后，又进行排版，再用不同颜色的粉笔抄写在黑板上。一学期要更换三到四次，都是我和几个同学包下来干。其三是，我们家离街上三四千米路，几位村里七八十岁的老人上街不方便，常常在我上学时给他们带东西回来。我心眼好，村民们相信我也喜欢我。我也把他们当作家里人看待，利用中午休息时间，给他们和村民买点灯的煤油、蒲包干子、油条、元宵、鸡蛋糕、镰刀、戗菜刀、去铁匠铺打锄头，等等。放学后我回村送到他们家里；还有一件事让我印象最深，我在学校教书的那些年，有几个学生家庭十分的困难，连十几元的学费都出不起。我看着几双渴望上学读书的眼睛，很是同情他们的处境，学费由我先用工资垫上。然后孩子们坐在教室里，对我投来感激的目光。

在后来的日常生活中，还有很多次帮助过同事、邻里的事，就不一一赘述。

雷锋同志虽然离开我们很久了，但他一直活在人们的心中，一直都是大家学习的榜样。在祖国的各行各业中，践行新时代的雷锋精神，不断续写新时代的雷锋故事。很多志愿者走进校园，用爱播撒阳光，用行动传递能量。

弘扬雷锋精神不能停留在口头，要落实在每个人的日常生活中。

学习雷锋精神永远在路上！

时代足音

屯溪老街留念

翻身记

我的老家住在繁昌区横山街道铜山村铜西自然村的山脚下，这里常常听到阵阵风吹松涛的呼呼声，也能闻到樟树散发出沁人心脾的清香，还能感受到小溪潺潺流水的韵味。这里得天独厚的条件就是靠在荒山边，环境幽雅，空气新鲜，很少有人打扰。看到这里的空旷场地，我心生一个念头，和村民们通融一下，把这里沿着山边用铁栅栏围起三四亩山地，可以发展养殖业，这就叫“靠山吃山”。

我和父母、妻子商量后，说干就干。找来鸡苗、鹅鸭苗，还找来几头猪苗，信心满满地想，先养着尝试看看。这一干起来，可就忙坏了母亲和妻子。鸡鹅鸭可以去山上觅食，猪就不能放养，必须在栅栏里喂养。母亲负责喂养，妻子负责弄猪饲料，她的负担最重。要外出挖野菜、捞荇菜、鸭舌草等给猪调剂着吃。我负责养殖上的管理（疫苗防治、买饲料上的资金、做好养殖笔记）等。时间很快到了下半年，看着家里大栅栏里养的鸡、鹅、鸭、猪等，心里感到沉甸甸的，喜悦写在全家人的脸上。鸡养得毛色油光发亮，母鸡开始产蛋了，母亲每天用竹篮捡蛋。大公鸡不停地鸣叫，乡村充满了浓浓的烟火味。猪养得膘肥体壮，心想年底可以有一笔可观的收入。我们家日子过得滋润了，这要归功于党和国家出台的好政策。

1978 年 12 月 18 日至 22 日，中国共产党第十一届中央委员会第三次全体会议在北京举行。会议的中心议题是讨论把全党的工作重点转移到社会主义现代化建设上来。这是中华人民共和国成立以来我党历史上具有深远意义的伟大转折，开启了改革开放历史新时期，这是中国共产党和国家历史上的一座划时代的里程碑。

党的十一届三中全会胜利召开，举国欢庆，春潮涌动，人们冲破了禁锢，开辟新时期新道路。改革先从农村开始，1978 年，安徽凤阳小岗村农民首先实行分田包产到户，自负盈亏。随后全国农村逐步实行以家庭联产承包为主的责任制，大大提高了农民的生产积极性，农业生产得到大发展，农村开始富裕起来。农村发生了一系列深刻变化，农村改革取得了举世瞩目的成就。

中国有句古话：靠山吃山，靠水吃水。各地因地制宜，发挥自身优势，在山里的大力发展种植业、养殖业；靠水的地方大力发展养鱼、养虾、养黄鳝、养螃蟹，开发旅游业。逐步走上自主创业的道路，形成了千家万户办企业、千军万马发展个体私营经济的良好局面。

我家就是沐浴了党的阳光后一个典型代表，发展养猪、养鸡鹅鸭，全年纯收入也有两万余元，比过去年收入翻了几番。这是以前做梦都不敢想的事情。

晚上，我在书房里沉浸在丰收的快乐之中，不知不觉把我的思绪拽回到 20 世纪 70 年代初期，一家五口人，住在三间茅草屋里。大哥结婚的时候，分给他一间，我留一间，堂屋公用。父母和姐姐住在旁边的小厨房里，就这样全家人其乐融融在一起住了 10 年。到了 80 年代初期，家里条件好了，我已结婚，女儿出生后，觉得房子小了，我主动去山边做了三间新瓦房，老房子让给了大哥一家住，这也体现了兄弟手足之情！

我住进新房子后，在房前屋后还围起一个大院子，显得很宽敞。几年养殖业的发展，累计总收入还不错。后来加上我自身的努力，被聘为民办教师，天赐良机考取了国家教师资格证，我又去县城买了房子。为了方便孩子读书，把妻子、孩子户口都转到城里。到城里后，妻子一贯勤劳，在家待不住，又经营了两年水果生意，我有时间也去帮她干。做生意虽然十分辛苦，但是辛劳会得到回报，家里一切开销她全部挣来了。幸福的生活真正是奋斗出来的，这句话说得是千真万确。

光阴荏苒，儿子已经长大，很快就要成家立业了。全家人商量后，决定去芜湖市区买房子，还给儿子买了小车。随后我的工作调动了，全家人都搬迁离开了老家。

后来父母亲先后去世了，但是家乡的老屋还在，那个曾经兴旺的养殖业景象还一直留在我美好的记忆里。虽然我们离开了家乡多年，乡愁就像一缕袅袅炊烟，一直萦绕在我的脑海之中。

繁昌的发展变迁

繁昌从字面上理解，生活在这里的人民生活富足，繁荣昌盛。依据史料记载：东晋元帝太兴元年（318 年），司马睿即位建康（今南京），其襄城郡繁昌县（故址繁阳亭在今河南临颍县西北 30 里）之民因避战祸，从帝渡江，流聚春谷，遂于春谷地侨置襄城郡繁昌县，县因繁阳亭而得名。

繁昌，地处长江南岸，是皖南的门户。1938 年 12 月，在这里，共产党领导的新四军三支队和勤劳勇敢的繁昌人民，与日本侵略者展开了多次殊死搏斗，最后取得了繁昌保卫战的伟大胜利。在这片红色的土地上，铭刻着许许多多烈士们可歌可泣的动人故事……

中华人民共和国成立后，繁昌人民虽然翻身做了主人，但是由于生产力的低下，人民的生活水平还是不高。随后受计划经济的约束，粮油、布匹、猪肉等日用品和食品都凭票供应。农村还是捆绑在一起的生产队模式，所有人在一起吃大锅饭，手脚受到束缚，积极性很难调动。加之那时又没有优质粮种，粮食产量不高，收成很低，严重遏制了人民生活水平的提高，城乡面貌难以改变。

昔日的繁昌县城面积小，人口少，路窄房旧，街上几乎看不到美化环境的花草树木，晚上黑咕隆咚，没路灯，人们很少出门。南门河污水横流，臭气熏天。城里和周边钢铁厂、化肥厂、轴承厂、编织袋厂、水泥厂等机械轰鸣，灰尘满城飞舞，环境污染严重；农村生活更是举步艰难，出门连一条像样的路都没有，都是泥巴小路，想买的东西拉不进来，想卖的东西运不出去。制约了一切经济发展，温饱的生活都难有保障。

1978 年 12 月 18 日至 22 日，党的十一届三中全会胜利召开，大会的召开，举国欢庆，春潮涌动，这股春风唤醒了繁昌大地，繁昌人民顺应历史的发展潮流，解放思想，实事求是，逐步向经济发展方向迈进。开始大刀阔斧进行了旧城改造，拆除了电影院、龙华池、广播电台大楼、体育场等。新建了中心花园、繁源苑、新世纪花园、栖霞小区、西苑小区、繁阳小区等。随着时间的不断推移，一个个如诗如画，富有阳光温馨的小区名字镶嵌在繁昌城。繁昌城也在不断向外扩张，人口不断增多，建造了一大批环境优美的小区，每个小区里绿树成荫，四季花草散发出淡雅的清香，给人一种舒适祥和的居住环境。城里的道路宽了，每条路边都进行了精心地绿化。街上的店铺里都装饰得花样繁多，新颖别致。

农村土地实行以家庭联产承包为主的责任制，提高了农民生产积极性。手脚不再受束缚，自己安排自家的事，人人起早贪黑干劲冲天。水稻、小麦、油菜、棉花、大豆、花生、玉米等更换了优质品种，收成比过去翻了几倍。生活日新月异，面貌焕然一新。国家政策好了，下拨了专项资金，村村铺设了公路。还开挖了当家塘，治理了多年淤积的水系，清除了多年的垃圾，户户建起了卫生厕所。正朝着“产业兴旺，生态宜居，乡风文明，治理有效，生活富裕”的方向迈进。在美好乡村建设中，示范村有：荻港的赭圻、峨山的东岛、繁阳大阳程屋基、经开区的铜西、枣园、新港的铁冲村等，这些具有代表性的乡村，历史悠久，民风淳朴，依山傍水，景色宜人。美好乡村建设中，老物件保存完好，供人观赏。人们看后回味悠长，感慨颇多；新创意想象丰富，让人浮想联翩。乡间俚语，画在墙上，土色土香。阵阵微风，溪水叮咚，鸟语花香，令人流连忘返。

十年树木，百年树人。教育设施很快得到大大改善，繁昌一中、二中原在县城中央，上下学拥挤不堪，环境嘈杂，不利于学习与出行安全。现在在环境幽雅的南门河畔，新建了一中校园。二中迁到山清水秀的城东边，这里环境舒适，活动场所优越。清晨，校园里书声琅琅，伴着小河流水，诗情画意映入眼帘。依据城里小区居住的人口，合理布局了各所小学。乡镇中小学，也都新建了教学楼，改善了办学条件，宽敞的校园里各项设施完备，充满了勃勃生机。

为了提高全民健身水平，在城东门建起了大型体育场，可供居民休闲娱乐，进行篮球、排球、足球、乒乓球、羽毛球等训练和比赛。

如今，人们看病难的问题已得到了解决，县医院兴建了门诊大楼和住院部，中医院迁到东门新建小区边，方便居民看病。城关医院为居民定期检查身体，为新生儿和儿童接种疫苗、打预防针等。农村农民看病去村卫生室。城镇居民、农民都有医疗保险，每年给看病的人按比例给予一定报销。

过去，大家千方百计到处找书看，可惜又没书看，只能仰天长叹，忧心忡忡。如今，读书条件有了很大的改变，还有了创新。区政府创办了“繁昌书院”、文化馆、图书馆；各乡镇都有文化站；社区（村）有文化阅览室。峨山镇别出心裁，在公园边创办了“峨山书舍”。书院、图书馆、书舍、阅览室里面的书琳琅满目，应有尽有。想看书的人随时都可以用手机扫码去看书、借书。人们物质生活富足了，精神生活也有了新的追求。读书让人明白很多事理，悟透很多道理，精神得到洗礼，生命得到润泽升华。腹有诗书气自华！

为了美化城区环境，打造山清水秀，舒适优越的宜居地，县里领导果断决策，关闭了周边钢铁厂、水泥厂、化肥厂、纺织厂、轴承厂等一大批污染企业。天蓝了，水绿了，山青了。县城中央的南门河，现在经过多年的打造整治，河水清了。常看到鹭鸟、野鸭在河里觅食嬉戏。两边还植了绿化带，草皮护坡。晚上河的两边亮起五颜六色的彩灯，是人们休闲、散步的好去处，也是繁昌城里一道亮丽的风景线。

在种植业、养殖业上，有率先垂范的平铺香草庄园、繁阳的林乐慢谷等。休闲农家乐、农庄如雨后春笋涌现。种植业有草莓、葡萄、桃、李子、猕猴桃、蘑菇、茭白、菱角、荸荠、莲藕等。养殖业有鸡、鸭、鹅、猪、鱼、黄鳝、甲鱼、龙虾等。这些时代的弄潮儿成为农村致富带头人，为家乡人民的创业起到了引领示范作用。

原县委、县政府坐落在县城之中，场地狭小，办公条件拥挤简陋，交通不便，四周声音嘈杂，更不能适应时代发展的需要。现迁往城北零公里边的区委、区政府（区划调整撤县设区），办公场地周边宽敞，山清水秀，环境优雅，富有山光水色美如画的景致。

20 世纪八九十年代，以孙村镇服装加工企业为龙头的乡镇企业，在繁昌办得红红火火，解决了很多女同志的就业问题，为农民改善生活条件打下了坚实基础。之后服装加工业扩大到繁昌各地，为繁昌的经济发展做出了一定贡献。区划调整后，繁昌经济开发区被批准为省级开发区。招商引资力度很大，先后引进了很多有实力的大企业。这许许多多企业的落户，解决了本地许多剩余劳力就业难问题。他们既能上班挣钱，又能顾及家里的农活。有一位农村亲戚发自内心感叹道，现在党的政策真好，工厂办在家门口，男女都能上班，电瓶车一骑就到家。夫妻二人每月收入近万元。孩子去上大学了，他在农村有田地，有车，有楼房。在城里也买了房，日子比过去好了千百倍，生活比蜜甜。他一家的生活变化，就是当今社会进步的缩影。

经过几十年大胆改革，城区的不断拆迁改造，繁昌发生了翻天覆地的巨变。有一位土生土长的繁昌朋友，随小孩去浙江杭州买了房子，偶尔回到繁昌一看，心生眷恋与难以割舍之情，觉得家乡环境得到了很大的改变。根系繁昌，故土难离。他和老伴商量决定，还是回到繁昌老房子居住，这样感到舒心温暖快乐！

繁昌，现有全国重点文物保护单位三处（繁昌人字洞、繁昌窑遗址、皖南土墩墓群）。中央电视台曾来到这里采访，还制作了纪录片，用几十分钟时间记录了繁昌改革后的人文景观沧桑巨变。中分村有着亘古不变文化脉络的传承和延续，更承载了一段广为人知的红色记忆；繁昌民歌是当地盛行的一种习俗，作为省级非物质文化遗产，更具有深远的历史意义。人字洞的考古发掘等，这些都给繁昌增添了光彩，名声大振。早在 240 万—200 万年前，古人类就开始在长江流域繁衍生息。位于繁昌境内的古人类遗址人字洞，至今已出土 300 多件石骨制品，还原了欧亚大陆上迄今发现最早的古人类活动的冰山一角。

春暖花开的三月，繁昌大地到处春意盎然，生机勃发。在区委、区政府强有力的领导下，全区上下党员干部、人民群众，正以饱满的工作激情，投身到新的一年以经济建设为中心的工作中去。他们发扬连续作战的革命精神，农民开始春耕大生产，疏通排水沟，翻耕土地，运送有机肥料，搭起蔬菜大棚，整地准备播种，一片繁忙景象；企业车间机声隆隆，流水作业线运转自如，一车车包装好的货物被运送出厂，产品销往祖国各地；中小学，幼儿园的孩子们在校园里有的读书、有的画画、有的游戏、有的踢球、有的唱歌。

这一代人很有福气，生活在现代化发达的社会环境里，多么令人羡慕。长在红旗下的他们又是多么自豪与骄傲！

繁昌一枝花

在改革开放的和风细雨滋润下，芜湖市繁昌县第一轧钢厂，如一朵蓓蕾初绽的杏花，把枝头伸出“墙”外来，令多少企业界英雄豪杰顿生爱慕之心。

繁昌第一轧钢厂，坐落在水乡小镇横山镇东边。莺飞草长阳春三月的一天下午，我和党委秘书小汪去轧钢厂采访了厂长艾家城同志，他很热情地接待了我们。他和我们侃侃而谈，在和我们谈话中他谈吐不俗，妙语连珠。他是个搞企业的行家。从他那双富有朝气的眸子里透射出不灭的青春火焰。

在20世纪60年代的困难时期，他赶着小毛驴，拉着岁月的凄风苦雨……可他不甘心就这样碌碌无为，趁自己还年轻，想干一番有作为的事业。他尝试着先办起棉絮厂、纸线厂、电线厂等。当年，由于环境的原因，他这株小苗不能茁壮成长也就奄奄一息。是金子总会发光，1985年终于有了转机，他被推选为繁昌县第一轧钢厂厂长。

为了把家乡变得美丽富饶，实现他多年的美好夙愿。办厂初期，他不辞劳苦起早贪黑，奔东跑西，在政府大力支持下，借20余万元办起了厂。在征用土地时，少数农民不理解、不支持他的工作。他是多么想让家乡人民过上富裕的日子，改变多少年只靠种田糊口的温饱局面。他理解这些群众，觉得不干出成绩是对不起父老乡亲。只有用成绩来向人民答复，自己才有脸面。

经过15个月的精心准备，1986年3月终于点火开机生产。党委和政府给予了大力支持。

他没有辜负人民对他的无限希望。他虽是厂长，但从不摆厂长的架子，带领工人艰苦创业，几十吨的剪板机，没请吊机，他根据力学原理，靠人力滚动自己安装，为厂里节约几万元。他从不用厂里钱请客送礼，乱吃喝，不管干什么事总是以身作则，为工人做出了很好的榜样。

近两年，他真的“飞”起来了，他的轧钢产品飞向了湖南、福建、山东及华东地区。他参加全国订货会和乡镇企业经验交流会共 13 次，创年产值 250 万元。人们对他开始刮目相看了……

最后他还告诉我们，轧钢厂在 1993 年 7 月份还要上新的技改项目。要想上等级上水平击败同行业的对手，在轧钢如林的企业中成为佼佼者，必须要搞技术改革。

这座轧钢厂是横山镇政府的支柱企业。他的办厂精神和取得的成绩受到县镇领导的高度赞誉，它是繁昌企业中一枝鲜艳的花。

当我们离开轧钢厂的时候，落日的余晖已给厂房披上了粉红的纱巾，显得更加娇艳迷人。艾厂长站在厂门口，向我们拱手道别微笑。轧机发出的声音，似横山河的涓涓溪流，在我们耳旁欢快地流淌。

开城掠影

去年夏天，芜湖市作家协会举办了“传承红色诗魂，抒写山乡巨变——芜湖作家看开城”采风活动。

无为开城镇是一座历史悠久的千年古镇，原名开城桥。《无为州志》记载：唐武德三年（公元620年）在境西北置开城县，武德七年（公元624年）废。开城设县时有城堡，无城门，故称开城。2017年6月，开城镇获批安徽省第四批“千年古镇”荣誉称号。

这些年，开城镇的人们思想有了很大转变，通过修路架桥，规划乡村格局，调整产业结构，开发田园、山水等一系列举措，振兴乡村经济。乡村有了很大变化，吸引了不少外地客人来观光旅游。这里之所以吸引游客，还与大诗人田间出生此地有很大关联。

说起无为，就在我的眼前。每年夏季防汛都要日夜坚守在江埂上巡逻。因为我工作在与无为隔江相望的繁昌高安乡（后来高安划归三山区）。一个在江南，一个在江北。隔着长江，站在江埂上，朦朦胧胧能看到江北白茆镇的黑沙洲、天然洲和石涧镇的房屋、树木。还有那默默坚守，长满杂草，形似长龙的江埂。

滚滚的长江水经久不息地流淌，它见证了长江两岸人民的过去苦难、现在的幸福甜蜜与美好未来的无限憧憬！

我很想去无为大地上走走看看，这是一片神奇的土地，千百年来她用乳汁养育了这么多勤劳、勇敢的儿女。前些年我只去过无为两次，没能如愿亲密接触仔细观赏无为的红色故事和人文掌故。一次是全市开展“创先争优”学习阶段，单位依据学习内容安排，开展一次“警示教育”活动。机关、村（居）干部坐客车经过无为，去合肥庐江白湖农场听犯人现身说法，接受教育；另一次是芜湖市关工委，在无为召开全市关工委工作先进经验交流会。虽说到了无为，都是直接到小礼堂开会，一路上只能在汽车里看到一望无垠的田地中到处是农民种的庄稼、荸荠和养殖的螃蟹，鱼塘等。还有沟塘河边葳蕤的芦苇、野草。没有下车亲密接触，未能满足我的心愿。

人们都说无为很大，面积两千多平方千米，人口一百多万。开城镇位于无为城西 15 千米。开城物华天宝，人杰地灵。“擂鼓诗人”田间、“装甲兵之父”徐庭瑶都诞生于此。开城镇文化底蕴深厚，崇尚教育，人才辈出，被誉为书法之乡、诗词之乡。

永安河自北向南横穿镇区，东西分明，芜六路横亘镇域东西交通便捷。这里盛产茶叶、蓝莓、水稻、棉花、油菜籽、螃蟹、鱼等，是美丽富饶的鱼米之乡。开城桥、永安河、幸福路是开城的风景地。在以河兴镇的年代，河与桥成就了开城的繁荣时代。著名的丁家祖屋、钱家老屋、童家老屋依然留存在河西西古街。一座现代化的芜六路开城大桥和 20 世纪 70 年代修建的开城大桥，虽然样式不新，但是很坚固，依然横跨在永安河上，和谐默契地遥遥相守相望。开城就是一颗璀璨的明珠镶嵌在永安河上。

这次采风，车首先开到了开城镇的羊山村，这里是“擂鼓诗人”田间的故乡，是安徽省乡村旅游示范村，安徽省首批特色旅游名村。人民群众对村交口称赞：羊山人不算富，户户通水泥路。羊山人不是吹，走路双脚不沾灰。羊山人真逞能，美好乡村率先行。和谐羊山真美好，一片青山与绿水。羊山村村委会先后被国家五部委联合授予“全国绿色小康村”、被中共中央组织部授予“全国先进基层党组织”、被中央精神文明委员会授予“全国文明村”、被司法部和民政部联合授予“全国民主法治示范村”等四个国家级荣誉称号。

田间纪念馆坐落在羊山村委会内，由著名诗人贺敬之题写馆名，整个展厅分为开天辟地、美丽羊山、擂鼓诗人三个篇章。展馆建筑面积200平方米，建筑整体为三面红旗造型，逆时针动线参观。自然采光与室内采光相结合，将深刻寓意与现代建筑构成形式融为一体，打造出芜湖市党员教育示范基地。

随后，我们采风团又去开城镇的都督村参观。村里环境优美，交通便捷，资源丰富，都督山和毛公山两座秀美的山峰将都督村拥入怀抱，碧波涟涟的毛公水库镶嵌在两山之间，从山上流淌下来的涓涓细流终年滋润着这片肥沃的土地。村里特产有茶叶、山芋淀粉、山芋粉丝。西九华千年古寺悬于九丈石壁之上。都督村是九华元梦田园综合体的核心区，创建中的西九华AAAA级景区也位于都督村境内。他们利用丰富的自然资源和田园综合体优惠政策，按照开城镇党委、政府的要求，创造“四最”营商环境，大力开展招商引资，先后引进了山里中国、九华生态园、惠生生态园、天辅国学、御泉农业等多家农旅企业入驻。同时都督村还大力扶持本村群众创业，着力培养龙头企业和致富带头人。目前有都督翠芽、西华毛峰、都泉粉丝和博杰生态等农特产品加工企业；有东成园林、追梦山庄等花卉苗木基地及众多的家庭农场和专业合作社。规模较大的有南九华生态园的630亩优质油茶种植，惠生生态的620亩青梅芍药种植，御泉农业的200余亩大棚葡萄，都督翠芽、西华毛峰等企业生产的茶叶远销国内外。以山里中国、绿峰山庄和天辅国学为代表的农旅、文旅产业企业的发展，壮大了都督村的产业规模，拓宽了都督村的产业道路，为脱贫攻坚助力、为振兴乡村经济打下了坚实的基础。

2017年都督村获得“省级旅游示范村”称号；2019年被评为“芜湖市乡村振兴示范村”“集体经济强村（年收入50万元以上）”“无为市乡村振兴领头雁村”等光荣称号。

安徽九华生态园由无为市南九华农业开发有限公司投资开发，生态园位于开城镇都督村的都督山与毛公山之间，园区东、北、西三面环山，南临毛公水库。

规划项目总投资1.07亿元，规划面积2200亩。项目集生态农业开发、观光旅游、养生餐吧、休闲度假、儿童乐园、果蔬采摘、水上运动、休闲垂钓于一体的综合性生态园区。园区按照绿色、环保、发展的理念，先行打造生态环境，再进行开发。目前，已流转土地900亩，林地700亩，水面80亩。种植名贵花木、盆景200亩，油茶600亩，松柏100亩，水面放养了鳙鱼、白鲢等净化水质的鱼种。还修建了7000米旅游观光道路、开挖池塘4口、新建了旅游接待用房及生活设施用房。正在建设亲子乐园、水上运动、扩展运动、康养等场馆。总投资已达5000万元。

羊山、都督村的人民，在党的脱贫攻坚、乡村振兴这股春风吹拂下，凭着自己的聪明智慧，勤劳的双手，改变了贫穷落后的面貌。农村的巨变，为开城镇增添了诸多光彩。

芜湖市文联、作家协会邀请部分作家聚集开城，为开城抒写最美的华章，描绘最新最美的蓝图。无为这片富饶的土地，充满着无限生机，很有开发潜力。

走在无为这片有着情感的土地上，圆了我多年前想去而又无法亲密接触的梦！

老许香菜香万家

由繁昌区荻港镇人民政府主办，区作家协会承办的“寨山杯”征文活动启动的那天，我们有幸来到荻港镇老许香菜有限责任公司采风。老许，叫许成华，今年已经78岁了。他接待我们的时候，笑容满面，精神饱满，身体十分健康。他首先简要介绍了公司成立之前，祖辈们制作香菜所经历的曲折过程，然后又高兴地说起在党的富民政策阳光雨露滋润下，近十几年来企业的生产、发展、销售等情况。

老许既是香菜制作技艺非物质文化遗产的传承人，也是繁昌民歌非物质文化遗产的传承人。民歌在繁昌历史悠久，代表着人类文化遗产的精神高度。许成华多才多艺，在展示大厅里，他介绍完香菜制作技艺后，紧接着满怀喜悦地为我们唱起了自己作词作曲的繁昌荻港民歌《放牛滩上》《得胜桥下划龙船》等。他唱的民歌曲调丰富，语言朴实、生动、简洁、流畅。感情十分饱满，赢得阵阵掌声。他创作的两首民歌《放牛滩上》《粑粑好吃磨难挨》，已经是芜湖市级非遗，入选了省级非物质文化遗产名录。

老许香菜有限责任公司，成立于2016年，位于繁昌区荻港镇新河村，紧邻“长江二十四矶之首”——板子矶风景区，是一家专业从事非遗技艺的食品加工、销售的企业。

非遗传承人许成华介绍说，香菜其实是从徽州传入芜湖的，属于徽菜的组成部分，是明清时期皖南地区特色农家小菜的珍贵遗存。老许香菜经过近百年的艰苦探索，口味独特时尚，深受广大消费者赞誉。

老许香菜的创始人，许成华的祖父母许邦文和高氏，因家庭生活所迫，携家庭五口人从定远县小郭巷一路乞讨来到荻港板子矶。板子矶边有一座小山，山名“鹰子山”。这里人杰地灵，万物茂盛。盛、黄、胡、李、许几户人家住在这里，和睦相处，互相关照、互相帮助。山下是被洪水冲积带来的油沙土地，适合植物的生长。他们在这里以种菜为生，经常去三华里外的荻港镇市场上卖菜。

老许的爷爷勤劳，奶奶聪慧，那时他们平日注重学习先辈腌制小菜的经验，经过多次腌制试验，最后变成了自己拿手绝活。老许介绍说，春夏之际用没有起薹的新鲜花菜放在太阳下晾晒，然后洗净切碎，每一百斤花菜里放盐二斤八两，拌匀装罐，放在朝阳处敞开罐口，让一次发酵的水溢出，另用盛具把溢出的水盛上备用。约七天后停止溢水，它标志着头次发酵结束，并开始吸水，再把备用的水还原。用新鲜荷叶盖住罐口，再用和好的草泥封住罐口。经过六十天左右的日晒夜露温差反复，二次发酵结束。打开罐的封口揭开荷叶香飘千里，成了闻着臭吃着香的美味一绝，用辣椒或者豆腐拌烧味道更绝。同样的原料花菜需多晒几次，每百斤放盐三斤半。放阴凉处 30 天后食用，味道微酸鲜嫩香脆。

秋冬来临，高秆大白菜成熟，毛霜打在菜面上，太阳一照银光闪闪，这是腌制另一种小菜的好时期，选高品质高秆大白菜，下菜帮削去菜叶，切成段丝放在席上吹晒，每日下午搓揉，掌握搓揉的程度是口感的关键，也是保留原汁原味的天然脱水。放入适量食盐，经过轻搓轻揉，使盐渗入压紧，让盐水从盛具底部小孔流出，断水后即成菜坯。荻港是个水码头，又是高品质渔港。南来北往的生意人聚集得胜桥。根据不同人群口味调制配料，上水来客爱咸辣，下水来客喜甜淡。每日清晨爷爷奶奶挑重担出门，下午空挑回家，笑容满面小日子过得很安逸。由于这种小菜内涵丰富，口感香辣，被顾客尊称为“香菜”。

就是这“香菜”为这五口之家带来了发家致富的门路，他们在“鹰子山”边做了三间草屋，分了一亩二分水田，八分菜园地。长年累月在这里种菜，也适当种点谷物豆类，把香菜生意做得十分红火。老许香菜的第二代传人许成华的父母，是许同和、汪国元夫妇，跟随前辈多年，言传身教，传承了他们制作香菜的手艺。无论干何种事情都不可能是一帆风顺的，正当第二代传人接手制作香菜、准备在制作技艺上进一步改进的时候，天有不测风云，当时受社会形势的制约，不让他们去市场卖香菜，也取缔了传承的小作坊……

1978 年底，一阵春风吹来，全国人民欢呼雀跃。党的改革开放政策给了第三代传承人许成华、高双凤吃了一颗定心丸，国家体制改革了，国有企业、私营企业、个体户等如雨后春笋。老许夫妇重操旧业，干劲十足。他们认真研究祖辈家传香菜制作秘籍，然后在制作技艺上大胆改革创新，采用流水线作业方式，一条龙生产，确保食品干净卫生。采用五步退水法：一是确保原料内在营养的保护法；二是采用计量配料法，确保风味均衡一致；三是采用恒温储藏法，延长保质期；四是采用质量跟踪法，确保客户放心满意；五是采用商位固定法，确保责任到人。老许的宗旨：传承许家制作秘籍，成就荻港香菜经典。什么是秘籍？一是将主料配足一斤六两为一袋装，加三十斤菜坯为一作；二是要辣椒糊与食盐的配比，它直接关系到产品的视觉，视觉是产品的生命。俗话说，百味盐为先，盐放准了，味道就出来了。菜坯的保管有独到方法，不加任何防腐剂，能保存两年。因此有美誉称“老许香菜一大怪，一年四季天天卖”。

老许香菜好多人喜欢吃，品种也有所不同，从而满足了不同人的口味需求，它不仅味道可口，而且营养丰富。一：在口味方面，由于成分的选择和腌制方法的不同，让顾客有多种选择；二：蔬菜富含营养素，包括维生素和膳食纤维，对人体有益，它们有助于提高免疫力；三：由于目前人们工作或学习压力大，适当吃点香菜，可解热除烦、养胃生津、利尿解毒，更有助于调节人体的功能，从而缓解精神压力。

由于老许香菜知名度高、信誉好，已成为繁昌区荻港镇一大金字招牌。2009 年繁昌县认定老许香菜为“非物质文化遗产”；2011 年，《北京经济日报》副社长、高级记者李洪波在各级媒体陪同下专程登门采访；2013 年被评为荻港镇新河村“龙头企业”；2013 年芜湖电视台来企业录制老许香菜制作过程，然后在电视台宣传播放；2014 年芜湖市餐饮协会、《大江晚报》记者通过登门品尝，并推荐为荻港镇“一镇一味”品牌；2017 年度央视展播品牌，老许香菜为芜湖市知名商标，芜湖市工商行政管理局给予了授牌；2018 年许成华牵头成立荻港香菜协会；2019 年芜湖市餐饮（烹饪）行业协会、芜湖市旅游协会授牌“荻港老许香菜，游芜湖不得不吃的小吃”；2019 年老许香菜制作技艺被认定为芜湖市非物质文化遗产；2021 年央视二套致富栏目记者也登门做了专访，并且播放宣传；2022 年 5 月，香菜制作技艺成功入选第六批安徽省非物质文化遗产代表性项目名录；列入非物质文化遗产进校园项目，被繁昌区荻港镇中心小学将厂子定为“劳动实践基地”；2022 年 10 月被中华人民共和国农业农村部授予“首批全国预制菜（预制农品）”证书。

老许等一班人通过多年的辛勤劳动，赢得了诸多荣誉。在荣誉面前，他们没有感到自满与骄傲，而是觉得要更进一步砥砺前行。研发新的秘制技艺，开发新的品种，拓宽销售市场。市场经济，加消费者的青睐，把老许香菜推向新的高度。如今企业已经拥有一千多平方米，宽敞、洁净的厂房。现有员工 30 多人，千余亩蔬菜种植基地。采用订单农业模式，原材料实现标准化种植，专业化供应。

目前，荻港镇党委、政府坚持以习近平新时代中国特色社会主义思想为指导，实施“转型发展，富民强镇”发展战略，发挥区位优势，提升产业转型升级，推进绿色发展。在老许香菜产业经济逐步发展壮大的影响下，衍生出“老夏香菜”“甘氏香菜”等 10 多个品牌，带动了周边地区 50 多个小作坊的兴起，走上了健康有序、规模化发展之路。荻港香菜是芜湖香菜中的“贵族”，为荻港镇经济转型、绿色发展、促进农民增收致富提供了新路子。2021 年全镇 50 多个香菜企业、小作坊，安排从业人员 500 余人，生产量 1000 多吨，销售额 2800 余万元。香菜产品由过去单一的品种，增加到 10 多个品种，占据了芜湖市场 70% 的份额。仅老许香菜一家企业，每年就有二十多万斤下脚青饲料，为当地养殖业减轻了成本。

老许至今制作香菜仍然用的是优质的原材料，沿袭江水清洗、手工制作等传统制作工艺，不添加任何食品添加剂。还有最独特的食品配方，加工出来的香菜口感脆嫩、鲜香、微辣，散发着浓浓的油香。独特的地方风味，成为皖南地区代表性名优特产。许成华的香菜有限责任公司已与酒店超市建立直供、商业网点配送、电子商务营销“三位一体”的营销网络，销售区域线下基本覆盖全省，线上发往全国。年销售额从 2016 年 60 万元逐年上升。现在老许香菜销售连锁店有 20 多家，开到了上海、南京、合肥、芜湖、繁昌、南陵、铜陵等地。2021 年生产完成 280 吨成品加工，销售额 500 余万元。解决了部分剩余劳力，带动周边产业创收 200 余万元。

乡村要振兴，产业是关键。近年来荻港香菜以市场为“引擎”，带动其他企业的经济转型，绿色发展。蔬菜种植大户与荻港香菜协会签订了原材料供应协议，各地商会分别与荻港香菜协会签订了香菜采购协议。安徽师范大学生命科学院成立荻港香菜产业研究中心，推动产学研合作。许成华在荻港镇党委政府领导的关心支持下，培养出企业发展的家国情怀，推动企业健康长远发展，决定今年建立非遗传习中心，配合香菜产业的深层次开发。2025 年之前，在皖中、皖北和江苏省建立香菜制作分公司。

许成华的三个孩子许前霞、许前进、许前芳，顺理成章成为第四代非物质文化遗产传承人。

中国特色社会主义进入了新时代，社会和谐稳定，国家繁荣昌盛，更有利于持续推进特色企业的发展，制作技艺上的研发。他们力争把香菜销售覆盖到全国各地市场，期盼香菜销售打入国际市场，为芜湖市繁昌区荻港镇增添光彩，为经济社会的高质量发展做出积极贡献！

青春绽放 纸鸢草香

纸鸢香草，这个庄园的名字很诗意，富有理想，具有健康向上积极进取的精神。

走进纸鸢香草庄园的展厅里，香草淡淡的清香味，弥漫着大厅，令人心情愉悦。香草制成的香囊，以及各种护肤品、香草茶、纯露、精油、手工制品等系列产品，琳琅满目摆放着。庄园的主人汪琼，满面春光，丰收的喜悦溢于言表。

2014年，她39岁，多么青春，多么富有理想抱负的年华。她切身感受到，在商界传统商业将面临无尽的冲击，与其随波逐流，不如把握时代大势，主动作为，决定自主创业展英姿、显身手，勇当新时代经济发展的奋斗者。毅然辞去了南京芜湖合营的新百大厦高管职位，去农村，在山清水秀的地方找一片土地种花种草，让生命绽放出青春的光芒，实现心中美好的夙愿！当时亲戚、朋友劝说："你在这里风不吹日不晒，放弃都市这么好的工作不干，去农村自讨苦吃，是不是傻了？"不少人投来鄙夷的目光……

汪琼父亲是个地质队勘探员，长期野外作业，对大自然风光深深眷恋，更喜爱花花草草，经常带一些花草回家栽种。她看着窗台上的奇花异草，幼小的心灵也被花草馨香迷人的魅力感化了。她觉得整天憋在城市公司上班，总有一种憋闷、失落的空虚感。长年累月面对人事、工资、账目、服装销售等杂事显得十分枯燥。推开办公室窗户，看到的只有高楼，视线被挡在巴掌大的地方。

见不到大自然树木、花草、山水、蓝天和白云飘逸的景致，觉得憋屈、烦闷，吃什么都没有味。父亲去世了，热爱大自然风光，体味花草的那股迷人醇香，还时时在记忆里回荡。追逐梦想的人是幸福的，父亲的做法在她心灵上产生共鸣和震撼。多年一直萌发想种花种草的念头，时时撞击着心灵。也许是天赐良机，2010 年，一次偶然的机会，她结识了安徽医科大学的李光武教授，通过交流，她接触到了一类植物，既可以观赏、茶饮、泡澡、烹饪，同时还可以制作干花、制作纯露、提炼精油，等等。这类植物统称为香草。

香草如此神奇，汪琼怀着一颗好奇心想试种看看。于是她买来许多种子，在自家阳台上大盆小盆种的到处都是。春天来了，大自然万物萌动，看着一株株香草发芽、开花，她心里十分高兴。这些富有浪漫气息的香草，给她增添了百倍的信心，也牵绊住了她的深深情感。因为太喜欢香草，家里方寸之地，她无法施展才能。透过窗户看着蓝天、白云，眺望着远方，她默默地想着，如果能到大自然去，找一片土地，大面积播种香草，再开发多种产品，那是多么美好的田园生活；那是赋予自己的一种梦幻。可她万万没想到，爱人知道后却大力支持她去付诸行动。在爱人眼里，汪琼就是一株散发着青春魅力，而又香甜可人的香草……

偶后，汪琼和爱人深入乡村，寻找适合自己梦想的那片天地，寻遍了芜湖的山山水水，拐拐角角。2014 年经过几轮的考察、详细了解，最终她把种植基地选择在繁昌区平铺镇茶冲村的一个山坳里。这里南北山脉植被茂盛，连绵数平方千米，茅王竹海曲径通幽，山泉溪水潺潺不断。风光秀丽，景色宜人。庄园周边还有五华山景区、茶冲石林、生态湿地、响水涧、神仙洞等景观。在这里，人居环境优雅，可以感受到苍天赐予的大自然美妙风光。

为了签下承包地合同，她和爱人在当地支部原高书记的带领下，日夜走村串户，和农民面对面交流、谈心。以真诚换取信任，两个村庄，100 多户。乡亲们商量着、议论着，被她炽热而又积极的行动感化了，只用了十几天时间，就签下 70 多份合同，500 亩地，租期 50 年。签下这么多沉甸甸的合同，汪琼一下觉得肩上似乎有千斤重担压来，但她心里想，这就动真格的了。没有退路，也不会退缩，豁出去了，一定要把香草种植成功，这就是脸面和尊严。自己铁了心，心甘情愿要去做。成片五颜六色的花海在她脑海里呈现，那是多么美丽灿烂的风景。

创业是要历经磨难的，初来乍到，人生地不熟，她脑海里一片空白。没水、没电、没网络、没住房。束手无策，面对现实只有坚持、克服。没水，就凑合着吃水库里的水；没电，手电、蜡烛凑合着用；没网络，去附近街上临时办了张网卡；没住房，临时搭个工棚住。通过一阶段和乡亲们的交流，老书记和村民组长出于热心，给她请来电工师傅，为方便她生活，临时接通电线。白天她和农民工一起扛起锄头，开垦荒地，手磨了血泡掉了几层皮。手还被荆棘划出多少道伤口，全身酸疼，没叫一声苦累。晚上与蚊虫为伴，潜心研读香草种植技术，困了在蛙声里进入梦乡。

有了大片的种植园，就可以施展自己的才华，她从世界各地引进了各种不同品种的香草种子。但让她始料未及的是，这些香草适合生长在地中海沿岸国家，对本地气候水土严重不服，草的属性都各不相同，有的怕冷，有的怕湿等。由于缺乏经验，她采取统一种植办法，结果种下的香草几乎全枯萎了。第一次种植失败，汪琼心里不甘。她琢磨着，其他品种可以暂时不种，薰衣草可以开发很多产品，是必须要种的。可是从现实情况看，功效性的薰衣草，在江南地区就是不易活，因为它们怕高温高湿，梅雨季节到来，容易得根腐病。遇到这个难题，汪琼咬咬牙，还是不放弃。没有可借鉴的经验，她白天在种植园里研究，晚上钻进种植专业书里摸索，同时还多次请教专家指点。时间把她磨炼得坚强成熟了，经过两年多的摸索尝试，通过对园区土壤改良，增加透气性，高垄深沟改善排水系统，定期除菌，增加防护措施，等等。2016 年这个难关终于被攻克了，汪琼还获得了一种薰衣草种植方法的发明专利。在此之后，她又一连拿下 5 个发明专利和 8 个实用新型专利。

每年的 3 月至 10 月，种植园里，薰衣草、玫瑰、马鞭草、兰花鼠尾草、德国甘菊、波斯菊等形成花的海洋。那是多么的美妙，如果春天你和家人来这里，在柔风里穿过香草花田，浓浓淡淡的馨香，拍打着肌肤和心灵。拍照、观赏、感受一次爱之旅，就是烂漫生活的真实体验！

迷迭香、百里香、香峰草、罗勒、柠檬草、薄荷等60余种香料植物也都在这片土地上扎下根来。把香草种活是个难关，把香草变成产品又是一个难关。汪琼向书本和专家请教，查阅大量资料。外出学习、参加专业培训、不厌其烦地摸索、不断试验。种植园先后开发出精油、香囊、纯露、香草茶、香草食品、香草手工制品、香草盆栽等七大系列150余种香草产品。产品是企业的生命。在种植上采用生态模式，加工过程纯天然，无添加，保证了香草产品的品质优良。这些纯天然的香草产品一问世，就受到消费者尤其是女性朋友的喜爱，给香草园创造了可观的经济效益。但是依靠传统的店铺销售模式，营销规模受到制约，也难以扩大再生产。为了加快发展，内外兼修，汪琼从生产、包装、销售每个环节的质量上重重把关，然后用网名“纸鸢”注册了商标。为了追求完美，从店铺建立——产品开发——产品加工——包装设计——产品拍摄，以及图文编辑——店铺客服，都是她亲自操弄。微信与客人交流，向消费者介绍产品生长的自然规律、生长环境、种植过程、游客体验，等等。与消费者互动，拉近庄园与消费者之间距离。目前，网店的稳定客户已有两三千人，还开了5家淘宝店，15家微店，走的就是网销的路子。在她的引领下，一大批妇女也加入了纸鸢香草网络销售。目前，纸鸢香草庄园面积已扩大到近1000亩，年产值1800万元。

一花独放不是春，百花齐放春满园。带动周边乡亲共同致富，也是汪琼种植成功后的一个心愿。依托香草种植园，汪琼就以乡村观光旅游为突破口，项目延伸到农业产品，采摘、观光、科普、生产、研发等服务功能，纸鸢香草庄园现已成为集生态观光、养生休闲、旅游采摘为一体的乡村旅游景点，让更多农民在家门口就业，吃上旅游饭。平铺镇盛产种类丰富且品质优良的土特产品，但农民缺乏销售渠道，2015年，在上级妇联部门的呵护下，汪琼牵头成立了茶冲女子香草合作社，已有130余名村民参加。合作社向农民无偿提供香草种苗，她毫无保留地将自己研究的新技术和新种植模式传授给群众，极大地提高了村民的香草种植技术水平。她精明就精明在会做人，不但在技术上尽心指导合作社成员，而且农副产品统一收购，统一销售。农民只管种，不用再愁卖了。汪琼把养的土鸡、鸡蛋、板栗、野生的葛根粉、新鲜的笋干、芝麻、绿豆、红豆、黄豆等，都一一晒到网上和朋友圈里。这些土特产品，都属于环保、绿色食品，她的朋友、网友纷纷订购。城里人需求，农民手里有，汪琼就起到买和卖的桥梁作用。她每周回芜湖 2 至 3 次，无偿帮助农民送货。在她热心帮助下，周边有 680 多户农民增收。合作社积极参与乡村振兴和扶贫攻坚。企业经济效益、社会效益、生态效益凸显。合作社常态化开展一系列公益活动，帮助女性农民有效解决实际生产生活困难，提供精准服务，扶贫助农，扶贫济困。香草庄园长期用农民工 30 余人，短工 100 余人。为老人妇女在家门口打工提供了便利条件。

她今年又在茅王水库附近承包了 280 余亩土地，计划种植山茶花，进一步提升茶冲村旅游档次。未来的纸鸢香草庄园，将继续以创新为引领，大力发展都市型现代农业，带领更多农户致富。

逝者如斯，昼夜不息，至味烟火，人间清欢。昔日偏僻的茶冲村已建成 200 多亩香草园，200 亩茶园，150 多亩桃园的复合型休闲旅游地。春华秋实的花果，自然引诱炽热的目光。每年有 10 多万来自上海、浙江、江苏、山东等地的游客，慕名而来，采春茶、赏桃花、吃鲜果、闻香草。体验手工制作，自拍满山烂漫花海。选购定制个性化纯露……纯天然香草产品已走进千家万户，众多都市白领、金领都成了香草制品的忠实粉丝。

香草园因势利导，增加了游客体验和互动环节。目前已建成了集香草观赏、游客体验、香草购物、特色农产品销售、科普宣传等于一体的生态产业链园区。香草园区和香草产品成了引领都市时尚生活潮流的发源地。

一分耕耘，就有一分收获。

多年来，汪琼先后获得了“全国乡村文化和旅游能人”“全国供销农民合作社示范社”“安徽省三八红旗手”“芜湖市农村实用人才创业之星”“芜湖市十大女杰及优秀女电商创业带头人”等荣誉称号！

纸鸢香草产品，先后走进了中国国际旅游博览会、全国新农民技术博览会、长三角休闲农业与乡村旅游博览会、上海农交会等多项展会。每次会展，鸢纸香草产品都脱颖而出，成为展销热点。

2021 年下半年，她计划新建温控大棚，对香草初心不改的她，仍然不甘心因为气候原因放弃未种的那些香草。未来，她还想把庄园一步一步做得更加完善，给每一个来庄园的人，心里都留下一抹最美好的回忆！

现在的汪琼，应该是感慨万千。她没有蹉跎岁月，在人生广阔的舞台上绽放着青春的光芒。这片土地上，种植了那么多的花花草草，获得了颇丰的经济效益，也收获了乡亲、朋友、同事、游客们的无比信任。她的华丽转身，由城市白领，变成香草姑娘，让人启迪：幸福是靠勤劳的双手和聪明智慧奋斗出来的。展现在她面前的是美丽无比的花海，如云似霞，风儿一吹，随波荡漾。给人们带来的是幸福和美好的享受！

美梦成真

——记繁昌县横山毛巾厂厂长许齐升

一个人不能没有梦想，我相信每个人都有，只不过是有的人梦想成了虚无缥缈的过眼烟云；有的人美梦竟成了美好的现实。

许齐升，这位江南鱼米之乡小镇上的骄子，从小就有着美好的梦想，这个梦想一直伴着他从童年、少年、青年……从普通工人到领导几百号人的毛巾厂厂长。这个梦想终于在他30多岁的时候成为美好的现实，使他成为繁昌企业界的佼佼者。

繁昌县横山毛巾厂坐落在横山西街。它没有高大的厂房，没有优越的生产条件，靠的是许齐升厂长和工人们吃苦耐劳的创业精神。他们利用20世纪50年代和70年代建造的三处旧厂房，把生意做得红红火火，使毛巾产品漂洋过海，为国人争了光，使这个老厂重新焕发出勃勃生机。

狠抓管理冲出困境

横山毛巾厂有着几十年的历史。1975年以前，该厂是手工织布的机坊。机坊里整天响着织布机的声音，机器唱着令人厌倦的歌，工人们百无聊赖地进行着机械运动。工作效率低，工资收入低。1975年该厂领导思想意识上已有所萌动，已知道老靠手工织布没有出路，所以就改织毛巾。1977 年许齐升初中毕业后就进了毛巾厂当工人。当时由于管理不善加上国家进行宏观政策调整等诸多原因，造成毛巾厂严重亏损，工人工资发不出，情绪十分低落，从厂长到工人就像得了鸡瘟病一样，工厂濒临倒闭。

在此紧要关头，风华正茂、血气方刚的许齐升，再也不能等闲视之了。工人们对他投去信任的目光，他决心一试身手。1988 年许齐升出任毛巾厂厂长，他上任首先狠抓管理，他知道要想振兴企业，关键在管理。他针对管理混乱的现状，决定实行工资与产量、质量挂钩。如每班每天每个工人完成生产任务的，就发给正常工资；超额完成 10% 任务的，加发 25% 工资，依次向上递增。对没有完成任务的就按规定扣除。其次，加强生产现场管理，发挥班组长的积极作用，班组长既带头生产又做技术指导。班组长的工资和职工一样，也同产量、质量挂钩。另外，还配了 8 个专职检验员，在车间随时检验和产品出厂检验。厂里还整顿了劳动纪律，培养工人文明生产、安全生产、积极生产的良好意识，实行安置管理，提高劳动效率。最后，控制生产成本，降低消耗。开展核定物资消耗和节电、节水活动，杜绝浪费，挖掘内部潜力。

通过这些措施，毛巾厂连年扭亏为盈，产品出口逐年递增。1992 年出口 145.9 万条，1993 年出口 351 万条，1994 年出口 406 万条，年产值 700 万元。1995 年 1 至 6 月份已出口 269 万条，销售额为 542 万元，创利税 20 万元(年利税为 50 万元)。1995 将突破千万元产值大关。

抓住机遇发展生产

许齐升知道，在商品经济的大潮中，要想在强手如林的企业中立于不败之地，只有牢牢把握住稍纵即逝的良机。1991 年，毛巾厂的产品通过芜湖和省外贸及深圳出口，产品销往日本、新加坡、泰国、马来西亚、韩国、加拿大等国。

繁昌县共有 3 家毛巾厂，其他两家都不景气，连年亏本，唯独横山毛巾厂产品供不应求。他们在起步初期，织的毛巾品种单调，只有澡巾和低档中条巾两大类。随着时间的推移，这些品种老化，太单调也不能适应国内外市场的需求。为了抓住市场机遇，开发新产品，许齐升在技术改造上求出路，先后新上提花毛巾等 20 多个品种。技改后的新产品一上市场，就受到国内外消费者的青睐。另外许齐升厂长十分守信誉，规定出口多少万条毛巾，定在某日交货，就如数在某日交货，毫厘不差一天也不推迟。这叫“君子一言，驷马难追”。有几次已经临近交货期了，职工们加班加点，许厂长也守在车间里检查生产质量，决不因急要货就不求产品质量。产品按时交出去了，大家心里感到十分踏实，虽然累点，却守住了信誉，只有这样，企业才能在众多竞争者中求生存、求发展。

有了这种吃苦耐劳精神和高信誉度，使毛巾厂在商品经济大潮中登堂入室，为企业今后的更大发展奠定了牢固的基础。

回首过去展望未来

1977 年横山毛巾厂只靠 4.3 万元起了步，固定资产 13 万元，就像一个蹒跚学步的孩子，需要得到许多热心人的鼎力帮助。刚上任的许齐升，为了不负众望，圆那美好的梦想，面对资金不足、设备急需要更新、产品需要新上项目等问题，他并没有被这些困难所吓倒。为了救活一个厂，他熬红了眼，认真研究产品技术改造方案，到处跑资金，沟通信息。厂里的职工看他脸庞瘦了一圈，都劝他好好休息几天。可他心里比所有人都着急，更是马不停蹄。他的吃苦精神和很好的信誉感动了周围的人，淮北市外贸厂厂长借 30 万元给许齐升更新机械设备发展生产。这时他们厂在技术改造上闯出了路子，生产出 1301 五彩平织浴巾给深圳出口，一下就出口 4 万条。1991 年以后，又新上提花毛巾等项目，并和省市外贸签订了正式出口合同，产品打入东南亚国际市场，工人们个个干劲倍增，真正是老厂开出了鲜艳的新花朵。

1994 年 12 月，横山毛巾厂已有固定资产 150 万余元，职工 210 人。许齐升常常扪心自问，在青年时期不去拼搏等待何时？一个青年人如果抱有鸿鹄之志搞事业，加上有艰苦奋斗的精神就会得到成功。1993 年 2 月，凭着全厂职工和领导同志对许齐升厂长的信任，横山毛巾厂又集资 60 万元 (其中有的职工个人集资六七千元)，在横山东街头 205 国道旁边，兴建一幢 8700 平方米的厂房，同时新上毛浴巾提喷花项目和螺旋毛巾项目，以增强色彩，提高出口档次，向中高档次发展。这两个新项目于 8 月 5 日已正式在新厂房投产。新项目的上马，将成为毛巾厂的拳头产品，带来更多的经济效益，也带来社会效益，将新增加工人近 200 人。

由于许齐升干出了实绩，连续几年受到市、县政府的表彰和奖励。在成绩面前他没有感到自满，他还是像以往一样，经常深入车间看望职工，指导职工工作，关心职工生活，老职工生病，就医的费用，厂里全部报销。他还处处以身作则，压缩不必要的开支，节省一些钱来提高职工福利待遇。他以自己的真诚来感化每一个职工的心。1993 年 12 月，有不少职工月工资在 700 余元左右，职工们家里的生活都得到了改善，人们十分感激许齐升厂长。是他救活了一个厂，造福了大家。

商海弄潮竞风流

——记繁昌县水泥电杆厂厂长孙嗣水

一个烈日炎炎的夏日上午，我们骑车去繁昌水泥电杆厂，采访厂长孙嗣水同志。该厂坐落在繁昌县横山镇东侧，205国道边。

1994年，孙嗣水33岁，身材稍胖又敦实，有果敢机智潇洒的气度，看上去就是个商海的弄潮儿。他能成为繁昌县水泥电杆厂厂长，并且使一个连年亏损面临倒闭的小厂起死回生，确实走过了一段艰难曲折的道路。

他是一个平凡的人，一个地地道道从田间走出来的青年。然而，现在他竟成了当地小有名气的新闻人物。他领导的繁昌县水泥电杆厂，生产出的水泥电线杆、预制板和小块楼梯板等，质量过硬，产品供不应求，一举占领了市场，使企业扭亏为盈，日子越过越红火。

这个厂原是一个村办企业，由于管理等方面的原因造成连年亏损濒临倒闭的境地。1987年底，孙嗣水被领导发现是块抓企业的料子，被招进水泥电杆厂任经营科长，兼推销员。经过一两年的工作实践，他确实有本生意经，得到了大家的信任。大家从他的笑脸中看到了电杆厂的希望。1989年领导做出决定让孙嗣水承包了这个厂，并任厂长。随后他把原厂名“横山水泥预制厂”更名为“繁昌县水泥电杆厂”。从这改厂名中足见他的胆识，他不墨守成规，要趁自己年轻有为的黄金年华在商海里和别人比个高低。接着他就添置了一些新机械设备，重新调整了厂领导班子，更换了行政管理人员。对厂里机械做到每年一小修，三年一大修，使机械能正常生产。由于他对外重信息，重信誉，重开拓进取；对内重产品的质量，重生产的管理，重技术改革，所以一举打开了以往难以打开的局面，这时人们对他信心满满，刮目相看。

其实，孙嗣水厂长也和许许多多的有志青年一样，现在人们虽羡慕他的成功，和他共同分享着丰收的快乐，但是他也曾经受过无数次风霜雪雨的猛烈袭击。俗话说，没有昔日苦，哪有今日甜。他初中刚毕业，父亲就去世了，这对于涉世未深的他来说，犹如肩上压了千斤重担。当时他家里生活很苦，但他没有甘于清贫，他是家里的顶梁柱，母亲和两个妹妹共 4 口人生活。他暗下决心，自己是一个血性男儿，一定要闯出条路来，改变家里的困窘。他做过木工、瓦工，21 岁到江苏溧水做蜜枣生意。由于他市场意识比较强，当发现江苏溧水、苏州皮蛋生意好做时，于是他第一次大胆地运去 20 万只，第二次又运去 40 万只……从中他尝到了做生意的甜头，从此他就甩开膀子大干。这时他没有觉得劳累，反而感到在商海里拼搏有一种战胜贫困的惬意。四五年后，他家里摆脱了贫困，成为当地有名的万元户。

在进厂任供销科长期间，芜湖白马山汽运公司曾出 1000 元月工资的高薪，聘请他去，可他婉言谢绝了。他默默地想，既然领导和同志们对我寄托着无限的希望，我一定要好好干下去。人争一口气，佛争一炷香。他把产品往宣州、滁州、巢湖、铜陵、芜湖、马鞍山等地推销。

天有不测风云，人有旦夕祸福。1991 年 6 月 6 日，这本是个好日子，可对他来说是个不幸的日子，使他终生难忘。厂里送一汽车货到巢湖去，当汽车行驶到太湖山时，汽车翻入山沟里。当时车上有 4 人，死了 3 人，只幸存他 1 人。这是他有生以来一次最沉重的打击。当时他虽没有死，脚却受了重伤，被好心人送到当地医院，他心里似油煎，眼泪模糊了双眼，他知道车翻人亡是天大的事，这下厂子完蛋了。他在当地住了 20 多天院，伤还未好就拖着一双沉重的腿回到厂里。他望望厂触景生情，感到十分的哀伤，失去了几位兄弟，他心如刀绞。定了定神又祈祷失去的兄弟们能在九泉之下安息。晚上他躺在床上想，人在生活的路上踉跄了几下就躺下不干吗？一连串的问题在他脑海中出现。最后他还是振作精神，决心不能辜负大家的希望，只有把生产搞上去，才能告慰几位兄弟的在天之灵。自己在大难中没有死，就更要去商海的大潮里搏击，哪怕是头破血流也算对得起父老乡亲。

是啊，一个在大难中没有死的人，应该是豁出去干他个轰轰烈烈。孙嗣水就是这样，决心把拾来的第二次生命倾注给水泥电杆厂，以及其他新开发项目。

孙嗣水只有初中文化，他知道搞技术改造知识是不足的，可他利用工作之余整夜学习科技方面的知识，并已取得中专毕业证书。后又攻读大专课程。他发现学习对办企业也确有很大作用，他刚任厂长时，生产10根电线杆就有7根是次品。最后他查找有关方面资料找出了原因，原来是机械离心速度比问题。真是不学不知道，一学头脑就开了窍。

1994年，他计划生产电线杆4000根，1至6月已完成任务的89%，年产值60万元，创利税8万元。目前，他又在雄心勃勃地新上一个生产各种包装袋项目，投资130万元。这个项目已被县计委批下来了。他正在筹集资金。这个项目上马后，可创年产值400多万元，为国家创一笔可观的利税。相信孙嗣水会成功的，因为功夫不负苦心人。

北京留念

美好的愿望（代后记）

岁月沧桑，物换星移，我追求文学的梦想不知不觉已经40余年了。人一旦有了理想，就想方设法去实现美好的未来！

我是一个土生土长的农村孩子，对家乡十分的热爱，对那里的一草一木有着深深的眷恋，农村的点点滴滴、所见所闻也常常流于笔端。我在童年、少年、青年时代吃了很多苦，尝了很多辛酸，辛劳化作行动的动力，故此才发奋努力，更加珍惜今天的幸福生活。

高中毕业后，我一边教书一边自学写作。受列夫·托尔斯泰、鲁迅、朱自清、冰心、茅盾、梁斌、叶圣陶、季羡林等作家的影响，我也萌发了要抒发心声，为劳动人民抒发情感、树碑立传的念头。我先后报名参加辽宁的《鸭绿江》、江苏的《青春》、安徽的《希望》等杂志社举办的函授创作学习班，作家马加、阿红、余宗信、乔国良、吴野等老师精心指导，亲笔回信。在投稿过程中，也得到了芜湖市知名作家何更生、冯慧莲、谈正衡、董金义、何东等老师的精心指导，至今使我铭记于心。

别的小青年常常结伴去看露天电影、去游玩、去打牌、去聚餐等，而我常常把自己关在家里看书，写写想想，有时还产生许多美好的联想。可想而知，这就需要多么坚强的毅力才能坚持下去。我想如果有一天有成就了，就能去城市，过上无忧无虑的幸福生活。透过窗户看天上的星星，看那弯弯的月亮。脑海里想着要写作的题材，要表达的情绪，有时灵感倏然而生。

天道酬勤。20世纪80年代我开始投稿，寄了两首诗歌给辽宁的《青年知识报》（求知）副刊，很快我收到了报社的样报。自己的文字变成铅字，我高兴了好多天，这是对我写作的一次检验，提高了我的写作积极性，随后我又投去三首小诗，很快也被刊登出来。紧接着，我的小说、散文、诗歌分别在《芜湖日报》《大江晚报》《芜湖青年》《繁昌报》《鹤壁青年报》《青年知识报》《安徽工人报》《延安日报》《今日宣州》《青春》《散文选刊》等报刊发表，并且多次获奖。获奖后，全家人都高兴地分享我的快乐，这样更加激发我要在这条路上走下去的决心。但是由于我工作环境的改变，工作任务很重，加之家庭的某些客观原因，中途足足20余年没有动笔写作，等我幡然醒悟时，痛心疾首，已经到了知天命之年。

年轻时苦苦追求的事业，趁现在自己手脚还灵便，耳聪目明，再吃点苦，把以前丢失的东西捡回来，把耽搁下来没写的文章再补回来。出书是我多年的美好梦想，把发表的文章整理出来，出一本散文集，也算了却了心愿。

到了这把年纪，心态更加淡然，心胸更为豁达，说干就干。

出这本散文集，要感谢近40年交往的何更生老师。他是中国作家协会会员、芜湖市知名作家。他为人诚恳热情，写作上多次赐教于我，给予我帮助与鼓励。芜湖市作协召开笔会或者召开创作座谈会，他都争取名额邀请我参加。他为我的这本散文集《春天的声音》熬夜作序，给我的作品增添了光彩。我从内心十分感激他，他永远是我的好老师、好朋友!

“衣带渐宽终不悔，为伊消得人憔悴。”我将继续写下去，以后还想再出几本书，留给后辈们更多的精神食粮。

2023年秋日于繁昌金峨路正大房产